王巧琳 著

我想你时西凡止

湖南少年儿童出版社

图书在版编目（CIP）数据

我想你时西风止 / 王巧琳著 .— 长沙：湖南少年儿童出版社，2017.11

ISBN 978-7-5562-3484-4

Ⅰ．①我… Ⅱ．①王… Ⅲ．①长篇小说－中国－当代 Ⅳ．①I247.5

中国版本图书馆 CIP 数据核字（2017）第 204569 号

WO XIANG NI SHI XIFENG ZHI
我想你时西风止

策划编辑：张朝伟　唐　龙　　　责任编辑：唐　龙
质量总监：阳　梅　　　　　　　排　　版：刘　纯　吕小辉　雷雨霁

出 版 人：胡　坚
出版发行：湖南少年儿童出版社
社　　址：湖南省长沙市晚报大道 89 号　　　邮编：410016
电　　话：0731-82196340（销售部）　　　82196313（总编室）
传　　真：0731-82199308（销售部）　　　82196330（综合管理部）
常年法律顾问：北京市长安律师事务所长沙分所　张晓军律师

经销：新华书店　　　　　印刷：湖南关山美印有限公司
印张：18.75　　　　　　字数：375 千字
开本：700 mm×1000 mm　1/16
版次：2017 年 11 月第 1 版
印次：2017 年 11 月第 1 次印刷
定价：32.00 元

版权所有　侵权必究
质量服务承诺：若发现缺页、错页、倒装等印装质量问题，可直接向本社调换。
服务电话：0731-82196362

目录 Contents

001	第一章 聚散有时	尽管算起来我一次都没见过他，这个人还是神话成了我少年时代的英雄。
017	第二章 时光微旧	天下大事，能让姑娘哭得这样狼狈的，基本逃不过一个爱字。
035	第三章 猎户星座	人生就是这样，当你淹没在人潮之中，才会意识到自己的渺小。
051	第四章 社会法则	原来，那些不得不承受的委屈，是在出生那一刻就注定的啊。
065	第五章 感同身受	我原本以为，我不会再喜欢一个人了。尽管，这个人并不一定喜欢我。
079	第六章 独一无二	今夜星空晴朗，晚风阵阵，我并未饮酒，却因身旁的人而心乱如麻。
097	第七章 当头棒喝	其实我有点难过，这个人跟我说，他有点喜欢我。然后，我发现他还有一个根本忘不了的人。

111	第八章 悲伤告别	这个世界上,也许没有童话和传奇,但相信,会比不相信要好。
127	第九章 试爱情侣	我可不能哭啊,可怎么到后头声音有些呜咽了呢?
143	第十章 辞旧迎新	我会喜欢你,永远永远喜欢你。哪怕有天我喜欢上了别人,也不过是因为,那人像你。
157	第十一章 后会无期	她的眼泪,就这样,流进了他的心里。
175	第十二章 情非得已	人生哪有那么多新鲜,旧梦,就足够人尝尽了苦头。
191	第十三章 陈年旧爱	人啊,都是这样。即便明白"不知道比较好",还是要让自己的好奇心害死猫。
207	第十四章 旧爱重提	相爱的人啊,最后不管怎么兜兜转转,都会找到对方的。
225	第十五章 许个愿吧	我想他不要离开我,不要以任何的理由离开我。
239	第十六章 逃之夭夭	我以为我已经学会了粉饰太平,我以为我可以装作什么都没有发生,在从前的歇斯底里的背弃里,我以为我已经有了一层盔甲。
259	第十七章 小美人鱼	无论什么时候,得知被所爱的人背叛,哪怕那爱已成往事,都不会太好过的。
279	第十八章 重新开始	你知道吗,我做了个好长好长的梦。我梦见我迷路了,然后看到了你。你跟我说,秦牧,你该醒了。然后,我就醒来了。

\我想你时

西风止\

第一章 聚散有时

尽管算起来我一次都没见过他,这个人还是神话成了我少年时代的英雄。

楔子

我们学校门口有一株槐树，巨大的树干和遮天蔽日的枝叶，常常被外来游客当作是景点留念拍照。

就是在这棵槐树下，陆羽甩了程沧最后一个耳光。

她用尽全身力气说，你给我滚。

我就站在旁边，作为一个旁观了他们四年的电灯泡，我忽然感觉到全世界的灯影都成了碎片。

那棵槐树，似乎什么都知道，又似乎什么都不在乎，它真是个老妖精。

我生活的城市叫寥城。我挺喜欢寥这个字眼的，寥落。但这并不是一个衰败的城市，它繁华得有点名不符实，它飞速发展得让人觉得心慌。很多还来不及怀旧的事刚结束，就有太多的新故事上档。

故事，要从我快要毕业的那个普通的晚上说起。

那个晚上，城市的夜晚里有睡不着的人和始终亮着的星星，撒在马路上的碎片勾起了多少记忆，凌晨时分，一场没有多少浪漫的久别重逢上演，一场分崩离析的再见终于落幕，告诉城市里的人一个简单的道理——

聚散终有时。

不，请让时间轴往回拨一点，让一切的发生延迟，让措手不及的人，再有那么一瞬间的温情吧。

一 婚纱

我抱着一件婚纱往 C 城的家里赶，婚纱是我托陆羽让人给我从江苏那边带过来的。

这是我给她的新婚礼物。

青春期的前半段我和她如同敌人，后来也不是化解了矛盾，只是那些挥不去的烦恼和障碍，最终被新的烦恼和障碍所顶替。人总不能和一件事过不去，人总是要老的。

尽管明天就要结婚了，她今天还像个主妇一样在给我做饭。自然是最简单的面食，她向来不太会做饭。我进门的时候小心翼翼的，有点不知道怎么开口，她一回头，看到我抱着的婚纱，显然吓了一跳，眉头一皱："你买这个做啥？我都多大岁数了。要穿你穿。"

"又不是我结婚。"我白了她一眼。

"我又不是第一次嫁人！"

这已经不再是我俩之间禁忌的话题了，所以说起来也不会很尴尬，我顶嘴道："你嫁我爸的时候摆过一桌酒席？明天你总要穿个像样的衣服咯。"

她走过来，一手拿着锅铲，一手拎起裙子的一角，一脸嫌弃："这就是你说的像样的衣服？被人笑话。"

"有啥好笑话的。"我想要耐住性子好好跟她讲述一下婚礼的重要性，没想到她劈头盖脸就来了一句："你肯定心里会笑话我，穿这个，像个小丑。"

我实在是没话说了，抬起头来看着她，凌乱着头发，皱着眉头，她依旧是强势又霸道，张叔叔对她不错，这点我无法否认。所以，我没有反对过这场婚事。

"之后你是不是要搬去和他住。"我问。

"是的。你也去。"后缀没有征询，像是命令。

"我想好了，留寥城。"

"干吗不回来！他有关系，要进个单位也容易！"

她总是这样硬邦邦地跟我说话，有时候我讨厌她的强势，可难免，我毕竟是她的女儿，话一出口，跟她一模一样的口气。

"我好不容易考上个大学最后还要靠关系吗？"

见她愣住，我叹了口气。

"妈，我有自己的想法。"我语气软了一些。

她没再答话，走到窗前去洗碗，有一搭没一搭地说："那一个人，要记得照顾自己，你什么都不会啊……"

窗外是一片狼藉的风景，我在这里住过一段时间，但没办法把这里当作故乡。

这些年除了寒暑假，我极少回去，回家这种词汇对我来说，意义并不像是字典里解释的那样。

我一直觉得寥城才是我的家，尽管它跟我记忆里的样子完全两样，我出生在这里，长到十多岁的时候被送走，错过了它出落繁华的最佳时期。

公平的是，它也错过了我的。

但我仍旧爱它，爱它的日渐仓促，爱它的无情无义。

我身后这个在寥城生下我的女人，我的母亲，马上就要切断和它的所有关系了。她的后半生，都会和另外一个男人，在这个叫 C 城的地方度过吧。

而我的爸爸，我已有近十年没有见他。

只是那一刻，我已经长大成人的岁月里，难得有一股子矫情的无依无靠的闪电亮起。

短暂，却骇人。

因为是二婚，婚礼并不十分铺张。张叔叔还有个小女儿，不高兴地噘着个嘴，又不敢凶。我想我比她还是幸福多了，我的年纪可以拒绝一个后爹，她却拒绝不了一个后妈。我妈总是凶巴巴的，尽管她和张叔叔交往多年了，早已是小家伙的半个妈妈，可毕竟，婚礼才是一切的跳板，这之后，她会名正言顺地搬进张叔叔家。

她弱弱地喊我："姐姐，你怎么才来？"

我走过去，蹲下来："怎么了？"

"阿姨在化妆，我被她骂了。"

"怎么又骂你啊？"

"我刚把戒指弄丢了，不过找到了。她毕竟不是我亲妈。"她可怜巴巴地噘着嘴，一副要哭的样子。

我笑着问："瑶瑶，你今年 13 岁了吧？"

"嗯。"她点点头，哪里像 13 岁的样子，分明还是个小孩子。

我笑着说："她就那个样，千万别觉得她不把你当亲生闺女，你姐姐我是她肚子里爬出来的对吧？我 13 岁那年她就把我丢给我外婆了，从小也没少骂我。她这人啊，就是看上去薄情寡义，其实很疼你的啦。"

她将信将疑："真的吗？"

她跟我真的不太一样，相较之下13岁时的我简直是未老先衰。我拍拍她的肩膀以作安慰，白雪公主，起码我妈不会喂你毒苹果的。然后进到化妆间，看到我妈穿着一件长婚纱，回头看向我的时候，已经化妆完毕。

　　不得不说，陆羽介绍的化妆师也算是鬼斧神工，她看上去，像个美艳的贵妇人，只是看到我时，低头看了一眼婚纱，有点不好意思。

　　"陆羽来了没？"她问我。

　　有趣的是，我和她血脉相连，两人之间却始终像有层隔膜，反倒是我的闺蜜陆羽，两年前来我家玩儿，跟她倒是十分投缘，跟着我喊妈。比我这个亲生闺女，要讨她开心得多。这次陆羽自然也会来。她堵在半路上，喊我不要去接她，她直接来酒店。

　　本来她青梅竹马的小男朋友也要来的，因这婚礼卡在我们毕业期间，他正事缠身，因此来的只有陆羽。

　　"好看。"我过去，坐在她旁边。

　　"好看什么，"她白我一眼，"半老徐娘了。"

　　"我一直有个问题想问你。"我从桌上捞了那个戒指盒来把玩，一字一句地问，"你……为什么，现在才嫁给他。"

　　"可能是因为，"她想了想，身后正给她弄造型的化妆师去找卡子了，她接着说，"总觉得那样你会不高兴。我自私过那么多次，这件事上……"

　　"那你不怕我现在还是不高兴吗？"我歪着脑袋，看向她。

　　"那你高兴吗？"她叹了口气。

　　"高兴。"我点点头，将戒指放回去，"我特别高兴，我想外婆也会挺高兴的。"

　　她开口想说什么，被门推开的声音给打断。

　　"干妈！"门口冲进来一个龇牙咧嘴的女孩，猛冲进来，完全忽视了我，扑向新娘的怀抱，我白她一眼："蹭蹭蹭，蹭什么蹭，母女谈心呢！"

　　陆羽仰起头，撒娇意味十足："我不也是咱妈的女儿吗？妈你喜欢这婚纱不？我选的咧……"我正要开口呛她，化妆师已进来，催着我们说，"赶紧的，仪式就要开始了！"

二 分手

那天的仪式非常简单。尽管张叔叔有意给她一个隆重的婚礼,但她统统都拒了。要不是我好死不死地非要给她买个婚纱,怕是连婚礼的简单仪式她都会省去,直接大伙儿吃顿饭就了结了。

我这才觉得她和前半生,简直判若两人。

前半生她什么都要,什么都不知足。前半生她骄傲、自负、虚荣,恨不得把自己浑身包满糖衣再出门。也就是因此,她和我爸,才会分道扬镳吧。

她甚至没有跟我解释过他们的感情为什么会走到那个地步,但我渐渐长大,就懂了。

仪式上有一个小插曲,她走进来的时候,高跟鞋绊了一下,宾客们屏气凝神,这一头站在司仪旁边的张叔叔一个健步冲到她面前,问她:"崴疼没?把鞋脱了吧?"

她以前是没有高跟鞋不欢的,十年前突然把一屋子的高跟鞋全给丢了出去,踩着平底鞋到处跑业务。到后来,竟不会穿了。

于是,她把鞋脱了,换了一双酒店的拖鞋上阵,云淡风轻的表情,像并不是在走自己婚礼的红地毯,而是普普通通地,迈步向她接下来的生活。

把手交给那个男人,在司仪嘹亮的嗓音问你愿意吗的时候,她卡了一下,说:"不愿意能站在这?"

宾客哄然大笑。张叔叔也跟着笑,一脸憨厚。他是公司领导,是她的领导,而如今,她要领导他了。

陆羽在煽情的音乐里哭得稀里哗啦的,一边捏着我的胳膊说"好感人啊",一面扭过头来想跟我来点共鸣,结果她愤怒地道:"姜未你是不是铁石心肠啊,你妈这大好的日子,你这是什么嘴脸?"

"你掐死我了。"我终于从她的魔爪里把胳膊抢救出来,司仪刚好说:"让我们一起来恭喜这对新人!"

我不得不承认,我妈的第二次婚姻,嫁给了一个好人。

但我没办法否认,我爸,他也并不是一个坏人。

说真的,我替她高兴。我只是没办法接受,为什么人总要兜兜转转才能遇到那个对的人，而这个对的人，究竟能对多久。

陆羽抹干眼泪，又是一副没有烦恼的笑脸，充满甜蜜地憧憬着她的婚礼。

"哎，我觉得我跟程先生的婚礼，也不要办那种奢靡普通的，我就请几个好朋友，大家搞完仪式玩真心话大冒险……"

我喷出一口可乐："姐姐，你难道不知道真心话大冒险是情侣杀手？你还是婚礼前玩吧，没准我还能省下我的份子钱……"

她白我一眼："我再给你一次机会让你收回那些对爱情大不敬的话。你这不相信真爱的毛病能不能改改。"

我耸耸肩："我没有不相信真爱啊，我只是不相信，我有那么好的福气拥有它罢了。你跟程先生，当然是比翼双双飞，天生对对碰。"

何止对对碰，他们俩碰在一起啊，要么就是水乳相融，要不就是水火不容。

"不太押韵。"她撇撇嘴，"不过我喜欢。反正我跟他，也注定是一生怨偶了。哎，你说，你妈把你爸忘了吗？"

我停下筷子，被她这张嘴折磨了多年也该习惯，这种问题该怎么回答呢？一个跟你处了那么多年的人，大脑要是没受什么物理刺激，怎么可能忘得了。

我也不会蠢到去问我妈这个问题，我想，人是不可能忘记一个曾经在你生命中有过很长一段时间重要地位的人的，只不过，是适应了没有他的生活罢了。

我自己就是这样。

仪式结束后，我和陆羽就滚蛋了。

坐的是季林洛的车，他要赶回去，晚上有个演出。说来也怪，我爸走之前留下的那把吉他，竟点燃了季林洛后半生的梦想。最近他迷宋冬野，低吟浅唱的版本被他唱得用力过度。我提了意见，他却有自己的一番说辞："模仿有啥意思啊？要唱出自己的味道！"

可是他唱出了喝醉酒的汪峰的味道。

"你也真是，你妈新婚大喜之日，你就这么跟我们一块走，还是人？"

"这不明天要答辩吗？当然更重要的是赶回去看你演出，我是不是倍儿哥们。"

"谁不知道你又来蹭酒！喝多了看你怎么毕业！"

我笑着从背后捏他的脸："别这样，我的酒量你又不是不知道，也就喝那么三五瓶的，你又不是请不起……"

"高速上不要动手动脚！"

"遵命！"我这才意识到陆羽一直不言不语，见她拿着手机屏幕岿然不动，忽然意识到不对："你怎么了？"

她几乎愣了三秒钟，将手机丢给我，然后朝着季林洛大喊："加油门啊混蛋！我要去杀了程沧！"

抵达寥城是九点多，离演出还差一个多小时，季林洛估摸着要吃好几张高速超速罚单，谁料一下车陆羽就抢占了方向盘，一脚把他踹到副驾驶座去。

连闯几个红灯，我们停在了一家软陶店门口。

我其实已经劝了陆羽一路了，手机照片上，程沧正和一个姑娘挨着脑袋弄着一个软陶人儿，亲密指数十足。我当时脑袋也嗡了一下，别说陆羽看到这种照片了。我问她是谁发的，陆羽没答。我说，你也别太急，指不定有什么误会？她冷笑一声，这还叫误会？

这是半个小时前，如果速度得当，他应当还在软陶店里。

陆羽刹车的架势让我和季林洛都吓蒙了，然后她以闪电般的速度飞奔向了那家店的大门。

九点多，软陶店门口已经冷清，我紧追进去，可腹中因为快速行车导致的恶心让我停下来在花坛边扶墙站不起来。季林洛则心疼地下来查看自己的车子的状况，刚停车的时候陆羽小姐好像撞到了什么不明物体……

结果，我进去的时候，才发现迟了。我不知道陆羽看到的是什么样的场景，反正我进门的时候，她已经一脚踢飞了程沧面前的软陶人。

"你跟我说忙忙忙，结果就是这样？"她大声而冷冷地质问着，"程沧，你要点脸好吗？"

程沧旁边站着的人，令我出乎意外，周诗余尴尬地开口："陆羽你听我们说……"

"我们？哟，程沧，我才走多久啊，你就跟她，是'我们'了？要不是我找人跟着你，我还傻乎乎地以为你真的因为学校的事忙着！才不陪我去参加我干妈婚礼！"

"你找人跟踪我？"程沧脸上露出一丝苦笑，"陆羽，你已经怀疑我到这个地步了？找人跟踪我？"

"不找人跟踪你！我还被傻乎乎蒙在鼓里！你给我说清楚……"陆羽伸手去拉他的胳膊，却被程沧一把甩开，他的脸上冷冷的，那是我没有看到过的神情，起码对陆羽。

他好像，非常失望。

然后，他朝着大门走去，跟进来正喊着"陆羽你大爷老子的车给你……"的季林洛撞了个满怀，季林洛识相地闭嘴，陆羽朝着他的背影喊着："好啊，你有种！你有种我们就分手！"

他们吵架不是一回两回，几乎每天都吵，常常是一些鸡毛蒜皮的小事儿，两人就闹得天翻地覆，陆羽这几年说了不下三百句分手，可是有几次是真的？

可这一次程沧不跟她吵，他扭头就走了，一副懒得搭理你的冷漠劲儿。别说她自己，我都有些吃惊。

陆羽气急败坏地追出去，门口的大槐树下，她抓住程沧的衣袖，不依不饶："给我说清楚！"

我跟出去，看不清程沧的表情，只听到他冷冰冰的声音。

"我累了。你松开我。"

"你什么意思？"陆羽难以置信地问他。

"就按你说的做吧。陆羽，我真的很累了。"

"啪。"一个耳光响亮地落在他的脸上，陆羽整个人发着抖，气壮山河地喊了句："你给我滚！"

软陶店仅有的几个客人都被吓了一跳，我站在门边，觉得门槛儿就像是结界，不敢跨过去。

事实上这种场景发生过很多次，可我个没出息的，每次都被吓得够呛。

老板娘出来，淡定地问我："怎么了？"

程沧的背影顿了一顿，然后，没有像往常一样跟陆羽吵，或者是哄她，他什么都没有说，快步离开了。

众人期待的一场好戏落空，而陆羽愣了三秒钟，回过神来，脸上有些羞赧，很快收拾好，冲刺回来，地上是刚才踢掉的半米高的软陶人，她看向周诗余。

后者脸上挂着淡淡的笑，回敬她。

我知道陆羽现在非常难堪，她最要面子，如果程沧愿意吵还好，这样撇下她，简直要了她的命。可又出于自尊，她强烈克制自己，马上就要炸了。

我再不出手，陆羽就要失控了，

"哎，陆羽你别急……"

她却上前一步，指着周诗余的脸："你什么意思？"

周诗余两手一摊，依旧是那个没什么情绪的笑容："陆羽，看来你是误会了。你不是要生日了吗？程沧说要送你一个礼物，我刚好在这，就帮他的忙。"她看了一眼一旁已回到柜台前的老板娘，"你不信的话问老板娘就知道了。你也知道软陶这东西是技术活，要做个跟你相像的半身像又岂是一下能完成的。所以他这几天一直在做这件事，为了给你惊喜……"她下意识地瞥了一眼那碎成片的软陶人像，露出了一个嘲讽的笑容。

陆羽怔住了，她的手慢慢缩回来，一场名正言顺的捉奸变成了她一个人尴尬的独角戏。

她蹲下来，一点点地捡着地上的碎片。

周诗余没说话，看着一旁的我："姜未，听说今天你妈结婚，恭喜你了。"

这话，一下让所有人的目光聚焦到我的身上。

我不知哪里得罪了她，只能蹲下来，陪陆羽捡那一地的碎片。季林洛则在旁边大声说："喂，别看了。有啥好看的。"

那简单被拼凑着的碎片上，还刻着一行字——

陆羽，生日快乐。

三 重逢

"去道歉就好了，多大点事儿！你这姑娘也是，这暴脾气，学学我们家姜未啊，你看她多冷血镇定啊……"

季林洛正在给吉他调音。陆羽的手上豁了口子，我给她摁上几个创可贴，听到他的话，忍不住白他一眼。

陆羽平日里总是大大咧咧地，此刻跟个小姑娘似的蜷在酒吧的长沙发上一言不发，叫我有些心疼。

"好了，哥不跟你们扯了。我要上台去做大明星了！"

季林洛平日里在我们面前就是个没节操的二流子，不过这些年混得也挺有台风，虽然才比我大一岁，蓄起小胡子低头装深沉的样子，还是蛮沧桑的。多少萝莉爱大叔，最后发现他智力停留在16岁，找我哭诉的人也不少。

兴许每个人心里都会有个人，有些人运气好，那个人心中也有你。比如陆羽。虽然她现在状态不佳，后悔莫及却死不认错。而另外一些如季林洛，暗恋心中女神多年未果，结果被自己哥们给捷足先登。

真要命，该死的季林洛居然选了首《分手快乐》，这可不是在陆羽伤口上撒盐吗。我有些担心她，蹲下去仰头噘嘴看她。

结果她白我一眼："你装什么可爱？"

哦，没在哭啊，我就放心了。

"我没装，我本来就挺可爱的。"

陆羽骂了一句："你干吗这么看着我，就好像我马上要死了一样。没多大事，不就是一软陶人吗？我拼起来看了觉得做得一点都不好！"她忽然腾地站起来，"我现在就去找程沧，让他给我道个歉！"

酒吧里还在回荡："分手快乐……祝你快乐……"

陆羽已经潇潇洒洒到了大街上，回头冲我一笑："姜未！替我加油！"

我回到里头却发现老季已经不在了。

其实时间也不早了，我想着明天还要答辩，我正打算走，接到老季的电话。

"姜未，你上楼来，我吉他弦断了，帮我去后台把你爸那把取来。就之前那个大包，跟昨天同一个。"

这间酒吧是老季和几个朋友大三的时候开的，位于寥城的酒吧街，楼上就是出了名的会所，金碧辉煌价格奢侈。现在的有钱人都挺奇怪的，好好的 KTV 不唱，会跑到楼下的酒吧街里喊乐队们上去助兴。

老季他们常常上楼去卖艺。

老季好几回勤学苦练神曲，被我听到了，打趣他说："哟，转行了？"

"这不客户需要吗？现在的有钱人，就爱听听街头曲，汪峰已经算贼高端了。"他撇撇嘴，"贫贱不能移，为了日后移民，老子只能富贵叫我屈了。"

我一脸的"你怎么会是这种人啊"，但不得不说，老季说得对。

老季的家境其实还算不错，但偏偏要走这条路，大三的时候搞乐队搞得肾上腺素暴涨，结果跟人酒场上挥了酒瓶子，从此被退了学。他爹就此断了他的粮，不过老季心机可真深啊，拿出存折来声泪俱下地说，幸好啊，未未，我还留了一笔啊。

难怪小时候这家伙零用钱贼多还贼精明，竟留了这么一大笔。我倒是佩服他了。

吉他找到了，是我爸临走前留下的那把。我这个人吧，其实挺无情无义的，就拿这把吉他来说，按理说是我爸留给我的最后一样东西，我却转手就给了老季，害得他老爹到现在提起我爸还恨得牙痒痒，都是那个姓姜的，阴魂不散把我儿子给带到邪道上了。

不过蛮有意思的，在我失去了一个搞艺术的老爹之后，我还有老季这么一个搞艺术的朋友。

那把吉他沉甸甸的，我将它抱在怀里，穿越酒吧摇晃的人潮。

金碧辉煌是个很大的会所，因为老季没说清楚自己是哪个包厢，我凭着记忆瞎走，才发现自己迷路了。走到走廊的深处，没有服务员，门牌上一连串的相同数字，我绞尽脑汁也想不起来到底是哪一间。不都一样么？

手机又落在下面了，我就抱着吉他在一条金色的走廊上来回地走，透过暗色的玻璃橱窗，想要看清楚里头的人，结果门忽然打开，正趴在门上的我一个踉跄，连人带吉他地砸在了金色的地毯上。

那时候我尚不知道，我摔进了一场久别重逢里。

——

我猛地抬头，包厢里是一群年轻人。面孔陌生，正诧异地看着我。

我自然是走错了。

我万分狼狈地爬起来，膝盖刚好顶在吉他上，木吉他剜破了我的皮肉，爬起来的时候才觉得疼得要命，刚要说抱歉时，人群里忽然爆发出一声大笑。

"啊，老川，便宜你了，这公主长得挺纯的嘛。"

"哈哈哈哈。"那个穿着阿玛尼朝我走来的大概就是他们口中的老川，他上前一步，我正丈二和尚摸不着头脑，支支吾吾一句："不好意思，我……走错了……我……"

他一把抓起我的手，忽然拦腰一抱。

"好了，那我可亲了啊！"

满身酒气的年轻男子，力道十足地捏住我的胳膊，我还来不及说什么，旁边已起了哄，有人拿着一瓶香槟大力摇晃，在老川靠近我的同时，我几乎下意识地，扛起我的吉他就朝他的脑袋砸了过去。

而那瓶香槟应时打开，巨大的泡沫扫到了我和老川的身上。

我迷了眼睛，抹一把脸，惊诧地看着我爸的吉他成了凶器，那个叫老川的抱着脑袋，蹲到了地上。

有人一个健步冲上来，骂了一句我听得皱眉头的脏话，伸出手掌要挥我一个巴掌。

一只手截住了他，一张侧脸出现在我的面前，似曾相识。

"打120。"这个穿白衬衫的家伙冷冷地说了一句，然后侧过脸，冲我露出一个惊诧的笑容。

"怎么……是你？"

我？我是谁？我被弄得糊里糊涂，这个人的五官我拆开重组，分明就是个陌生人啊。

后来，我算是弄明白了，这是一场富二代们的聚会，玩真心话大冒险呢，而中招的老川的冒险，就是亲吻马上要进来从事点歌服务的公主，更巧的是，为了让老川即兴表演一下，他们还问前台要了一把吉他。

这世界上就是有这么狗血的事，而我的吉他砸中老川的脑袋的一分钟之后，门被推开，门口穿着礼服的会所公主，正抱着一把崭新的蓝色吉他，目瞪口呆。

我就这样被捧到了医院，老川的朋友义正词严地说要把我扭送到公安局去。

幸好白衬衫还有点良心，皱着眉头说："也是老川不礼貌在先。"

"就是嘛。"我躲在他身后附和了一句，其实我也挺心虚的，不过其实我觉得我砸得根本不重，都没有流血呢。富家子弟真是麻烦，居然还要做个磁共振看看脑子有没有伤到……至于吗……

"就是个头。"白衬衫突然回头瞪我，"就算人家不礼貌，也是误会，你给他一巴掌也在情理之中，非得拿吉他砸。"然后他将我拽到一边去，我不好意思地说："我那是一时情急。"

"你倒是有道理。"他忽然侧过头来，恶狠狠地说，"姜末，你怎么一点都不学好啊？"

"你怎么知道我叫姜末啊？"我瞪大眼睛，奇怪地问。

他翻了个白眼："你是不是傻啊，你刚用我手机给季林洛打电话，开口第一句就是'我是姜末啊'。"

阴阳怪气地学我说话的这个家伙可真是贱兮兮的帅啊。我瘪起嘴，"哦"了一下，忽然想起什么。

不对。可是我开口闭口都没有喊老季的名字啊，他怎么知道……老季叫季林洛啊！

"你你你！你到底是谁啊！"

这个时候，已经离我三米远的他缓缓回过头来，露出一个灿烂的微笑。

"你猜啊。"

半个小时后，在我看到老季出现在医院门口，在老季看到我和白衬衫的同时，气势汹汹冲过来，大喊着一声"秦牧你个王八蛋"的时候，百转千回，越过青春期再往前，我对这个名字太过熟悉了。

这个被老季称为哥们的少年是他口中的男神，要不是有个女神的出现，我简直要怀疑季林洛的性取向了。我们12岁那年暑假，这个叫秦牧的学长是大我们两级的初三准学子，暑假的时候友情帮季林洛补习数学，那一个夏天我晕倒在老季的衣柜里，后来就莫名其妙地离开了寥城。就是这个家伙，把我扛到医务所救了我这条小命。

所以，尽管算起来我一次都没见过他，这个人还是神话成了我少年时代的英雄。

听说还很帅，特别聪明，总考前几名，家里很有钱，后来出国了。这些都是老季告诉我的，虽然后来他气呼呼地告诉我他和秦牧绝交了，理由是他横刀夺爱，抢走了自己暗恋多年的女神，并和女神双双去了美利坚。

而这个已经老早就和回忆遁入我童年背景音乐的家伙，突然出现在眼前，我简直无法形容那一刻的感觉。

只有两个字——

神奇。

但是这种跟自己年少时的救命恩人重逢的戏码不是应该浪漫一点吗？

老季已经冲刺到面前了，我眼巴巴地看着他一拳……擂在了那个叫秦牧的家伙的胸前，他那张脸上忽然眉开眼笑。

"他妈的，回来也不跟我说？"

喂！说好的要报横刀夺爱之仇的呢？

然后老季回过头跟我说："未未，你不是说要是你见着救命恩人，就以身相许嘛，赶紧过来！"

我差点吓傻了，十多年前的话他还记在心里？

谁料那个叫秦牧的打量了我一眼来了一句："以身相许可不是报恩啊，就姜未这性子，简直是报复吧。"

"啊呸！你想得美。"不过毕竟他还是有恩于我，今天又好在有他，不然真被撵进局子了，"请你吃顿饭吧。"

"哟。你的命，就值一顿饭？"他撇撇嘴，露出几颗白森森的牙，"起码两顿吧。"

那天晚上，我们仨坐在一家大排档里喝酒。

老季能概括出来的不过是秦牧的爷爷身体不好，所以，原先打算留美的小叛徒，就重新投身祖国怀抱了。而那个老季心心念念的跟秦牧一起去美利坚的女神，他巧妙地避开回答。

我对他的疑问却只有一个："喂，你怎么知道我是姜未？"

"人才市场那天没人不知道你的大名吧？"他投过来意味深长的眼神，让我红了脸。

哦对，就是那天，我和陆羽一起去人潮涌动的人才市场投简历，结果走散了，老远我听到陆羽喊我的名字。

"姜未！姜未！"

我挥了半天手，眼巴巴看着她越走越远，没办法，我就咣当一声爬上了旁边的招聘台。

"我在这！姜未在这！"

该死的，我后来才意识到，我爬上的是甄芙的招聘台，这跟他们最后没有录取我，真的没有半毛钱关系吗？

我挺不好意思的，挠挠头说："你也在招聘市场？找工作吗？海龟现在行情这么差啊？"

原谅我，我不是有意的，是他眼神里的讥诮让我忍不住刺他。

他似乎不为所动，一副漫不经心的样子提起一件旧事。

"想起来，再上一次见你，还是很多年前，你跟人私奔那一次吧。哎，那个家伙叫什么来着，姜未你打算什么时候嫁给他啊？"

我的记忆瞬间回转，所有的东西对上号。16岁那年我的确和栗长原一起逃跑过，住在一个小小的地下室里，在几天之后，被找到，押解回家。我心里有种如梦初醒的诧异，眼前这个家伙，竟是我年少时一次峰回路转的关键人物？可是他脸上玩笑般的嘲弄，让我的心猛地一揪。

这个提不得的人，老季都要忌讳三分。

老季知道我的软肋，他的脸先我一步僵了一下，他试图打个圆场扯开话题："哎……老大你说你从美国回来之后……"

我却狠狠拧了他一把，冷冷看着秦牧："你管得着吗？"

他缓缓抬起头来，露出一个似笑非笑的笑容："看来是分手了，可惜了。"

我下意识地平静了一下心绪，我才不要一个半陌生的家伙看不起我呢，我举起酒杯，佯作潇洒："聚散终有时，谁还没分过几次手啊。"

我一饮而尽，老季担忧地看着我，姜未你别喝那么多啊。

点的这什么酒，辣到心里去了，我莫名其妙地不痛快，明明是那么久以前的事，被提起的时候还是会像揭伤疤一样的疼。

我觉得对面那个家伙，真是可恶，于是我拍着桌子笑里藏刀地叫板："敢不敢干杯啊？今天久别重逢，不醉不归？"

他露出白森森的一排牙，接受我的挑衅的目光意味深长："奉陪到底。"

我想，秦牧对久别重逢后的我的第一印象一定很差。

不过很巧，我对他的印象，也不太好。

而彼时，在城市的另一端陆羽抬起头来，头发凌乱，满眼的血丝。

"程沧，你真的，要跟我分手吗？"

她说过几百次分手，说过几十次老死不相往来。

但这次是程沧，第一次这么说。

"是谁？是林简还是周诗余？"

"没有谁。这是我们俩之间……"

"你告诉我是谁！"她猛地站起来，"你厌倦我了？你不爱我了是吗？"

她冲到他面前，揪起他的衣领，咄咄逼着他，说出她最怕的那个答案。

于是他说："我只是厌倦了，真的厌倦你了！我不爱你了！你满意了吗？"

她手里握着的那把瑞士军刀，是程沧那年出国，带给她的防身礼物。她此刻正对着一个牛油果，无从下手。然后，她对准了自己的手腕。

她本来就是性子烈的姑娘,不然她也不会永远和他处于战火之中。她的爱和恨都那样强烈。此刻哪一种居上,连她自己也说不清楚。

她失去了理智。

她自己也说不清,自己为什么会这么蠢,蠢到用自己的性命来惩罚一个不再爱她的人。

可是你们知道吗?当你做好准备的时候,伤害来得再大都击不垮你。击垮你的,却常常是猝不及防,来自那你以为不会伤害你的人扎的一根小刺,那是扎进你心里去的,是致命的。

她无数次怀疑程沧,都是源于爱。而骨子里其实是那样坚信,他不会离开她,永远,都离不开她。

在刀子就要斩落在自己手腕的时候,那扑上来的人一把揪住了她的手臂。

"陆羽,你要砍,就砍我吧。"他说。

她的理智重新回来了,她看清楚眼前这个人是她爱了很多很多年的男朋友,他用一种痛心疾首的眼神看着他。

他咬着牙,说了一声"对不起"。

她放下刀子,在笃定他爱她的时候,她为非作歹地伤害他,但是现在不行了,他说他不爱她,她这么怂,只能选择伤害自己。

"我吓吓你而已,你不用对不起。不就是分手吗?你给我滚吧。"

在程沧走出这个门的时候,她抱着那把瑞士军刀哭得不能自已。

呵,她真傻,这个世界上,哪有不会离开你的人啊。

\ 我想你时

西风止 \

第二章 时光微旧

天下大事，能让姑娘哭得这样狼狈的，基本逃不过一个爱字。

"你看。"陆羽将那枚戒指高高地举起，从我这个角度看过去，刚好是一颗星星缀在上头，闪闪发亮。

我们站在天台上，夜色如水，那是大三下学期的尾声，盛夏马上就要来临，陆羽生日的时候，收到了程沧给她买的戒指，白金的。

那时候她真幸福，尽管晚饭的时候他们吵得歇斯底里，就差拿啤酒瓶砸对方的脑袋，但很快硝烟散尽，和平时代的幸福来得那样突然，但我早已习惯他们的速战速决。

我喜欢蓼城的夏天，没来由的喜欢，尽管这个地处南方的盆地每年也和全国其他地方一样燥热、潮湿，令人觉得呼吸困难。

"程沧说，毕业以后，我们就结婚，结什么婚呀，你看他，什么都还没有，就让我嫁给他。"即便是这么说，但她显然还是幸福的，"我忽然觉得我好惨啊，一辈子只爱一个人……"她耸耸肩，表情欠揍的幸福，"你看我连个前男友都没有。"

"你至于晒幸福晒得那么婉转吗？"我翻个白眼，羡慕嫉妒恨。

"还是你好，还有机会去体验很多种爱情。"她收起戒指。

"算了吧。我这个人生性凉薄，不太适合博爱。"

"你都单身那么久了啊……拜托啊！就没有顺眼的？"她一脸讶异，然后说，"怪就怪在你的前任太好。不，不是他太好了。是你自己还困在这里头，走不出来。"

我一时竟不知该接什么，只记得当时陆羽笑得没心没肺："你不相信爱了，对不对？"

看着她的时候，我总觉得世界上还是有长情的爱，只是我运气不太好，没碰上罢了。

我记得她说："那我证明给你看吧，姜未。"

一 软肋

我醒来的时候浑身酒气，头涨得要命。

喝断片这种事，我本以为不会发生在我的人生之中。用了几分钟时间才彻底反应过来，失去意识之前，我好像拖着秦牧在喝酒，我说什么了来着？记不清了。

我应该没有太丢人吧？我心里惴惴不安，爬起来找手机，想要拨给老季，几十个未接来电来自陆羽。

这是怎么了？我头重脚轻地给她回了电话。

她那头很吵，只听她语气不咸不淡地来了一句："没事，姐们分手了，我这正做按摩呢，先不跟你说啊。"

我看她语气平静，也就没太当回事。老季的电话正好接着进来，问我酒醒了没。

我这才知道我昨天晚上真的是喝得太大了，但老季死活没说我究竟做了些什么，只一个劲儿地说："姜未，你这次丢人是丢大发了。那家大排档啊，短期你就别去了。"

我额上几条黑线："我怎么了吗？"

"哈哈，也没什么。对了，昨天可是我和秦牧一起把你送回宿舍的，你吐了人一身，还……"他顿了一顿，"你要不要留个他的联系方式？"

我想起那个讨厌鬼，撇撇嘴说："才不要。"

"嘿，你们俩也是冤家，明明兜兜转转才认识吧，最后两个人还真是有十足的默契。"

"什么默契？"

"我问他要不要跟你留个联系方式，他也说不必了。"

我……瞬间有些恼羞成怒，再怎样，对一个女生来说，这简直是一个侮辱嘛。我忍不住啐道："他以为他是谁啊！我不跟你说了，我写论文去了。"

挂掉电话，我心里有些微微的失落。并非仅仅来自秦牧的"不必了"，昨天晚上牵扯出来的记忆，到现在还有些阴魂不散，那些过去了的事，终究还是雁过留声吧。

他们说，没有长夜痛哭过不足以语人生。

可是我总觉得，那些真的痛的，会化作唇齿间的说不出。

是的，说不出，忘不掉。

毕业期间太多的事儿，毕业答辩也把我折腾得够呛。过几天就是毕业晚会了，我正抓紧找房子，陆羽这几天，也是不见人影，不知哪疯去了。

陆羽只是简单地跟我交代了一下分手的事，她加了一句，不要问为什么了，我腻烦了。

那时候，我还满以为他们就是旧日伎俩，分手冷战，最后又以莫名其妙的秀恩爱手段重新回归。

所以，我并没有太过担心她。

答辩结束之后，周诗余来找过我，旁敲侧击地问我，陆羽和程沧怎么样了。

我不耐烦地说不知道。

她说，未未，我看到程沧和那个谁在一块儿……

我瞪了她一眼，说了句我没兴趣。

这些年她嚼的舌根子还不够多吗？我实在，没办法喜欢她。

她很识相，没再说什么，只说，未未，毕业快乐。晚上毕业晚会，别忘记了。我订了包厢了。在东城区新开的好乐迪。大伙儿AA，我请你。我被甄芙录取了。

我并不吃惊，她这四年大学也实在用功，被甄芙录取也不奇怪，但不知为什么，我就是没办法替她开心。我只冷冷地说："不过是唱个KTV，我还不至于这个钱都付不起。"

她尴尬地笑了下："我不是这个意思。我是觉得，这么多年，都没有请过你吃个饭什么的，不然……"

"不必了。"我打断她的话，站起来要走的时候，她忽然在我身后阴阳怪气地来了一句："未未，今天是长原哥的生日呢。我晚上买个蛋糕，一起庆祝吧。"

天哪，她非得把我搞得崩溃吗？这么多年，每一年都是这样，尽管栗长原早已销声匿迹，她却像个定时炸弹一样时时提醒着我。

我实在习惯不了，我回过头，冷冷地看着她。

"你够了。"我终于怒了，腾地站起来，失手打翻了电脑旁的一杯水，周诗余赶紧冲过来，拿着一块毛巾。

"没事儿吧？我没别的意思。"她匆忙替我收拾着桌子，解释道，"我只是觉得，我现在身边的人里只有你认识长原哥，姜未，我只是怕你忘了他。"

我忍了好半天，才没对她说出一个滚字。电脑黑了屏，我的脑子里也一片混沌。

是的，我跟周诗余是高中同学，甚至是同桌，我曾经将她当作我最好的女生朋友。

她是唯一一个知道我的过去和我的秘密的人，也是唯一一个，拿着这些过去和秘密来戳我软肋的家伙。

我没办法理解她，更没办法理解命运竟会让她在大一那年新开学的时候，抱着一床被单和我再度重逢。

在我们，早已不再是朋友后，这种笑脸下，让我觉得藏着刀。

二 受伤

大四第二个学期，为了存点钱，我跟陆羽都报了家教班。陆羽沉迷恋爱，没出两个星期就以小孩儿太淘气为由跑了。淘气什么呀，陆羽那是没见过李念念什么阵仗。

哦，李念念，提起她我就头疼。

每周末，我都会去静湾小区给她上课，其实说白了，倒像个小保姆。我有她家的钥匙，拧开门，径直进去。不出意外的话，女主人是不在家的。

坐在沙发上的小女孩有一双细长的小眼睛，但一看到我来了，小眼睛就圆鼓鼓地瞪起来，一脸的敌意。

这就是我的家教学生，李念念，8岁，二年级。这个家的女主人叫刘西宁，年纪比我其实大不了太多，母女俩住在一间大房子里。在这个寸土寸金的地段，可见家底不错。

而最近，刘西宁告诉我念念不肯去念书，原因是跟同学处不来。她只能放任她在家里。

这个女人说话的语气软软的，是我很喜欢的那种温柔，她闺女跟她一点都不像。

哦，我没在家里看到有男人的气息。

李念念的的确确是个怪胎，沉默起来便可以一个晚上一个词儿都不蹦，话多起来，直接可以把我的声音盖过去。

倒也不是跟我说话，而是对着她的玩偶。

她有一大堆玩偶……多得眼花缭乱。她倒不偏心，今天跟哆啦A梦谈心，明天跟海绵宝宝扯淡。这么说来，她倒是有很多朋友的。

所以，跟她做师生一个多月了，她依旧生硬地喊我，喂。依旧跟我只有基础交流。

倒也不是完全不上进，事实上我在讲课的时候，这小家伙也在听的，只是装出一副"满不在乎""关我屁事"的态度。下次见面，又会别扭地喊我："喂，这个字，到底怎么念啦？"

被惯坏了的小孩，不愿意去"不友好"的学校，也是寻常事。

"上次布置的作业你写了吗？"

"没有。"她忽然抬起眼来，语气硬邦邦地说，"我今天不想上课。"

"那可不成。我是拿工钱的，就必须管你上课。"

"我怎么这么讨厌你啊！"她生气地一跺脚，"我今天就是不想上课！"

语罢，她就愤然转身，坐在长沙发上，人陷进去，噼里啪啦玩起植物大战僵尸。

啪一声关上门，我径直走过去，一把夺过她手里的iPad，厉声道：

"给我进书房！"

她似乎没想到我会这样凶她，面部表情愣了一会儿，朝着我尖叫。

"你滚！你滚！"

我淡淡地看了她一眼，然后打开iPad，点了一下，所有的软件都开始摇摇晃晃地跳动，在她惊恐却不再敢轻举妄动的表情下，我冷冷地说：

"今天老师心情不太好，我就给你上一课什么叫作尊重吧。"

她恶狠狠地捏住我的手臂。

我甩开。

她红着眼睛几乎要哭。

"我要告诉我妈，你打我。"

"你去告诉好了。"我冷冷地说，"现在去书房坐好，否则你的游戏立马清空。"

她眼里含着泪，却老老实实地朝着书房走去，嘴上却还是不饶人："你这个魔鬼！巫婆！"

真犟啊，我忽然觉得满腔的怨气一下子被消解了，撇过头忍不住一笑。

还挺像以前的我的。

我又何必为了自己那点破事儿，将怨气发泄在她身上呢？

我去洗手间换了干的衣服出来，走进书房，发现她在小声地啜泣。

"你委屈了？"

她不搭话。

我把 ipad 还给她："喏，你玩好了。"

她也不接。

我只得蹲下来，看着她："我跟你道歉，好吗？这样吧，你想做什么，我陪你。"

大概有几分钟的沉默，我也失去了耐心。既然她不搭理我，我只能去把笔记本拿出来，打开来想要晒一晒，兴许明天能开机呢？并且，一想到今天晚上还无处落脚，我就觉得万分头疼。

"我想去电玩城。"

很久之后，对面的李念念忽然弱弱地来了一句。

"唔？"我反应过来，好吧，刚好电脑坏了，我也得去修，我叹口气说，"好啊。那走吧。不过不许告诉你妈。"

"硬盘怕是烧掉了。"店员帮我检查了一遍，摇头对我说，"需要换硬盘了。"

"里面的资料是不是就没了？"

"嗯……"

我的玻璃心碎了一地，里头有太多的记忆了，这算不算是一种天意？

从电脑店出来，我回到电玩城。可刚才李念念站在的娃娃机前，哪里还有人？

我慌了，满电玩城地找，心里后悔极了。我的错。之前原本要让念念跟我一块去电脑城的，她死活不肯，跟我保证说她在这里不动。

好吧，小恶魔的话怎么可以信？

要是李念念真的丢了……刘西宁非杀了我不可。

我满电玩城地找，抓着个人就问，李念念今天穿着一件红色的公主裙，应该很好辨认。

但是，毫无结果，急得我就差报警了。

最后我只得跑去找商场的工作人员，麻烦他们调监控给我看。

在他们领着我去监控办公室的路上，楼下的一袭红衣，吸引了我的眼球。

于是我趴在栏杆上，大喊："李念念！你站着别动！你别动啊！"

我的声音响彻了整个商场，抛下还没反应过来的工作人员，我整个人扑向了自动扶梯。然后，脚一崴，整个人，就抓着扶梯滑了下去。

"拐走"李念念的，是一个与她年纪相仿的小男生，这个时候他瞪大眼睛看着我，直到一双手伸过来，用力地揪住了我的裙子，刺啦一声……

于是整幢大楼里，听到我惨绝人寰的一声："抓流氓啊！"

秦牧手里还残留着一块布料，他皱起眉头："你这衣服，质量也忒差了。"

我膝盖严重破皮，走路疼得厉害，他只能送我去医院上药。

至于李念念，她在商场就表现出了绝顶的狼心狗肺，在我摔在地上却还不忘捂住因裙子被撕破一角而露出的大腿时，满脸的"姜未你丢脸丢到家了"。她跟旁边的小男生说："我不认识她。"

此刻两个孩子，正在外头轮流玩着手机游戏呢。

"医生，她的伤怎么样？"而那个扯坏我裙子的家伙，此刻正坐在我旁边，看我上药，在接受我无数个白眼之后，他竟朝我眯着眼灿烂一笑。

神经病。我想。

"没什么大碍。"医生替我擦了药，指着我肿得像馒头的脚说，"就是这两天少走路。"

"谢谢医生。"我撑着起身，秦牧过来扶我。

"不用了。"我白他一眼。

"毕竟是我没抓稳你。"他不管我推脱的手，一把揽住我的腰，将我扶了起来，"家住哪里，送你回去。"

我别扭地挂在他身上，浑身都觉得不舒坦，虽然是个帅哥，但也不能这么让他占便宜吧。

"真不用了，你把我放开，我跟李念念打车走就好……"

秦牧没搭理我："少装大方了。我说你啊，干事情能靠谱点吗？"

这世界可真小，我哪里会想到，"拐走"李念念的人，会是秦牧的表弟。

李念念这时抬头看到我，突然皱着眉头，酸溜溜来了一句："你自己不会走路吗？

要哥哥扶干吗？"

那眼神里，竟满满都是敌意啊……

喂，李念念，你才8岁啊！我翻了个白眼。

旁边那个小男孩，长着一张巴掌大的脸，眼睛大大的，有点害羞的样子。但我看得出他似乎挺喜欢念念。李念念叫他鹤童。尽管她叫他名字时总是凶巴巴的女王范儿，可我知道她对鹤童没有对其他孩子的那种防备和竖起的刺。

送念念到家，刚好是六点多，我替她把门关好，跟她说我过一会儿回来，还有点事儿要去办。

她一脸的不高兴，不过她不高兴的内容是："你待会还回来干吗？你已经下班了啊。"

"我回来跟你妈汇报一下你今天作死地随便跟陌生人就走！"

"我跟他比跟你还熟呢！"她瞪大眼睛说，"你敢！"

电梯停在一楼，我一瘸一拐地走出小区，正准备拦车，却看到那辆雷克萨斯还在附近，而那个家伙，正从便利店里出来。

"喂，你干吗呢？"

出租车正停在我身边，他大步上前，一把合上我正打开的车门。

"师傅不用了。抱歉。"

"你干吗啊！"我气急败坏，"我要去参加毕业晚会。"

"你脚都这样了，还毕业晚会，你摔到脑子了吧？"他一副看外星人的样子。

本来就有龃龉，回想起昨天他对我的态度，我不想理他，继续打车。

他也不理我，径直上车，一个飘逸掉头，到我面前。

"上来。"

我犹豫了一下，觉得自己拒绝有些矫情，便坐了进去。

他发动汽车，将可乐递给我。

"啊？"我迟疑接过，拧开盖子，喝了一口，这个家伙忽然咬牙切齿地对我说："我是让你给我开一下……谁让你喝啦！"

哦，原来是这样啊……

"那喝都喝过了……"我只好弱弱地说，"要不，我给你擦擦瓶口？"

他翻了个白眼，一把夺过我手里的可乐，仰头就喝。

我忽觉有些尴尬。

这么巧，李宗盛，我很喜欢。

正放着的是《山丘》，一句"我翻越山丘，却发现无人等候"，听得我心里一阵凉薄。

车厢里漂浮着一丝可乐和古龙水混合的味道。

哦，今天是栗长原的生日。

车子突然停在了商场门口。

"你干吗？"我从一首歌里抽身出来。

"你裙子这样去毕业晚会？合适吗你？"他回头白我一眼，"我下去给你买一件。"

他推门下去，他是要去给我买衣服吗……我忽然觉得非常感动，何况……当看到一个男人，为你走进了LV……

几分钟后，他拎着一个袋子出来了。纸袋上头红艳艳地写着：H&M。

"你刚不是进了LV吗……"我悻悻地接过来。

"LV侧门到H&M比较近。"他反应过来，不可思议地看着我，"你……该不会觉得我会给你买LV吧？言情剧啊？我土爆发啊？H&M已经够适合你了。"

"我是适合H&M，不过HM是缩写，Hermes才是全拼！"我瞪着他，"喂，头转过去。"

我火速将那条牛仔裤套上，碰到脚踝的时候，疼得龇牙咧嘴。

"哪个KTV？"他发动汽车。

"东城区那个新开的'好乐迪'。"

他撇撇嘴，哦，毕业愉快。

人都已经到齐了，我下车的时候刚好看到了出来接人的周诗余。

她看我一瘸一拐的，问："未未，你怎么了？"

"没事。"我冷淡答道。

她探头探脑地望着刚掉头走的秦牧的车，问我："那个人是谁？有点眼熟。"

"全世界你都眼熟。"我轻声嘀咕，径直入场。

作为团支书的周诗余订了KTV，也不知是不是巧合，我看到了程沧他们机电系的几个男生。

那几个男生我也认识，见我一到，朝我挥手，几张男版八卦脸，夸张地问："啧啧，陆羽和程沧真分了？你脚怎么了？"

我不知该怎么回答，其中一个说："你知不知道，程沧今天……带了谁来吃饭？"

我脑子嗡了一下，问："谁？"

"是那个……"他刚要开口，忽然噤声，朝着我身后的人打招呼，"沧哥，来了啊。"

我缓缓回头，程沧一脸讶异，同时，我亦看到了他旁边明眸皓齿的女生，小我们两级的音乐系的林简。她我怎么会不认得呢？她大一刚入学的时候，就铆足劲儿地追程沧，陆羽参毛，我拦住她，特地跑去跟林简苦口婆心地讲道理。我还记得当时她两眼泪汪汪，哭得楚楚可怜，跟我说了一句炸毁我三观的话。

"我可以等的。"

而我当时也回了她一句："那你等到下辈子吧。"

旧时的对话就像一个巴掌，林简终于等到了，她甚至毫不避讳地朝着我甜甜地叫，一脸天真："姜未姐姐，你们也在这里办毕业会啊？"

我脸寒若冰霜，瞥向程沧，体内有股惶恐的寒意，直逼心脏。既然在一个地方，那难免可能会撞上。就算不撞上，那口水，也可以淹死陆羽。

才分手几天，几天而已啊。

旁边几个男生脸上挂着看好戏的表情，程沧似乎思考了一下，跟林简说："我有点事跟姜未说，你先进去。"

林简乖巧地点点头，经过我身边的时候，还眯起眼来笑了一下。

"姜未姐姐！毕业快乐！"

快乐你个头啊！

彼时程沧朝我走来，示意我去一个空的包厢里，我一瘸一拐地跟在他身后，像个怨妇一般，想要他给一个交代。

像他们那样的情侣，什么才是让他们画上句号的理由呢？不是分手，不是忍着思念不联系，而是他们其中一个人，找到了新的伴侣。这就是，最残忍的句点。

我啪一声关上门："程沧，你给我解释解释，你到底什么意思？"

他缓缓地坐下来，昏暗灯光下，他的侧脸忽明忽暗。

他缓缓开口："姜未，你了解陆羽，但你不了解我。你知道我有多辛苦吗？我可以忍受她，没关系，但我看不了她忍受我。我们俩在一起，总是太痛苦。非死即伤的感觉。现在年轻还能承受，可老了呢？我真的不想伤害她，我明明知道自己很爱她，可是我做不到。我们给彼此伤疤，以爱之名假装痊愈，但事实上，早就已经累了。

"我真的好累。

"她不累吗？她还没有折腾够吗？她还不想放手吗？她还要这样跟我耗下去吗？我怕她耗不起啊。分手，对我们俩都好。"

他这样一番话，让我觉得有些恍惚。

是啊，这么多年，陆羽为他伤筋动骨多少次。他们两人像是天生的冤家，却偏偏又相爱了。陆羽像是一只刺猬，程沧浑身也都是刺。他们说爱情是很甜蜜很安心的感觉，可我想他们从来没有体会过，他们永远是电光石火间的激情和生死相依，余下的就是提心吊胆了。

我竟哑口无言。

如果，程沧不说最后一句话，我还是会觉得，他是个好人吧。

"所以，抱歉我自私，我只是想谈一段轻松一点的恋爱。"他说。

"你是想让我告诉陆羽吗？"我气血冲头，愤怒地问。

"我只是……"他哑然，"我也不知道为什么要跟你说这些。"

他起身。曾经我和程沧也是不错的朋友，在这个城市里，仅有的那么几个之一。有一年，陆羽在国外旅行。我肠胃炎住院，他给我送了好几天的饭，当时看我在病床上没有食欲，他皱着眉头欲言又止："你……跟陆羽似的，怎么这么不会照顾自己啊。"

我笑着说："你该不会是要劝我找个照顾我的人吧。"

他眉开眼笑："那不必，这不还有我和陆羽吗？"

"那我真是托陆羽的福。"

他有些不好意思地挠挠头："那不是，你姜未也是我的朋友，就算你不是陆羽的好朋友，这些也是我该做的。只不过……"他神秘兮兮地说，"那样的话，要瞒着那个醋坛子做了。"

那时陆羽就是个不任性会死的作女友，若不是我们关系这么好，我分分钟都想骂她不作不死。可是程沧那时明明眼里眉间都是包容，即便委屈也是溢满了甜蜜。而如今呢？

他没有回答，眼睛里没有任何情绪。

想来是已把悲恸、遗憾、纠结……都过滤掉了。他是想通了，想好后果了，才会跟我说这番话。似乎是一个预告，他知道这样一招后，陆羽和他就彻底完蛋了，而他要我做那个告诉世界炸弹要来了的人，真是彻头彻尾的一个混蛋。

"姜未，我们还是朋友吗？"他突然问。

情侣分手，站队是必须的。那样歇斯底里爱过的两个人，即便能够奇迹般地和平分手握手言和，也不可能在日后的岁月里云淡风轻地相处。不在背后中伤对方就已经很不错了。

我太了解陆羽，她的爱恨分明，我能做的，不是在他们之间周旋，而是二选一。

自然不会是程沧。

所以我摇摇头。

"不是了。"

而他似乎松了一口气，回头，苦笑着对我说："有你这样的朋友，我也就对陆羽放心了。"

然后程沧走了，我无奈地笑。

程沧啊程沧，你放心什么？我这样的朋友，又不是陪陆羽过一生的人。

我是锦上添花，而你是雪中必需的温暖啊。

而那些分开的人，不过是怀抱着曾经共同的岁月，像是背上卸不下的行囊一般。

什么叫不打搅是我的温柔。分明分分钟，都在打搅彼此的岁月啊。

其实我能理解程沧。

说替代品对那姑娘来说并不公平。

但他真的需要有一把刀来斩断他跟陆羽之间的藕断丝连，否则，这两个一直没有找到解决方法在爱里撞得头破血流的家伙，会双双堕入地狱。

我曾也在他们吵架的时候巴不得他们分手。

这样省了好多眼泪和力气，我总觉得爱情不该谈得这样惊天雷勾地火的，但他们真的分手了，我才知道，哪怕作为一盏电灯泡，我都有多惋惜，多舍不得。

我望着程沧的背影，鼻子发酸，却不知该如何出去面对陆羽。直到她出现在我的面前。

"姜未，你怎么才来啊！"

她今天穿着一条白色的裙子，不说话时，她看起来还是蛮温柔的。

"快，快，赶紧的，她们抢话筒呢。"她伸出手，挽住我的胳膊，"手怎么这么凉？你脸上啥表情？"

我喉咙沙哑，掩饰情绪："我这不是……马上就要毕业了，觉得有点恍恍惚惚嘛。"

她将我拽进包厢，彼时我想刚才程沧带着林简走进大厅，已被班上很多人看到，八卦唇舌一传，那些目光，已让我如坐针毡。

陆羽已扑到前面去点歌，音乐声大，但我还是听到以前的室友周青歌她们的议论纷纷。

"哎呀，我还以为他们能成呢。没想到……啧啧，程沧也真是够了，这么快就带着小三来了。"

"是啊，我都不相信爱情了。"

"陆羽还蒙在鼓里吧。你说她也真是的……平时不是管得挺严吗？男朋友还是跟小妹妹跑咯。"

我攥紧拳头，心中仿佛混进一根头发丝儿。

而此时，陆羽喊我："陪我唱这首好吗？"

我一恍惚，看到屏幕上亮起的大字。

下一首——

《分手快乐》。

她拿着两支话筒，满脸笑容地坐到我面前，声音轻轻地颤抖："我看到了。你别担心，我没事的。"

三 毕业

那天晚上，陆羽喝了不少酒，跟班上仅有的几个男生玩着骰子。隔壁包厢里，尖叫声连连，不知是何惊喜。隔壁每尖叫一下，陆羽的手便会停滞一下。我心中酸楚，巴不得陆羽大哭一场。

离别的氛围在酒精浓度升高之后，终于浓郁起来。毕竟是四年同窗，尽管我和陆羽自大三那年和周诗余闹翻之后就搬出了宿舍。但毕竟毕业在即，很多人，许是此生最后一次相见了。

周诗余忽然抱着一瓶啤酒来到我身边，却沉默不语。

"有话你说吧。"我终于按捺不住打破沉默。

"你是故意订这里的吗？为了给陆羽难堪？"我开口道。

她答非所问："你肯定觉得我特别讨厌吧。"

我不置可否。

"姜未，其实……我一直都特别羡慕陆羽，她可以和一个人长相厮守那么久。但是她真的太不知道珍惜了，程沧对她那么好，她却……"她叹口气。

我终于按捺不住，冲她道："人家的爱情关你什么事？人家分手跟你有关系？就算别人白头偕老获得真爱，又关你什么事，你又不配。你巴不得什么都抢过来对不对？"

她忽然来了一句："对不起，姜未，你明知道我对程沧没兴趣，我爱栗长原，跟你一样。"

天哪，她是疯了吗？

"今天是他的生日，姜未。"她忽然又笑了起来，这个疯子，"我们一起祝他生日快乐吧。"

"你给我闭嘴。我们分手已经那么多年了，你干吗一天到晚神神道道的，你要爱，你去爱就是了！干吗要拖上我！"有人正在唱一首《恋爱ing》，声音大过天，我才可以放肆这样骂道。

"不。我不相信你不爱他了。"她的眼睛里闪烁着可怕的东西，让我没办法理智。

这真是一个糟糕的毕业典礼。

晚上十点，陆羽终于冲到卫生间里去吐了。

我在后头拍着她的背,她忽然目光一凛,对我说:"我们走吧。我想去老季酒吧坐一下。"

此刻我哪能不遵命,想着她这样撑着,许是不想让同学看笑话,去了老季那,估计能发泄发泄。我立马扶她起来。

而彼时,窗外下起雨来。林简正扶着程沧,站在街边打车。他似乎有些醉了,一扭头,看到我和陆羽时,脸上的表情恍惚了一下。他立马慌乱地撑起伞来,举高,和林简踏进雨中。

我不敢看陆羽的表情,只是捏紧她的手。

她却回头冲我笑着说:"没什么,我都看到了。没觉得特别难过,真的,你相信我。"

"嗯。"我说,"我相信你。"

信她才怪。她整个人都在发抖,强撑着笑容,拉着我走进雨里。

"我们走着去吧,也不远。"

细细的雨丝打在身上,我不敢打破这片寂静。

我知道失去一个人的感觉,痛彻心扉。但我多庆幸我不必像陆羽那样,亲眼看见那个朝夕相处以为可以共度一生的人和别人撑伞的背影,不用亲身经历自己的位置被人占走,挤出自己原本的伞下,孤孤单单地淋在雨里。

我倒是该感谢栗长原,没有让我有这样眼睁睁看他和别人离开的机会。

陆羽,我就是很想很想抱抱你,特别想,紧紧的,告诉你我在这里,我一直都会在。宇宙洪荒,我们都在一起。

我紧紧地挽住她的胳膊。

到了老季的酒吧门口,陆羽的鞋带散了。

我等着她,却见她的手,一直保持着系鞋带的动作。

"陆羽……"

大概有半分钟的沉默,她的嗓音沙沙的。

"我就是想起来,以前程沧蹲下来给我系鞋带的样子。为了让他蹲下来给我系鞋带,我几乎装了半年多连鞋带都不会系的傻子。"

她自嘲似的抬起头来。

"可你会。"我说,"你只是假装不会而已。"

"是啊。"她听得懂我的话,飞速把鞋带系好,朝我笑着说,"我会。我其实什么都会。"她看了眼手机,"未未你先进去,我接个电话。我妈的。"

没想到,秦牧竟也在这里,听说他是来给老季送从美国带回来的吉他的。

老季自然乐得合不拢嘴,转而问我:"陆羽呢?"

"她……在门口接电话。"

"我就说分不掉的吧。"他撇撇嘴,"就他们俩那样儿……"

"不是程沧电话……他们俩真分了。"我打断他的话,"程沧找了个女朋友。今天晚上还带去毕业趴了。"

老季瞪大眼睛,骂了句脏话:"程沧还是个人啊?老子非砍死他!他不是说爱陆羽一辈子吗?"

秦牧则在一旁,淡淡地笑着。

我讨厌他的笑容,讨厌他在别人谈到爱和誓言时候的那股子轻蔑,一肚子坏水,一脸的薄情寡义。

彼时,陆羽正站在门口的一棵大槐树下,一旁有醉酒的男生正在呕吐,被她的一声尖利的凉笑而吓得酒醒了一半。

程沧在那头,用苍凉的声音说,我们可以做朋友吗?

陆羽对着电话吼:"我有很多朋友,我没有下贱到要跟前任做朋友,我也不需要你这个朋友。我们既然分手了,就当没有认识过吧。"

她说出来多么轻巧,就像一刀斩断了最后一根连着的丝。

可是,青春里那么多繁复的联系,又怎么能斩断,那个人已经活到了她的血液里,与她同生共死,她就像被偷走了影子的人,不再是那个天不怕地不怕的陆羽。

程沧在那头沉默了很久,声音沙哑,一贯强硬的他,带点哭腔。

"陆羽,我爱你。"

然后,是急促的忙音。

陆羽在门口号啕大哭了起来,又怕我担心她,她只能用尽力气把眼泪哭完,吓得那个半醉的男生,颤颤巍巍递给她一张纸巾,问了句:"你……没事吧?"

天下大事,能让姑娘哭得这样狼狈的,基本逃不过一个爱字。

谁都懂这个道理。

她发着抖说着谢谢,然后抹干净眼泪,掏出粉饼,在路灯下给自己补了个妆。然后她又是那个所向披靡什么都不怕的陆羽了,只是路灯下的她,没有了影子。

那个男生还站在她旁边,问她说:"姑娘,能给我你电话吗?我请你喝酒啊。"

陆羽愣了一下,从牙缝里挤出几个字儿:"滚!"

那年毕业季,我们22岁,一击即碎的自尊又被重新缝补起来,装出铁皮空心人的样子,外表女金刚,内心棉花糖,不开心的时候可以背地里流三公斤眼泪,然后在人前做出比谁都好的样子,似乎生怕眉角的一丝泄露,就让人看出不如意。

我们，就这样毕业了。

喧闹的酒吧里，陆羽脸色苍白地跟我说："未未啊，我有前男友了呢。值得庆祝不？喝一杯吧！"

然后她仰天饮尽，终于醉倒在沙发上，紧紧地攥着老季的衣角，什么都不说，只小声地哭。

她向来都大大咧咧，何尝有过这样示弱的一日，像一只受尽欺负的小白兔，缩成小小的一团。

我没办法安慰她说，你不要去想就可以了。

陷入爱的逆流的人，脑海是关不掉的，那个人就是在，一直都在，怎么赶也赶不走。他甚至会开始弥漫，直到充满你整个脑海，睡眠也别妄想挤进来。

而老季，咬着牙，忽然撇头跟我说："老子的心都要被她哭碎了。"

秦牧坐在我对面，棱角分明的脸，在灯光中忽明忽暗，眉头紧锁，像是在想什么。

"怎么办啊，老大？你是过来人，告诉我，这情形怎么搞？"老季对着秦牧轻声道。

"我怎么就过来人了？"秦牧回神，不满地嘟囔一句，"老子纯情着呢！"

"别装……"

"根据我多年饱览诗书的经验，这种情况，一般来说，最好的解决之道就是火速找到新欢！"

"胡说八道。"我白他一眼，"有些人无可取代，你这种人，懂什么？"

"也是。"他轻蔑地勾勾嘴角，"哪有你这种未成年就和别人私奔的姑娘懂啊。"

"秦牧你个王八蛋！"我腾地站起来，瞪着他。

谁知这个时候陆羽忽然翻身起来，含泪的眼睛眼神空洞，冲着老季来了一句：

"你娶不娶我？"

秦牧喷出一口酒，我张大嘴看着她，而老季，一脸的惊诧过后，猛地点头。

"娶！我娶！"

陆羽应声又倒了下去。

只可惜，陆羽那天真的喝太醉了，压根儿不记得这一段，不记得老季当时的眼神，认真而坚定。

"我娶！"

而有些感情，就在这样阴差阳错的细枝末节里生长开来。就连它的主人，都尚未意识到。

这个城市的节奏那样匆忙,人潮像是一瞬间就会把你吞没,没有一个角落是安静的。

　　我何尝不怀念曾经居住过多年的那个小城镇,它像是把我惯坏了,安静,温和,那才是家啊。但我很早便明白了有个词叫回不去。刚到小城的时候,我怀念寥城,待到回去,才发现物非人非,原来这个词是这么残忍,叫人身心麻木,我竟并不觉得悲伤,只是觉得,那句"很多东西当你得到的时候却已经不想要了"太过真切。

　　所以,我杜绝怀旧,杜绝想起,逼自己朝前看。

　　但是细枝末节里的呼吸声,却总是会在夜深人静之时,提醒着我它们的存在。

　　哦,栗长原,生日快乐呀。

\我想你时

　　　　西风止\

第三章　猎户星座

人生就是这样，当你淹没在人潮之中，才会意识到自己的渺小。

"你看啊，星星。"

我以前居住的地方，是一个很小的县城，草坪上可以看到很多很多星星。

我旁边躺着的少年，指着远处的一颗星说。

"姜未，你看，离开的人都会变成星星的。"

我记得我说，我永远不要你变成星星。

他就在我身边，闪亮得像一颗星。

从我这层楼看出去，刚好是林立在这旧城的房子，和远处的天桥上移动的车。

商贩已经在路边卖起麒麟瓜了，满世界的阳光开始带着尘土。

天气一点点热起来。

瓶子里插的花，枯了。

夏天，终于一点点地来了。

……

一 偶遇

大四下半学期，很多同学都已经开始实习了。人才市场被挤到爆。

大学其实我的绩点都还不错，但比起周诗余那种板上钉钉的优等生，再加上学生会各项头衔加身的荣光，我简直是毫无成就。但意识到当初该参加参加社团活动以博取用人单位好感时为时已晚，只能四处海投简历。

我最想去的自然是甄芙，但简历石沉大海。

人生就是这样，当你淹没在人潮之中，才会意识到自己的渺小。

那之后，我被一家叫亦虎的广告公司录取，以实习生的名义进去，顶头上司是个举止优雅但看起来不太好相处的女人。

一切都开始按部就班，我成了一个上班族。

"姜未，你过来一下。"

最近公司瞄准一个新案子，刚好是宴珺负责，她似乎很在意这个案子。

毕竟刚踏入职场，快节奏的步调让我有些目眩神迷，公司压榨新人这种事儿我也早有耳闻，从一大早买咖啡到晚上帮人代班锁门收尾，我也很快就习惯了。同组的姑娘阿玟抽空就跟我抱怨，我也只是笑笑。她就纳闷起来，你不觉得累？

我又不是机器，当然会累。但是我知道抱怨毫无意义，不如省下抱怨的力气。不过是新人而已，总有熬到老的那一天。

下班已经是八点多，公司附近有一家很大的沃尔玛。我就近在肯德基吃了个汉堡，决定去买点儿东西备着，省得到时候开夜工没点存粮。

我当真是做一行爱一行的典范，对着各种品牌食物的宣传文案开始钻研，有些文案写得可真是精彩，有一些，则让我忍俊不禁，全靠牌子的知名度混下来，不然这种文案，在当今这世界，要怎么存活啊。

莫名其妙就走到家电区了。德国进口的电陶炉面板光泽亮眼，旁边的宣传文案上秀着火锅，颜色漂亮的蔬菜和让人垂涎欲滴的肉片，我忍不住就心动了。一翻价格，要我大半个月的工资。噤声，作罢。

买东西不过都是一时兴起，价高者无缘，再见。

手推车里一堆的泡面，但我决定还是对自己好一点，去新鲜的食材区买一点鸡蛋和蔬菜，到时候煮进去。

这个时候，我看到了一个熟悉的身影。

站在新鲜蔬菜架子前拿着大白菜的男人，天生的好身形让他即便站在此处也格外引人注目。要想在茫茫人海中忽视这个家伙，还真是难。此时他将一颗白菜丢进满满的购物车里。

好看的家伙总是有致命的吸引力，我说过，我觉得他危险。而从小到大的经历，已经教会我趋利避害。对于这样的人，我还是敬而远之吧。

离上次见他已过了很久，这个城市也不算太大，碰上也不是什么奇怪的事。但我不太想跟他打招呼，这个家伙，从第一句"不必了"就让我自动远离。可他已经看到我了。

"嗨。"我只能有些尴尬地打了个招呼，"买菜啊？"

他看了一眼我的购物筐，狡黠笑道："你买卫生巾啊？"

我脸一红，立马将在表面的苏菲弹力贴身塞到方便面之下，抬头对他怒目而视。

每次都这样，想跟他好好说话，保持友谊，这个家伙总是能轻而易举地拆台。于是我火速地随便捞了点新鲜蔬菜，就扭头要走。

"喂，你也不挑挑？"他却皱起眉头来，叫住我。

这个男人好奇怪，不就是买个菜嘛，难道需要货比三家？

"有啥好挑的？"

"你还真是随便。"他冷哼一声，将我购物车里的蔬菜掏出来，丢回去，"这几颗我刚才看过了,说是绿色生态,但明显用过药。叶子虽然看上去新鲜,但其实是没虫敢吃。"

还真是……我撇撇嘴。

"怎么,觉得我挑剔?"他淡淡一笑,"我是挺挑的,像你这种……"

"少来了。"他轻佻又意有所指的话语让我不禁有些发毛,为了挣一口面子,我莞尔一笑,"像我这种你 hold 不住的女生,你当然不会来挑了,可不是怕被拒绝吗?"

我发誓,我说这些话,不过是想在他看轻我的时候给自己提点面子,秦牧不是不要脸吗?我也可以不要的。所以在他惊诧于我竟说出这番在他视为"奇谭"的话时,我昂首挺胸,转身而去。轻轻的,我不带走一片……

"喂。"他忽然在我身后说,"你挺得再厉害也是小馒头啦。这么着,要不咱们试试,看到时候谁离不开谁?"

我没回头,恨恨地想,我要去把刚才内衣区那件打折的聚拢型内衣给买了!

这个超市有两个出口,平均每个出口十个收银台,但因为马上就关门了,我只能跟他排到了一个窗口。

他饶有兴致地看着身后的我,再看一眼我使劲想藏起来的聚拢型内衣,意味深长地笑。

那笑容不怀好意,令人发指。

轮到秦牧了,收银员看上去就是个二十出头的小姑娘,一看到帅哥就眼睛发亮的那种,连嗓音都甜了不少。

"先生,您刷卡还是带走?"

秦牧怔了一下:"我既刷卡,也带走。"

姑娘立马给了自己一个轻轻的嘴巴子:"对不起对不起,先生,刷卡刷卡……您有会员卡吗?"

"没有。"

"那我给您刷一下,东西全部是会员价哦!"

我咬牙切齿,为什么!上次我只是忘记带会员卡而已,这个姑娘死活都不肯借我用一下。

"唔,随便。"秦牧淡淡地说,开始从手推车里捞东西。

一部分食材底下,竟全是上等狗粮。

因为程沧以前也养狗,所以我曾陪陆羽买过狗粮,这种进口的牌子,贵得要命。

土豪就是土豪啊,连狗都吃得比我好!

这个时候,他忽然白我一眼:"看什么看啊你?"

"没啊。就是在想,这么多,你得吃到什么时候啊。"我呵呵笑道。

他脸色一变，忽然伸手朝我邪魅一笑："这不还有宝贝你一块儿吃嘛。"

然后他一把揽过我的肩膀："来，宝贝，一块儿付就好，跟我你还客气什么？"我忍不住用手肘狠狠撞了一下他的腰。

收银小妹一副痛心疾首的样子，看我的眼神颇有些不爽。

我黑着脸，忽然灵光一闪，朝着秦牧说："我还有样东西没拿。"

我直奔电器区，拿我舍不得买的进口电磁炉，不蹭白不蹭！

我就是这么识时务的女子，我不能白白被他羞辱，好歹他得付出一个电磁炉的代价！

我本来期待着他看到这只电磁炉时脸黑的样子，没料到秦牧只是淡定地将它放到收银台，冲我回眸一笑。

"还有什么要买的？"他压低声音，"你可能只有这么一次压榨我的机会。"

付款结束，他冲收银小妹来了个让人目眩神迷的笑容，然后两手捞起所有东西，冲我挑了挑眉头。

"走吧。"

"我自己来……"我紧跟着他，去拿他手里我的东西，一面说，"我刚把单子留下了。你支付宝多少，我回去打给你。"

他忽然停住步伐，像是看什么有趣生物一样盯得我发毛。

"干吗啊？"

他把东西放下，朝我伸出手来。

"什么？"

"手机。"

"给你手机干吗？"

"蠢，我输我的支付宝给你啊。"

我只好递给他，他摁了几个键后，递还给我。

沃尔玛外头下起雨来，他站在旁边，淡淡地说："送你吧。"

"不用了，我可以打车……"

一记夏日惊雷，我吓得一个哆嗦，扭头对他说："不麻烦的话……我……"

"走吧。"他朝停车场努努嘴。

"住哪里？"

我不知道他为什么突然变得友好严肃起来，这反而让我觉得贫嘴的他比较让人不那么尴尬。

我报了地址，他一个刹车，缓缓回头，迟疑地问我：

"黑桃胡同？"

"是啊，是条小巷子，你不知道吧，我可以导航……"

"没必要。"他一个急转方向盘，我整个人从座位上弹起，听到他冷不丁地吩咐："安全带。"

夜色之中有雨，身边的秦牧沉默不语，专心开车的侧脸仿佛心事重重。

作为一个普通的连朋友都算不上的我，虽然有些好奇他判若两人的原因，却也不会问。

我害怕沉默，所以我才喜欢和陆羽那样爱说话的姑娘在一起，热闹，不尴尬，停不下来的耳朵就会让心没办法胡思乱想。

我伸手去摁了音乐。

他忽然一把抓住我的手指。

"碟机坏了。"

好吧。我收回微微发烫的指尖，清清嗓子问："你养狗？"

"不然呢？你有吃狗粮的爱好？"他一脸的鄙夷，"狗是鹤童的，一只金毛。比鹤童年纪还大。"

"这样啊。"他提起鹤童的时候，眉头会微微松开，显得不那么讨厌。

"买那么多菜，家里有客人？"

"一个人就不配好好吃饭了？"他话里带刺，"哪像你，买那么多泡面。难怪吃成这副干瘪样。"

也罢也罢，看在我现在要劳驾他做车夫，不跟他一般见识。

灯红酒绿的城市雨天，寂静的街道上走着稀稀拉拉的人群，小巷子里穿梭而过，岁月，在一片静谧里，也无声无息地再次重现，迅速消亡。

回到家才发现没有电，打了电话给供电局，被告知夜半已经下班，明天才能来通电。只能在黑灯瞎火里泡一碗面吃。

黑暗的屋子里，只听到自己的呼吸声，窗外偶有汽车进入胡同，倒库，熄火。

我吃得极其缓慢，觉得毫无胃口，想起秦牧说的那句：

"一个人就不配好好吃饭？"

是啊，我笑起来，一个人，也要好好吃饭的。

莫名其妙的伤感忽然涌上心头，掏出手机，屏幕发着白光，才发现上头，多了一个号码。

上书："男神。"

我噗地喷了一桌子的面。

不是不想留联系方式吗？我点了删除键，犹豫了一下，取消，修改名字为："讨厌鬼"。

二　医院

难得可以早点下班的周五,我坐在公交车上正百无聊赖。

最近要写一个沐浴乳的文案,为此我还真是焦头烂额,尤其是公交车里各种味道夹杂的难受氛围里,简直煎熬啊。

手机忽然响了起来,一个陌生号码。

"喂,您好……我是……"

一瞬间我的心脏就差点停止跳动,整个人扑到公交车的前排。

"师傅!能帮我停一下吗?"

"还没到站呢!"

"我妹妹心脏病送医院了!我……"我上气不接下气,想来师傅也被吓到了,立马一个刹车,靠边停下来。

"姑娘你赶紧的!这个地方好打车,快去吧!"

我匆忙说了句谢谢,跳下车去,运气还好,正好有一辆空的士停在站口,师傅正百无聊赖地整理发票。

几分钟前,我接到李念念学校的电话。她班主任火急火燎地跟我说,她联系不到念念妈妈刘西宁,而在念念的档案里,西宁曾留过我的电话。

我并不知道我跟她们已经"熟悉"到这个份上,但我当时的紧张,的确是无法形容的。

就像很多年前那一次,在一个拥有耶稣和十字架的教堂改成的老旧孤儿院里,满地的狼藉碎片和鲜红的血,急促的呼吸和近乎听不到任何声音的耳鸣,我的心跳加速,几乎要跳出嗓子眼。

所以,当看到李念念安然无恙地坐在医务室的走廊上玩着 iPad 的时候,我几乎气得要上前动手揍她。

李念念倔强地憋着眼泪,朝我吼道:"让你打就是了,你打啊!"

班主任老师这时候在身后叫我:"是姜小姐吗?"

我这才知道事情的前因后果。几个大孩子想要抢走鹤童的 PSP(一种多功能掌机),李念念上前护他,被推了一把。几个孩子吵了起来,鹤童就跟人家打了起来。李念念心一急,就装心脏病发，几个孩子都知道她的病，因此都吓坏了，才找了老师来。老师信以为真，当场联系了120，打西宁姐电话又联系不上，只能找到我。这个时候，鹤童还在里头包扎呢。

我得知这事，一时之间，竟也无言以对。

小家伙挺有心机啊，我自愧不如，我把她扯到一旁，她眼泪打转却依旧犟着。

我只好叹气说：

"李念念，我只是想告诉你，今天你把我吓惨了。你看，就算我，一听到你突发心脏病，都能吓成这样，如果接到电话的是你妈妈，她会怎样？"

她憋着气，整个人紧绷着，似乎在压抑自己的情绪，但眼神里的委屈，一览无余。

几分钟后，秦牧气势汹汹地冲了进来。

"谁打的鹤童？谁打的？我非揍死他们不可！"

"我带你去！"李念念一看大救星来了，立马跃跃欲试，"是四年级的……"

我一把抱住她，朝着秦牧："你冷静一点好不好，这里是学校。"

"我管它学校还是哪里。"

"喂，你是猪吗？你要是动手打了小朋友，你让鹤童以后在学校怎么混啊？"

李念念本来就和同学处不好，这样子的话，只有可能被孤立，甚至有可能被他们私底下报复。那样，就更麻烦了。

秦牧平静了一下，点了点头，却从牙缝里挤出来一句话："也不知该不该听你们这种妇人之仁……"

班主任这个时候赶过来，跟我们表示已经找了四年级的级长，一定会对那几个大孩子严厉教育，这才平息了秦牧的怒气。

十几分钟过后，鹤童被推出了急诊室，手臂上包扎着纱布，脸上微有抓痕，李念念跑过去，他立马就扯出一个灿烂的笑容。

秦牧迎上去，蹲在他面前，一改刚才的暴戾形象。

"疼不疼？"

不得不说，秦牧这家伙，虽然挺混蛋，对待鹤童，倒是真的温柔。我妈以前跟我说过，看一个男人到底好不好，就要看他对待小孩子的态度。当他看那些孩子都是满目柔情的时候，他就一定会是个负责任的人。

不过，这句话后来她收回了，因为看小孩总是满目柔情的我爸，跑了。

看小孩也是满目柔情的栗长原，也跑了。

"要不要帮你报仇？"秦牧举了举拳头。

"不要啊。"鹤童果然跟秦牧那种暴力狂不是一路人，使劲摇头，"我没事了。"

然后，他抬头看着我说："漂亮姐姐好。"

嘴巴好甜，我简直要喜欢上他了，刚想蹲下来跟他说话，只听见秦牧道："鹤童，你是不是伤到眼睛了啊？"

"咦？"鹤童一脸好奇，我却听懂了秦牧这个混蛋在说他瞎，愤怒地抬腿一踹。

秦牧吃疼地回头看着我，骂道："姜未，你这个泼妇！"一扭头却迅速变脸，对两个孩子说，"想吃什么？哥哥请你们吃。"

车子猛地刹车，停在一家日料店门口，他朝我说："一起去吃吧。"

"不吃白不吃。"我腾地起身。

吃的是自助餐。自取三文鱼柜台前，我一面往盘子里加新鲜的三文鱼，一面对身旁疯狂拿着北极贝的秦牧道："你看他们俩。西宁姐还总说念念跟谁都合不来，我倒觉得，她跟鹤童多好啊。"

"你知道为什么吗？有个词叫物以类聚。相似的人，总会凭借频率找到对方。"

"相似？"

"嗯。"他点点头，"因为鹤童没有爸爸妈妈。"

鹤童四岁那年，父母死于车祸。而更讽刺的是，他们出事时，正从民政局回来，领了一纸离婚协议书。这是他的爸爸妈妈，在死之前，留给他的最后的"礼物"。后来，鹤童就跟着外公，也就是秦牧的爷爷。纵使他再疼爱这个小外孙，但又有什么能够弥补父母双亡的伤痛？鹤童早慧，分外懂事，但也因此分外敏感。

我十几岁的时候，是和几个孤儿院的孩子一起长大的。包括我曾经爱过的那个人，就是一个孤儿。也许这世界上并没有感同身受一说，未曾经历过，也不过是体味冰山一角之寒。只是我想起他，再看看鹤童，心中，充斥着难过。

饭后，念念吵着要去电玩城夹娃娃。尽管鹤童已经负伤，却也可怜巴巴地拜托秦牧。秦牧自是欣然允许。

李念念和鹤童挤在娃娃机前，而我和秦牧则坐在赛车上。

他开车技术了得，我两分钟死一次，铜板花得他咬牙切齿。

"就你这技术你会考出驾照？"

"这车贵，撞了又不用赔钱，我就比较随性嘛。"我指着兰博基尼的标志，厚颜无耻地表达了自己的观点。

"对了，你知道的吧，我爸妈……也离婚了。我小时候被丢给外婆。那种感觉，你不会懂的。"我也不知道为什么会跟他提起这个。

"我不懂？呵呵，你知道吗？我 17 岁那年暑假，去了我妈妈朋友的一家五星级酒店给人家送餐。有天晚上啊，我端着一瓶红酒和两盘牛排，走进了一个房间。你猜，我见到谁了？

"嗯，我爸。和别的女人。"

他回头，冲着我冷笑："所以，我还能怎么不懂？"

关于秦牧的事，我知道得并不多，但也有耳闻，他父母怨偶关系结束后，依旧像仇人一样恶斗。而不愿做夹心饼干的他，才去国外的吗？

"对不起。"我轻轻地说。

他沉默了许久说："我又不是小孩子了，早就不在乎了。感情这种事，本来就没有什么天长地久之说。"

"你不要这么想。总是……总是有例外的。"我说。

"希望吧。"

这样的秦牧不像我往日见他的纨绔样子，他清冷的侧脸，让人觉得有些孤独。

我也是孤独的人，没有资格来安慰他。

这个时候，身后的李念念尖叫起来，一只小熊出现在小小的窗口，鹤童捧起来，塞到念念怀里。

"呐，以后它陪你睡觉，你就不用怕黑啦！"

那天晚上，我送念念回家，刘西宁终于回来了，怕她担心，我没将这件事告诉她，只说碰巧去接了念念。

念念已经乖巧地自己去洗漱了，我准备走，却突然发现，刘西宁侧脸上有一大片淤青。

"你脸上的伤，是怎么回事？"我忍不住问道。

"我……没事。就是磕着了。"她一脸苦笑，躲闪着我的眼神。

既然她不说，我也不宜多问。

"对了，未未，过几天念念放假了。暑假学校有个户外亲子野营，我替她报了名的。你看我这副样子……"她苦笑一下，"你有没有空帮我……"

"没问题。"我点点头，"周末吧？我会陪她去的。没事的话，我先走了。"

三 野营

这场户外野营，被安排在近郊的向尾山下。郊野之中，开辟出一片平原。我又见到了秦牧，他自带了帐篷，戴着一顶草帽，简直像个农夫。

李念念因为她妈妈被我顶替而很不高兴，但一见到秦牧整个人就换了张脸。

花痴得简直过分！

这次户外野营的主题，是要孩子们学会户外生存能力，顺便提升家庭温馨感。鹤童和念念自然是一组，我也被迫和秦牧一起生火做饭。旁边几个家长忽然好奇地问："你们俩这么年轻……孩子都这么大了？"

简直是晴天霹雳，我很想哀号两句我也还是个孩子！刚想解释，秦牧却一把揽过我的肩膀，眉开眼笑："是啊，这不我媳妇儿怀得早嘛。一怀还龙凤胎，这不就得结啊……"

在对方一脸艳羡的表情下，我赔着笑，白秦牧一眼，低声咬牙切齿道："你是不是想死！"

他忽然咧开嘴嘿嘿笑起来："哎哟，光天化日你要我亲你？这不太好吧？"

……我张望四周，寻找着哪个地方比较荒凉，把秦牧给埋了算了。

不过，秦牧倒是挺让我意外的，原本以为十指不沾阳春水的他，竟精通厨艺，自带砧板上，切土豆丝儿溜得慌。我在旁边洗着一盆蔬菜，夏日的阳光热辣，刚好庇佑着我们的大树下却是阴凉。

也是难得闲暇好时光，我也好久没野炊了。

"你居然会做饭，挺奇怪的。"

"有啥好奇怪的。当年我在加州，都是自己做饭的好吗？"他看了我一眼，忽然来了一句："喂，姜末，你有没有觉得，咱俩这样，还真挺像小夫妻的啊？"

我真是烦透了他的没正经，捡起一片菜叶丢过去，他嗷呜了一声。

我懒得理他，只听他倒吸了一口冷气，我下意识抬头看他。

"丢疼你了？"

并不是，而是菜刀切到了手指，鲜血汩汩地流。

我慌了，立马跑去辅导员那找医药箱。

"没事。搞个 ok 绷就可以。"他皱着眉头,跟我说。

我找来纱布,用酒精替他消毒,一面抬头问他:"疼吗?"

"你当我小孩儿啊。"他不满地瞪我,"随便包一下就好了,赶紧的。"

而这个时候一旁号称去捡柴火,其实是扑蝴蝶去了的鹤童和李念念也跑了回来。

鹤童伸出手,轻轻地摸着他手上的伤口。

"疼不疼呀?"

"不疼。"

"可是都流血了,哥哥怎么会不疼?"

"因为哥哥是大人啊。"

"所以,长大了,就不会疼了对吗?"他眨巴着眼睛,看了一眼秦牧,又看一眼我。

我只能重重地点头。

他好像很开心,回头冲着李念念来了一句:"念念,那我们就多吃点饭,快点长大吧。长大了,就不疼了。"

"哟,这都哪学的,这么会泡妞?"秦牧笑了笑,拍拍他的小脑袋瓜,复又站起来,跟我说:"喂,菜洗了一年了,洗好没啊?"

饭菜是一起用的,秦牧那盘土豆丝儿炒牛肉,被几个孩子哄抢一空,念念满脸的不高兴,念叨着说:"秦牧哥哥做的菜,我都没吃几口呢。"

秦牧闻言,大笑:"要不以后嫁给哥哥,哥哥天天做给你吃?"

李念念听到此话,竟然羞涩一笑,看得我毛骨悚然。

野营是一天一夜的,晚上自然是要宿在平原上。学校已给所有人租了帐篷,秦牧却自己带了一顶。李念念在爬进他的帐篷之后回来就各种不高兴。我特地过去参观了一下,当即差点给秦牧跪下。

这个家伙,简直是带了一套公寓!他的帐篷跟我们的一比,简直就是宫殿!

而鹤童,这一次是体会到了王子一般的感觉,所有人都极其艳羡他。

但我的想法,只有一个。

秦牧真是一个让人捉摸不透的变态。

晚上做了小游戏。8 点多,繁星布满苍穹,于成年人,夜晚才刚开始。孩子们,却该钻进帐篷入睡了。

李念念似乎很怕黑,当灯火熄灭之时,她紧紧地攥住我的手,似乎生怕我会忽然松开她消失掉。

"别害怕。"我试图宽慰她,她本就要面子,被我这么一说,瞪着我大声说:"我才不怕呢！"

声音明明是在哆嗦，我忍不住笑起来。

一阵夏风吹得帐篷抖了一下，她吓得大喘气，终于像泄气的气球一样，再也威武雄壮不起来了。

"你不会走的，对不对？"

难得这个小妖精用可怜巴巴的眼神看着我，我顿时有种扬眉吐气的感觉，忍不住贱兮兮地蹦出一句"你求我啊"。

完蛋，她一脸震惊地看着我，我意识到失言，刚想开口说我逗你玩呢，却听到她用细如蚊蚋的声音跟我说：

"求你了。"

我的心仿佛被一只小手揉了一下，有种温柔的疼，我伸出手，想摸摸她的脑袋，被她一脸嫌弃地避开了。

好吧，刚才那一下，可能是我的幻觉。

帐篷进了一点光，我吓了一跳，被挑起的一角露出了秦牧的脸。

我压低声音喊："耍流氓呢你。"

他白了我一眼，递给我一样东西。

"就凭你还奢望我耍流氓？"他撇撇嘴，"蚊子多，带了驱蚊液，不是给你的，是给我小媳妇儿的。不用谢。"

帐篷重新被覆上，念念终于在寂静的夜色里睡着了。一天的劳顿，我却毫无睡意。

夏夜的平原上并不燠热，我没来由就想起少年时代的一次离家出走。

我需要透透气。

农庄的灯微微亮着，加上星光璀璨，夜色，竟也很是亮堂。我找了块草坪坐下来。

我哼着摇篮曲，是曾经有个人教我唱的，夏夜悠悠，往事不真实地在眼前闪现，像是黑白电影倒退。我并没有留意到身后有双眼睛正望着我，那双眼睛在我唱到"太阳要回家，不愿离开她"的时候，微微弯起嘴角。

"喂。"身后传来秦牧的声音，我慌乱地停了歌声。

他走过来，坐到我身旁，八字形躺下。

"失眠？"

"唔……太早了。"现在也不过才九点多，说失眠，也太早了吧。

"知道猎户星座吗？"

我摇摇头，天文一直是我的弱项。

他眯起眼，用手指给我看，一面道："它是赤道带星座之一，北部沉浸在银河之中。四颗亮星组成一个大四边形，就是那，看到没？"

为了看清楚他指的方向，我只能也躺下来，顺着他的手指看过去。

"它的象征物是猎人奥瑞恩，拉丁名是Orion。你看，双子座，麒麟座，大犬小犬座，金牛座，天兔座，波江座……每年10月17日到25日，会有流星雨。"

银河之中，一颗颗闪亮的星辰渐次排列。

"你好像懂很多嘛……"我轻轻地说，侧头去看他仰面的脸，不得不说，他长得的确好看，鼻梁高挺，眼睛深邃。

忽然，秦牧侧过头来，冲我坏笑："这可是泡妞必备。"又重新仰头，双手抱着脑袋，调整了一下姿势，懒懒散散地说，"尤其是泡你这种笨的，特别管用。"

他总是有办法杀风景。

我正哑然，他忽然回头看着我："姜未，你还很喜欢那个人？"

当年的事，如果要说出来，必定也是洋洋洒洒几万字，但今天我不想讲一个这么长的故事。

我只觉得心口一阵钝痛，淡淡地说："过去那么久了。"

"表面装出心如止水的样子，其实……"他侧身，右手托着脑袋，看着我，"你还忘不了他？所谓的无可取代的人？"

"我才没有。"我咬了咬下唇，意兴阑珊。

"那天是谁……拉着我的胳膊把我当成前男友，哭着说你为什么要走……"

我心里一紧，原来这是老季没说的丢人史啊。面上忍不住一红，索性恶狠狠地说："没错，他就是我翻越不了的高山，走不出的迷宫，过不去的坎儿。你管得着吗？"

"管不着。"他并不生气，牵起嘴角，"你的事儿是你的事儿。我只是觉得……挺羡慕他啊。痴情啊，看不出，姜未你居然还是个痴情种啊。"

我被他挖够痛处，自觉不甘落后，也讽刺道："你不也是？忘不了赵灵犀，所以千方百计地找新的替代品，结果，还不是白搭？"

他闻言，却不生气，而是朝我伸出了一根食指，缓慢地靠近我的下巴，轻轻一挑。

"那你，要试试看取代她吗？"

那手指似有电流，他的眼神迷离，我说过，秦牧是种危险的兽类，皮囊漂亮，还沾上了些迷人特质，哪怕是早有预料的我，都没来由地内心一动，一瞬间的，电光石火的，然后我迅速反应过来，恶狠狠地骂了句："滚。"

"姜未！姜未！"

我腾地坐了起来。李念念正大哭着喊我的名字，一路奔过来。秦牧也站了起来，跟在我身后朝着念念走去。

　　她站住，怨恨地望着我。

　　"姜未你这个骗子，你明明说过不会走的。"她咬着牙，满脸眼泪，"你为什么骗我？"

　　我一时之间竟百口莫辩。一旁的秦牧笑着蹲下去。

　　"傻瓜，姜未姐姐没骗你，她没有要走，她只是……想要抓一只萤火虫到你的帐篷里，那样，你在里面就可以看到星星了。"

　　"真的？"她哽咽着，将信将疑。

　　"我从不骗人。"他握了握她的手，朝我示意了一下。

　　那天晚上，我被蚊子咬得浑身是包，终于抓到了两只萤火虫，送进李念念的帐篷。但是第二天早上，它们统统死在她的脸颊上这件事，还是让李念念又抓狂了一番。

　　而秦牧，在钻进帐篷之前，朝着我邪魅地一笑："晚安，姜未。"

　　真是一场噩梦。

\ 我想你时　　　　西风止 \

第四章　社会法则

原来，那些不得不承受的委屈，是在出生那一刻就注定的啊。

一　应酬

沈宴珺坐在沙发上，盯着她新做的指甲，见我跟着进来，抬了下头："姜未，你可是我很看重的人。这次的商家，公司很是看重，我想着让你来跟进。"

我惊讶地看着她，诚恳点头："谢谢宴珺姐赏识。"

她抬起头来，面无表情地望着我："会喝酒吧？"

"啊？"我呆住，"会……喝一点。"

"那就好。"她收回试探的目光，眼神里似乎有欣慰，"明天，向老板刚好出差回来，要谈一下接下去的合作，一起去吧。"

我感激涕零，没想到面瘫严肃的宴珺还对我挺好的，忙狗腿子般地向她点头道谢。

从办公室里出来，我深觉光辉的未来正朝着自己招手。

次日下午五点，宴珺穿着一条V领裙子，十分不满我的扮相。

"你穿成这样去吃饭？"

"啊？"我低头看了一眼自己的装束，白衬衫牛仔裤，很白领范啊！有什么不对吗？

她白我一眼，转身进办公室："跟我进来。"

我跟在她身后，接过她递给我的一条裙子："换上这个再去。小心点啊，很贵的。"

那是一条华伦天奴的裙子，领子非常低……幸好我今天穿了塑身内衣！

硬着头皮出来，毕竟宴珺是老大，我还是不太想忤逆她，可能今天的晚宴比较隆重吧。

宴珺开着她的宝马，新做的指甲炫瞎我的眼，她转头冲我说："成败就在此一举了。你可得争口气，多拍拍老板马屁，吹吹自家的牛，知道吗？"

我点头如捣蒜，摩拳擦掌，顺道猛提自己的领口。

她满意地露出点难得的笑容。

我虽是初出茅庐的职场新人，但并不是笨蛋。很快，当那个大腹便便的合作商对我几次三番提到的广告意向打哈哈熟视无睹然后提出要转场酒吧时，我就明白了，宴珺，是拿我当枪使。

微醺的她揽着我的腰轻声细语："宝贝，待会儿你可要好好地喝啊。"

我茫然点头，知道现在临阵脱逃，估计是杀了她也不会让我走的。

尽管心里憋屈，还是在脑中盘算了几百种"要怎么保护自己"的计谋，无果，硬着头皮跟他们走向一辆商务车。上车的时候，合作商一把拽住我的胳膊让我坐他旁边，我假意酒醉作呕，立马跑开。

宴珺跟上来。

"你怎么样？刚也就喝了两杯啤酒你就这样？"

我微微抬头，余光瞥她，心里有一团怒火，不敢发泄。

见我不高兴，她教育我说："你别耍小孩子脾气，逢场作戏这招都不懂的话，你还怎么混？姐姐倒是想帮你一把，你一广告界新人，不懂得拉拢客户，怎么行？"

我没说话，她似乎猜出我的想法，轻蔑一笑："靠实力是吗？甄芙那么大的公司在抢这个单子。我们这种小广告公司，靠实力还不得喝西北风？你觉得我干吗带上你？这老板中年发家，婴儿车不过是他的一个小项目，真正的大项目在后头呢。他可不在乎这么一单生意，这可是块香饽饽，你以为我想用这招？不用这招，怎么跟甄芙那种大公司抢？"语罢，她忽然口气一软，"好妹妹，姐姐是觉得你有拼劲儿，组里业绩好了，你自然也就转正了。这种男人，你不需要跟他发生什么，哄他开心，他大笔一挥就行了。就这一次，好吗？"

那哪里是好或者不好的选择题，好像我有得选似的。

我只能跟她说："宴珺姐，我酒量不好，万一真的喝多，你……会管我的吧？"

"嘿！"她弹了下我的脑袋，亲昵地挽住我的胳膊，"你可是我的人，我不护着你护着谁啊。放心吧。我肯定把你安然无恙地送回家。那向老板啊，有那个贼心没那个贼胆，就是喜欢漂亮姑娘陪他喝个酒……"

我付诸一笑，有些不舒服。

一到地儿，我就给自己想好策略了。在老季的调教下，我可是个骰子高手，所以当向老板嬉皮笑脸地坐到我身边刚举杯时，我就笑眯眯地说："向老板要玩这个吗？"

"你要跟我玩这个？"向老板一脸的势在必得。

"我刚学会呢，不是很擅长。"我故作懵懂地道，"所以，为了公平起见，能不能我喝一半，您喝完？"

"没问题！"他嘻嘻哈哈地就开始摇骰子。

太棒了，上套，我松了一口气。我的计划是先把他喝倒，在倒下之前让他把单子给我签了，看宴珺还能怎么说！

果不其然，我不按常理出牌的套路，让向老板非常苦恼，在连输了十把之后，我一脸无辜地说："哎呀，我运气好好哦。向老板是让我的吧？"

他脸色有些尴尬，但打着哈哈说："你小姑娘嘛，总要让一让的嘛。不玩了不玩了。来，咱们先喝一杯。你都没喝多少酒。"

"向老板，其实我们公司真的很有诚意做好这个牌子的广告案，包括您提出的后期附属宣传……"

他憨笑着："哎哟，姜小姐，你把这杯红酒喝了。别扫兴。"

我瞪大眼睛，满杯的红酒像是一个职场诱惑，我想要快刀斩乱麻，要得到什么必须付出点代价对吧？那我就喝！仰头饮尽红酒，然后一抹嘴角对他说："向老板，我这算有诚意了吧？"

"不瞒你说……"他终于避免不了正面回答我的问题了，"这个单子虽然不是大单子，可毕竟小甜心是我的第一个品牌，我希望有个成熟一点的公司来做……但是沈宴珺还是挺够意思的，说你是个好姑娘……我也觉着你挺不错的，你看我怎么样？"

我差点一口血喷出来，看向一旁的宴珺，她正和小甜心的另外一个负责人觥筹交错。

所以说？这是什么？根本不是什么合作意向，把我推给向载明，根本是所谓的垂死挣扎？

这个时候我感觉到一只手在我身后的沙发背上游走，间或碰到我的背上。

我脊背一凉，登地站起来，朝着宴珺道："宴珺姐，我胃有些不舒服，你能陪我去一趟洗手间吗？"

她闻言，缓缓站起来，点点头。

"没错，这个单子其实已经被甄芙截了，但是……并不是没有回转余地。姜未你该懂的，这个市场的法则，在所有东西敲定之前，都不是绝对。我们A市广告业本来竞争就激烈，不用点手段，你让全公司都喝西北风啊？何况我看你和人家挺投缘的……"

"你让我为了公司一个单子，就……"红酒有些上头，我看着宴珺那张依旧不改面色的脸，觉得有些冷。

"看似是一个婴儿车的单子，你知道背后利润有多丰厚吗？何况向老板尚未婚娶，你也没有男朋友，这事儿犯着谁了？这是一举两得的事，不仅仅是公司，你也知道向载明有多少钱吧？除了胖点、俗点，也没什么不好啊。就算你不喜欢他吧，可是妹妹，你要往上爬，就必须做出点好的案子，但做出好案子，前提就是有人愿意让你来做。凭什么呢？这个世界的法则就是这样，你没有厚实的家境，就必须经营好自己的人脉。何况，聪明的女孩不需要吃什么大亏，你自己知道该怎么办。姜未，下个月就是转正期了，我还是挺喜欢你的。你身上有股冲劲儿，该利用的人呢，就好好利用。好了，回去吧，你放心，在你愿意之前，我会保证你的安全的，不过是吊着他，周旋着先。"她洗完手，利落地甩了甩，"好了，别让人家等太久，不礼貌。"

我觉得三观此刻受到了极大的震撼。

也对，宴珺二十出头就在业内混得有名，在各种场合如鱼得水。我听说她刚进广告行业，好几次将自己喝进了医院，吃过多少苦头，可想而知。可她要我相信这个世界只有这样做才可以往上爬，我没办法苟同。

我竭力想让自己清醒一点。因此沈宴珺离开洗手间后，我拖延着时间，使劲地往脸上拍着水。

而身旁一个穿着粉红色裙子的女生正一边补妆一边打着电话。

我并不是故意要偷听的，只是她的音量和音调都有点……太吸引人注意了。

"你又不是不知道我赵子骐是怎样的人，我能跟她一般见识吗？我就是因为不愿意跟她一般见识，所以想让她快点滚蛋！"

怎样的人？我偷瞥一眼她的手提包，爱马仕今年的新款。

哦，富家女。

我走到烘手机前，头晕乎乎的。

她继续对着电话冷冷地讥讽着那个可怜的"她"："她以为她进了公司就是公司的一分子了？就是一打工仔，还想要装清高？"

我的心咯噔了一下，真是失意的时候，觉得天底下的人都在非议自己啊。

"我可不管，我会跟我爸说，必须开掉她！

"管她有什么能耐！这天底下，丢出这种高薪，还愁没人干吗？我就是看她不顺眼，怎么的了？她有本事也投胎找户好人家啊，不然就活该被我欺负！她甭想转正了，我立刻喊我爸让她滚蛋！"

烘手机发出的声音没能盖过她的笑，我心里涌出一丝莫名其妙的烦躁，只想要火速离开这里，然后，赶紧去投胎。

原来，那些不得不承受的委屈，是在出生那一刻就注定的啊。

我一转身，和她撞了个满怀，粉红女郎口气不好地问："喂，你干吗啊！"

"不好意思，赶着投胎。"我低下头来，朝着她一笑。

"神经病。"她骂了我一句，翻了个无敌大白眼。

二 强吻

这家酒吧在 A 市很有名，算半个小演艺吧，偶尔会请明星来助阵，价格自然也高，出入的，都是些包里鼓鼓囊囊的家伙。宴珺也算是出大血了，当然，她会想办法让公司来报这笔账。

落肚的红酒还是起了作用，我穿越人群走回那个我不想回去的位置，摇摇晃晃，有人扶了我一把。

我正扭头要道谢，看到的脸，竟是秦牧。

"你穿成这样在这干吗？"

寥城出名的酒吧就那么几间，在夜店碰上其实也不算奇怪。

我站稳些："陪客户喝酒。"

"哦。"他淡淡一句，"喝多了？"

"还好，我没事。"我摆摆手，扫了一眼与他同桌的人，大多穿得闪闪发亮的，看上去，都不是什么普通人，应该，都是粉红女郎那种身份档次的吧，于是道，"我先过去了。"

你看，人家喝酒是为了耍乐，我喝酒拿自己耍乐。

"慢着。"秦牧起身，他身后有个男生意味深长地朝着我笑，打趣道："哟……秦公子真是随时随地都有桃花呢。姑娘，你可小心他的魔爪啊！"

我尴尬笑笑，秦牧瞪他一眼："你给我闭嘴。这是我一哥们的朋友。"

哦，哥们的朋友，我连他的朋友都算不上啊。

"你……别喝多了，知道没？"他凝眉，憋出一句他不擅长的关心。

还真是受宠若惊呢。我笑笑，比了个 ok 的手势。

我的酒量本就浅，平日里虽爱贪一小杯，但也差不多就是那么点的量，此刻一杯红酒在体内发酵，简直每个细胞都不像自己的了。偏偏吧里放起了 DJ 歌曲，蹦次蹦次地，简直像小鼓敲着我的脑袋。

向老板挨着我坐，一副关心的样子，我只能努力地安慰自己，我没喝多我没喝多，然后艰难地往旁边挪着屁股，最后，在他将我逼到角落里的时候，我终于忍不住腾地站起来："各位，我我我有点喝多了。我先走了。宴珺姐，你们玩得开心！"

我实在不能容忍自己这样堕落下去。去你的项目！去你的往上爬！去你的投胎！我认命了！

宴珺看我已经有些失常，于是站起来说："向老板，不如这样，你看我们小姜也喝得差不多了，你……送下她？"

向老板也站起，扶住我："对对对，我送你我送你。"

我挣脱他，可是站都站不稳了，整个人就像一团棉花，轻飘飘，却又觉得沉甸甸的。

"不用，真的不用……"残存的理智让我攀着扶手往外走，并没有让场面过于难堪。宴珺的眼神紧紧地盯着我，似乎在说："姜末，你还想不想在公司混下去？"

让他送我？我怎么会让他送我！

酒吧外头的凉风让我微微一怔，略微提了一分的神。

向老板拖住我的胳膊："我这就找代驾，哎呀姜小姐，我必须送你的。我来做护花使者嘛。"

宴珺用手肘撞我一下："你看向老板多体贴。"

真的不用……我对着旁边的花坛吐了起来，一抬头，看到秦牧从酒吧里出来，东张西望，然后与我四目相对，眼神里，似乎有所指。

他移开眼神，对着旁边正到处觅生意的代驾，将钥匙递给他。

机不可失！

我起身，对着向老板笑着说："我碰到了个熟人，他好像刚刚要走，我就不麻烦向老板您了……我……"

向老板一脸的惊诧："什么熟人？我可不放心我们姜小姐跟人走，不行不行，我必须把你送到家。"

我正周旋，没留意身后，一团粉红色正一脸怒气地一屁股坐进刚停稳的秦牧的车。

"我哥！向老板你看……我这不是刚好可以……"

我不想再和向老板说下去，直冲向秦牧，他正打开副驾驶的门，似乎并不意外。

我迅速钻进他的车，这才发现车里面坐着的人，竟是刚才在洗手间有一面之缘的粉红女郎……

该死的，这世界是多小！

"喂，你什么意思啊！"那女生不爽地看着我，"你是谁啊？"

秦牧打开我这边的车门，冲着我来了一句："下车。"

……这么不给我面子？

我对着他做着口型，满是哀求的眼神："拜托拜托。"

秦牧这个铁石心肠冷冷一笑,一把将我给拽了出来。我想着完了,这下子东窗事发,向老板再蠢也知道我躲着他的殷勤,多伤人家有钱人的自尊啊。宴珺还不得杀了我?

谁料秦牧拽着我,对着里头的粉红女郎说:

"你下来。"

"我?"粉红女郎用粉红指甲戳着自己难以置信的脸,"你不是说好送我回家吗?"

他忽然笑了笑:"这不不顺路嘛。"他一面朝向我,一脸恨铁不成钢的样子,"喂,你个死丫头,又喝这么多酒,回去看妈怎么揍你!"语罢,他揽了一下我的肩膀,朝着一旁的向老板和宴珺道,"那我先领我家孩子回去了啊?"

他钩着我脖子,一把把我塞进车厢。

向老板只得悻悻地点点头,一面满脸关怀地说:"那……姜小姐,你回家给我报个平安啊……"

一旁怒气冲冲的粉红女郎,一把甩上车门:"秦牧,你敢走!"

秦牧拍了拍代驾的肩,车子开动,身后传来女孩儿的尖叫:"秦牧!你给我回来!"

只有宴珺,对我知根知底的宴珺,一脸的面无表情,然后她反应过来,嘴角缓缓浮上一个浅浅的笑容,朝着向老板道着歉:

"不好意思,扫您的兴了,您看还喝么?我公司有个姑娘,长得不比姜未差……"

"算了算了。"向载明摆摆手说,"不喝了,散了吧。"他盯着眼前的粉红女郎看了老半天,忽然反应过来,"这位……是赵家千金吗?"

"你管得着吗?"粉红女郎白他一眼,气哼哼地抓住一个酒吧门童,"帮我把车开上来!立刻!马上!"

他报了胡同的地址,车子平缓而飞快地在夜色中行驶。我的脑袋沉沉的,但还记得跟他说一声谢谢。

他发出一声鼻音,双手抱头仰躺在我旁边。

"我还得谢谢你。要是那个冤家坐在车里,我今天非得被烦死。"

"这不挺好?"我牵动嘴角,"挺漂亮的,看起来也很有钱。"

"刚才那个胖子,也挺不错啊,看起来也挺有钱。"他故意呛我。

我狠狠地瞪向他:"你还是人吗?"

他头转向我,轻描淡写自恋地说:"不是人,是男神。"

还敢提这茬?我翻了个白眼,掏出手机,当着他的面将男神改成了男神经。

他一把夺过我手机:"改名要去民政局的你知不知道啊。"

我伸手去抢,被他一下子摁住胳膊。他啪一声点亮车灯,盯着我的手臂,一脸的狐疑。

"你身上这些是什么鬼啊？天花？麻风？水痘？"

"……我只是酒精过敏而已。"我收回胳膊。车子刚好一个急转弯，尽管吐了一阵略清醒的我，还是忍不住作呕。

"喏，"他从后座拿了一个瓶子丢给我，"醒酒茶。"

"你还带着这个？"

"必备啊。"他耸耸肩。

也是，夜店咖嘛，醒了继续咖。

"所以，刚才那个大腹便便的……是谁？"

"是小甜心的创始人向载明。我们公司想接他一个单子，一直签不下来，我老大……"想起宴珺姐，我心里百感交集，"就喊我来……想……"

"想喊你卖身救公司。"他鄙夷地说，"哎哟，什么公司居然混成这样，要卖身，也得找个稍微……"

我才懒得跟他吵，我想吐得要命，猛喝一口茶。

"所以如果刚才没有我，你怎么办？"

"能怎么办，又得罪不起。"我无奈地说，"毕竟混口饭吃不容易。哪像你那么好命。"

他迟疑地回转头，似笑非笑："我哪里好命，你倒是说说。"

"富二代，能不好命吗？"别以为我不知道他爸妈是谁，老季还不都给我交代清楚了？就算不知道，年纪轻轻就开好车，花钱大手大脚，泡妞家常便饭，能是省油的灯？

"你这三观，也真是正得可以。"

"总比我这种穷学生的好。"我顿了顿，自嘲般地道，"卖命就算了，还差点卖身。你说，现在人怎么眼光这么差啊哈哈哈，连我这种都看得上……"

也许是酒精作用，那一刻我有些委屈。

"我搞砸了。"我咬住嘴唇，"我可能要失业了。"

"你怎么搞砸了？"

"我听说甄芙在抢这个单子。宴珺也是没办法，才想出这种下策吧。"

"是啊，下三烂的策略。就算你被抢了这单子，又怎样？"

"我是实习生啊，她想开我就开我。她今天是有足够理由开我的了。"

"开了你又如何？"他笑着看着我，"就会死？"

"我会失业，会很惨，会没有钱。这样难道不会死？"我白着他，"你养我啊？"

"养啊。"他露出一个灿烂的笑，伸出手掌来，捏了捏我的脸，"家里有足够的狗粮，养你，还是很容易的。"

我一把抓住他的手，趁着酒精，恨不得将所有的委屈都抛向牙关，狠狠地咬下去。

"喂！"他吃疼地呻吟了一下，"用不着这么快进入角色吧？你真当自己是狗啊？"

我软绵绵地趴下去，他用鼻子嗅了一下："你到底喝了多少酒？"

"秦牧！你给我停车！"身后传来了一个女孩歇斯底里的声音，后视镜里，一辆保时捷正紧追不舍，车窗里钻出一团粉红色，怒气冲天。

然后，一声发动机轰鸣，车子急冲上来，吓得代驾一个方向盘打死，猛踩刹车。

我差点吐了。

秦牧推开车门，冷冷地道："赵子骐你想死我不拦你，别拉上别人好吗？"

"好啊，我只要你给我说清楚！她是谁啊她！"粉红女郎瞬间移动到车门之外，猛敲着我的车窗，"你也给我下来！"

我只好病恹恹地下车，硬着头皮扶着车门。

"你哪来的这个妹妹！全天底下就你妹妹多是吗？"歇斯底里之下，粉红女郎竟有几分委屈，一副得理不饶人的样子，"总之你得跟我说清楚！不然你别想走！"

我迅速摸透了秦牧和眼前这个"说让人滚就得让人滚"的富二代大小姐的关系，心里暗暗咂舌："啧啧，秦牧还真是个禽兽。"

我一下没站稳，秦牧过来扶了我一下。这个动作让粉红女郎炸毛了。

"她算什么东西？你凭什么送她不送我？我有什么不好的！哦我懂了，你是找她来演戏的是吧？呵呵，秦牧，你要找也找好一点的啊。谁不知道你喜欢什么样的姑娘啊。像她这种……你这么久没交女朋友，我还不知道你的个性？你会喜欢这种？你还不是因为……"

"闭嘴！"秦牧喝住她。

我还想听听因为什么呢，他居然不交女朋友？

她噤声，然后轻蔑地白了我一眼："反正这种角色，我根本不会放在眼里。"

你不把我放在眼里，你看着我干吗？

酒精冲头，原本就各种郁闷，一天的经历让我明白，你看，有钱人可以作威作福，没权没势如我，只能等着下辈子作威作福。凭什么？我想起她口中鄙夷提起的那个姑娘，觉得那不就是另外一个自己吗？铆足劲地往上冲，好不容易有了一点点地位，人家却可以轻抬高跟鞋，踹你回原点，甚至比回原点还要惨。

有钱人就可以这样欺负人了吗？就可以什么都从我们这些老百姓身上抢走吗？

我偏不信！

我清清嗓子："是啊，可是他就是喜欢我这种角色。"

"别演了！"她气呼呼地朝着我说。

我发誓，我发誓我真的喝多了。几乎是脑子一热，我侧身一把钩住秦牧的脖子，用力地吻了上去。

我一定是疯了。我曾经无数次跟自己说，离这个家伙远一点，此刻，却是我主动吻了他。

我迅速松开秦牧，他皱着眉头看着我，我老老实实露出了一个知错就改的表情。

"我……我其实……"

对面的粉红女郎一脸的惊诧，难以置信地看着秦牧。秦牧则冷冷地说："好了，现在，赵子骐你满意了？你以为你想的都是对的？"

粉红女郎恶狠狠地瞪着我，然后眼神剜向秦牧："你……秦牧你狠！你想找个人玩是吗？你以为这样就会让我伤心了对吗？我告诉你，你小瞧了我赵子骐！"然后她看向我，"她？她配跟我姐比吗？秦牧我告诉你，我跟你没完没了！"

她气哼哼转身，打开车门，猛踩油门差点把我们撞飞，然后绝尘而去。

这是演的哪出？

我正迷离地望着她掀起的一阵灰尘，忽然被一双手拖住，猛摁在车身旁。

"你是不是疯了啊？敢强吻我？"秦牧冷冷地盯着我，我的脊背顶着他的车，心想："完了，真的完了。"

"我刚才……我其实……"

"你知不知道，我最讨厌别人占我便宜了。"他目光如炬，嘴角冷冷地抽动了一下，一只手撑在车身上，缓缓地靠近我，咬牙切齿地说，"所以……"

那一刻我的脑袋空白，一阵嗡鸣如平地起的惊雷，太阳穴突突突地跳动，心脏像不再是自己的。

秦牧有一双柔软的嘴唇，勾起了那旧岁月里所有的唇齿相依。

那被我用心隐藏的，所有一切，就像是重新起航的船，冲出海洋，重现荧幕。

我想要挣扎，手掌却被他用力扣住。

这不是我所熟悉的那个吻，久违的电流冲过大脑。不知为何，我竟觉得无比悲伤。

我的眼泪唰唰而下，秦牧变得更温柔了一些。他的手掌换了个方式，五指扣住我的。心脏的跳动渐渐平和下来。我像是从一场梦魇中逐渐回来，昏在浅睡眠里，任凭摆布地不再挣扎。

那个吻，持续了好几分钟。

直到代驾无可奈何地鸣了一声喇叭。

"先生……那个……你们可以回家再亲吗？"

三　企盼

醒来的时候，我头疼欲裂。宿醉之后，会觉得自己老了十岁。

疲倦不堪的四肢，和暂时钝掉的脑袋，怎么认识了秦牧之后，这种醉醺醺的生活就甩不掉了呢？

不过我倒宁可自己再次断片，想不起来那些丢人的事。

彼时我躺在自己的屋子里，并没有别人。身上还穿着昨天宴珺的裙子，我安心地舒了一口气。

没做错事，幸好。

可嘴唇上莫名其妙的灼热让我觉得羞耻，还说没做错事？

我看一眼时钟，已是八点多，立马冲进洗手间洗漱，一边洗一边安慰自己。

大家都是成年人，秦牧不过就是个混账人渣嘛，怎么可能会当回事……姜未你别想那么多……

抵达公司已经迟到，我硬着头皮进去，沈宴珺的办公室大门紧闭。

我上前刚要敲门。

听闻里头，一向情绪起伏不大一直冷若冰霜的沈宴珺似乎很激动地在骂人。

依稀听到了她直呼公司程总名字，后头紧跟着一句，你算什么意思。

冷不丁地一个激灵，什么情况？

我不敢细听，忽觉这个时候进门有点不合时宜，刚想转身，该死的，阿玫忽然大着嗓门说："姜未你怎么才来啊！你杵老大门口干吗，你要喝咖啡吗？"

里头忽然安静，我只能做贼心虚地硬着头皮去敲门。

"进。"

办公室门打开，沈宴珺瞬间收拾好情绪，抬眼看我，却意味深长。

"对不起，我上班迟到了。"我舌头打结。

"嗯。"她对着电脑，噼里啪啦。

"宴珺姐，昨天……我……"

"你那点小伎俩，我还不知道？"她冷冷地哼了一下。

"抱歉。"我决计豁出去了,"我没办法那么做,如果宴珺姐觉得我不适合在'战场'立足,那我走。"

是的,我没办法再经历这种事第二次。

昨天一幕幕的讨好,让我觉得自己很恶心。

"呵,现在你走了公司可是人手不足。"她忽然站起来,紧盯着我说。

"啊?"

"小甜心的单子已拿下。马上就要开干了,你要走,也先做完这个案子。"

"啊?"我张大嘴巴,"拿下了?"

不是没戏了吗?尤其是我昨天那么不给面……

"嗯,今天早上向总打电话来跟我确认的,他被甄芙放了鸽子。你别那么看着我,资料什么的已经到位,你赶紧的,跟阿玟配合一点。这个案子是小头,之后会给你更多资源。你好好干吧。"

她重新坐下,我则感恩戴德地给她鞠躬。

"谢谢宴珺姐。对了,你的裙子……我拿去店里干洗了。"

"不必,送你了。以后还用得上的。"她话音刚落,眼神迟疑地看着我,"刚才,你听到什么?"

"我什么都没有听到。"我脊背一凉,正色道。

"嗯,那就好,你是聪明人。以后,小心点。"她重新将视线转向屏幕,冷冷道,"出去吧。"

我走回位置,阿玟看我眼神怪怪的:"姜未,你没事儿吧?"

"我没事儿啊。"我笑笑说,"老大刚派发了任务,拿下了。"

"啊?我还以为老大早上铁青着脸进来是黄了呢。唉,接下来又有得忙咯。"

"怎么,有案子做,还不好?"我问她。

"唉,其实转正还不是凭上头的人一句话。"她吐吐舌头,"埋头苦干,其实也讨不到什么好处的啦。我也就是混混日子,能进亦虎我很知足了。但是……有人在背后讨论你,姜未,我担心你受委屈……"

背后有人议论,这我还能不明白吗?广告公司里我这样的女生比比皆是,还不错的学历,很一般的长相和家世,我是不是应该感谢宴珺对我的"另眼相看"和"委以重任"呢?我朝她笑了笑,挺感激她为我而忧心。对于职场来说,她透明得有些难得。

那几日我忙得焦头烂额,熬夜通宵写策划。庆幸的是,向总最近去德国谈项目了,总算免了我先前的担忧。好几天我都是忙到八九点钟下班，和阿玟两人就着冷盒饭奋笔疾书。

但是再忙，却还是企盼着电话能够响起。

可是很多天过去了，秦牧都没有联系我。

\ 我想你时

　　　　　西风止 \

第五章　感同身受

我原本以为，我不会再喜欢一个人了。尽管，这个人并不一定喜欢我。

楔子

我总是做跟他有关的梦，尽管其实我已经想不起来他的脸了。

这一天早上我从梦里醒来的时候，才发现自己满脸泪水。

我抱着膝坐在熹微的窗前，细细地回忆梦里的点滴。

那个人拖着行李箱走在山间小道上，越过那道我们少年时代最熟悉的独木桥，事实上，去年清明我回去给姥姥上坟的时候知道，它已经被拆除了。我在梦里一路小跑，大喊着他的名字，喊得口干舌燥，喊得发不出声音。

他终于回过头来，站在桥上，朝我笑。

"姜未，你走吧，我不要你了。"

一 母校

身处广告行业的同僚们必定都知道，无论你多用心的方案，都有可能被客户挑剔。

那种一拍即合火花四溅的合作是不太可能出现的，所以，小甜心的方案，经过了不知几次精修，终于告终。

当天我和阿玫几乎要抱头痛哭了，终于闲了下来，陆羽约我我已经推了好几次了，我主动给她打了电话。

她刚好有个酒局，约我过去。

陆羽没干我们的老本行，而是靠她叔父的关系进了一个医药公司。

以前念书的时候，我们成天腻在一起，工作才不过一个多月，我跟她见面的机会已是屈指可数。

是我的错，她刚分手，我却不能陪在她身边。因此，我去见她的路上，还觉得特别愧疚，跑到商场里，买了香水打算送给她赔罪。

大概是我最近太忙工作了，陆羽的这些朋友就像雨后春笋一样长出来。

那是一群年轻貌美的男生女生，我下班没换衣服就过来，简直就像一个凡俗人类掉到了妖魔鬼怪的世界。

陆羽穿着浅绿色小礼服，恰到好处的妆容，像主持人一样地这边跑那边跑。我进去的时候，音乐太响，我挤在服务员旁边，喊了半天她的名字，她也没反应，我只能尴尬地杵着。

话说，所有人我都不认识，我该坐哪啊，或许，我该走？

陆羽终于抬头看到我了，露出了一个特别惊喜的表情，一把将我扯到人群中间。

她对着每个人的耳朵喊：

"这是我最好的朋友，姜末！"

然后逐个向我介绍。

"这是 RIO，这是 Emily，这是 Jason，这是乌鸦，这是……"

我听得云里雾里，没有一张脸记住了。

然后，她将我塞到了一男一女中间，就转身出去接电话了。

这个时候，突然走进来的一个人让我的心一紧，我听到人群里那个蛮漂亮的据说叫江吟的大小姐大声地喊："小叔叔！"

我正对着他的时候他是侧着脸的，高挺的鼻梁和侧面的弧度，让我有瞬间的失神。

这个角度看，他跟栗长原真像啊。

在我几乎快要忘记栗长原的长相的时候，这个人的出现让我忍不住贪婪地想要多看两眼。

心，猛地一阵钝痛。

大概是我的眼神让他意识到了，这个有着一双桃花眼的男人果然是老手，他不尴尬，而是温柔地回看我。

"嗨，你好，我叫周晨。"

我尴尬地回过神来："你好，我叫姜末。"

因为现场大多数是我不认识的人，陆羽招待着，我则百无聊赖地坐在角落里，忽然觉得自己像个局外人。

直到周晨坐到我的身边来。

"姜末是吗？"他笑着说，"你怎么不喝酒？"

"酒精过敏。"他靠近时身上有好闻的古龙水味道，让我的脑子陡地一清醒。

这个时候有人正打开一瓶香槟，泡沫四溅，身边的周晨忽然一把将我揽进怀里。

虽然是保护我的动作，但不知为什么，这没来由的亲近让我排斥不已，我尴尬地挣扎出来，他却抓住我的手。

"你的手，好凉啊。"

我警惕地抽出手来，他忽然哈哈大笑，似乎我的拘谨让他觉得有些古板。

我不想待在这里了，我觉得尴尬，并且突兀。

其实眼前这个家伙跟栗长原并没有那么像，只是当他笑起来的时候，那种感觉似曾相识，令我不敢多看，栗长原的眼里多的是忧虑，而他眼里多的是风尘。

他也是那种让人觉得危险的动物，但跟秦牧的危险不一样。秦牧的危险是岩浆滚烫，岩石坚硬，他则是软的，温柔的。

于是我站起来："陆羽，我明早还要上班，就先回去了。"

她正忙着跟人掷骰子，回头一笑："好的，那我送你。"

"不用，我送她吧。"周晨忽然站起来说，"你好好玩。"

"那行。"陆羽站起来，她的脸上化着精致的妆，比她跟程沧在一起的时候要得体很多，但我不知怎的，觉得有些陌生。

"未未，这个是周晨。江吟的小叔叔，不过比我们都大不了几岁。"她笑着说，"你让他送你吧。你一个人回家不安全的。"

走出酒吧的时候，周晨的手放在我的肩上，我有些尴尬，但知道自己不该这么小家子气，这样显得会有自作多情的嫌疑。

电梯间里无人，昏暗的灯光下，我望着这个男人颀长的背影，心里竟百般不是滋味。

"姜未？"他忽然迟疑地叫我的名字，"你好像不喜欢我。"

"我是不喜欢你啊……"我抬头，冲他清白地笑。

"我是说，你好像很怕我。"

我一时不知该说什么，只能瞎扯淡，把这尴尬的时间混过去："是怕啊。你那么有钱，我怕你买凶杀我。"

电梯可真慢啊。

当它沉到底部，我的心总算轻松了，大跨步正要出去，一把撞上了电梯外的人。

"抱歉……"我的胳膊被人用力拽住，猛一抬头，看到秦牧黑着脸看着我。

"怎么是你？"

"你能来我不能来？"他身后还跟着一帮人，我没见过。他示意他们先上楼，我回头一看，周晨还站在身后，笑着跟秦牧打招呼。

"秦少爷来了啊。贵客啊，好久不见你。"

我挣扎了一下，秦牧摁住我："是啊，这不最近修身养性，难得出来调剂一下，怎么，不乐意见到我？"

"您可是金主，怎么能不乐意呢。上次一起玩的姑娘们，都说特别想你呢。"周晨上前，"怎么了？这位姜小姐你认识？"

我忍不住白了一眼秦牧的鞋，死夜店咖！

"叫谁小姐呢？"秦牧忽然就来了气了。

周晨朝我道歉："未未，你知道我不是那个意思。"

我刚要搭腔说没事，秦牧这不神经病找茬吗？

谁料秦牧又来了一句："你叫谁未未呢？"

"你别介意，姜未她喝多了，她朋友让我送她，没别的意思。"

秦牧突然直勾勾看我："谁送你？你自己选。"

我……突然给了我这么多选择，我可以不要吗？

"我自己回去。我没喝多……"

秦牧恶狠狠瞪我，忽然一把勾住我的肩膀把我往外拖，回头冲着同行的男生说："跟他们说我晚点到。"

"你干吗啊？我真的可以自己回去……"我终于从他的魔爪底下脱逃，头发被他弄得乱糟糟，披头散发地横在路中央。

"少给我废话。"他伸手拦车，"给我进去。"

我正生着气，这么久没见他，他的头发剃了板寸头，更显得清爽。

我不知道那个吻算什么，或者，对秦牧来说，那根本什么都算不上吧。

"你真不用送我。"我忽然想起来，话锋转恶，"姑娘们这不想您呢。"

"他这不明摆着黑我吗？这你也信？"

"不去了。就是喝点酒，看他们泡妞，没劲儿。"他说。

"泡妞多有劲啊。"我故意揶揄他。

"没什么劲儿，我这不泡着嘛。"他忽然意味深长地冲我笑。

不知怎的，心里竟有些窃喜，大感糟糕。

这是什么情况，他这样轻浮地调戏我，我竟还很高兴，我是疯了吗？

"姜未啊。"

"嗯？"

"今天穿得很清凉嘛。"

"啊？"

"挺能勾搭啊，连周晨都对你刮目相看。你知道他是什么角色吗？"

"……什么角色？"

"城里出名点的好泡点的漂亮妞儿，他还真没几个不染指的。"

"哦……所以关我什么事？"你这难道就不是明摆着黑他吗？我想。

"也对，你只是好泡，也不出名和漂亮。"

"刚好我也有事儿找你，要不，我们找个地方聊聊吧。"

"这是去哪？"

朝阳一小，是我们的母校。但是那时候我跟秦牧并不认识，他大我两届。而我到初中，就已经转学离开寥城了。

"朝阳。"他指着那几个大字儿说，"我们现在算什么呢？正午？还是下午？"

我想了想说："你算下午吧，我正午。"

旁边的烧烤摊深夜还开着，烟火缭绕。

"还开着啊……"我感慨地说，"都百年老店了吧。"

"姜末，我在这里见过你的。"

"啊？"还有这事儿？

"嗯，当时你胖乎乎的，老季抢了你的羊肉串，你扑上去把他打得落花流水，我当时就想啊，这丫头嫁得出去也真是有鬼了。果然……你到现在还没嫁。"

我恨不得掐死他。

"我还没到剩女的年纪好吗？"我白他一眼。

"我爷爷的病最近严重了，然后工作又很烦心，我就想见见你。"他双手托腮，"不知道为什么，见到你，其他的事儿，都暂时抛一边了。"他坐了下来。

我的心刚被提起来一点，他忽然说了句："因为你真的很好笑啊哈哈哈……"

"我就知道。"哎，气氛完全被破坏。

"好了，不跟你胡闹了。是这样，小甜心的文案我看过了，是你主笔的吧？文笔不错。所以，我想问你，有没有兴趣来甄芙？"

"甄芙？"我竟然到现在才知道他是甄芙的人，"甄芙是你家开的啊？这么随便就来招我？"

"呵，我不过是有点小权……比你厉害那么一点吧。哦对了，你的同学，周诗余就是我们部门的。她说跟你的关系不错。"

又是周诗余，这个世界还真小。但我不想跟秦牧说我跟周诗余那点恩怨，于是笑着说："怎么，看了文案对我刮目相看了？"

他淡淡一笑："不是对你刮目相看，是当初对毕业生的实力太乐观。怎么，有意向吗？"

"你底下不是有周诗余？她可是我们广告系的状元，有她还愁什么？"我揶揄道。

"她文字功底不错，但太死板。你的文字吧……"他饶有兴致地看着我，"长着一张笨脸，但没想到，文笔还挺灵动。"

我白了他一眼："我长得可是出了名的精明好吗？"

其实周诗余屈居秦牧之下，我一直挺替她委屈的。被老板的女儿敌视不说，还摊上这么个没谱的领导，她的日子也是不好过。

"所以你竟跑到亦虎来挖墙脚？"我真是无奈了。

"不入虎穴，焉得虎子。"他云淡风轻地说，似乎这并不是一件不那么光彩的事。

"不必了。我在亦虎待得挺好。甄芙庙太大，我会找不着北的。我有望转正，还想年底混好些，多拿点年终奖呢。"

"呵，周诗余说你轴我还不信，看来是真的。还挺忠心哦？"

"那也行，你继续在亦虎练练，省得到甄芙被欺负得分不清东南西北。"他浅浅笑着，"反正你，早晚是我的人。"

对他这句非常有歧义的话，我啼笑皆非。

"来来来。"老人家拿了一大堆烤串过来，笑着说，"你们小时候啊，就常常一起来对不。我就记得啊……哎，小姑娘倒是好久没来了啊，长这么大了。你们还一起呢……真好啊……"

黑暗里看不见秦牧的神色，我没戳穿老人的误会。

我知道，他说的是赵灵犀。

他和她，小时候就是青梅竹马，比我跟栗长原，还要青梅竹马。

秦牧忽然往我盘里放了些牛肉。

"你别介意。"

"我介意什么？"我抬头，似有若无地问。

"介意辣，挺辣的。"他也笑。

"要不，你跟我说说她吧。"

"她？"他微微皱眉，目光如炬地看着我，"有什么好说的？"

青梅竹马，两小无猜到年岁渐长，分道扬镳，这中间经历的事，怎么可能是"有什么好说"。我知道他们中学时代就在一起，到后来他跟她一起去美国，几乎所有的青春都是一起经历的。

不管结局怎样惨淡，那过程，应该就跟这烤串一样。

辣到火热吧。

我忽然觉得心里酸溜溜的，却还是好奇地试探他。

"说说吧，挺好奇的。"

"太久没说了，你让我想想。姜未你怎么这么八卦啊？"

"我八卦怎么了？"

"吃你的烤串。故事没什么好听的，就是年轻的时候我们不懂事，然后稀里糊涂地爱了，然后稀里糊涂地散了的故事。"

"我好奇，你就说吧。"

他放下烤串，沉默了一会儿，那侧脸在昏暗的路灯下太锋利。

几个晚归的少年背着书包在烤串摊前停下来，少女的脸，被风吹成了粉红色。

秦牧却始终没说话。

"你还是很爱她，所以不能提？"

我叹了口气。

"少来了。"他忽然笑了笑，"只是觉得没什么好说。"

我鬼使神差地提起了周晨："你知道吗？今天在你嘴里很坏的家伙，跟我喜欢过的人有点像。"

他忽然轻笑了一下，带点讥诮，轻声嘀咕："那你喜欢的人也不是什么好东西。"

我不管他对周晨有怎样的成见，但他这句话让我生气。

"秦牧你什么意思？"我冷下脸，"没礼貌！"

他一抬头，大概意外我反应这么大，舔了下嘴唇，笑着说："你看你喜欢的人居然现在没陪在你身边，你看你多好一妹子啊，他多不长眼啊，肯定不是——好——东——西。"

不，我太了解他了，我没办法允许任何一个人说他不好，哪怕，我不再喜欢他。而放弃我并不是一件罪过，从来都不是。

"我要你收回这句话。"

他这才意识到我彻底认真了，我有些轻轻地发抖，他的笑容僵在嘴角。

"姜未，我只是开个玩笑。"

"你凭什么拿你不了解的人开玩笑？"我腾地站起来，"换个角度想想，如果我骂你的赵灵犀不是好东西，你会爽吗？"

他怔了一下，没有说话，忽然伸手递给我一串牛肉。

"这个很好吃。"

天，我被他这么一个举动弄得一愣，也不知怎么的犟脾气就上来了，推开牛肉串。

"我要你跟我道歉。"

"不。"他收回自己的手,往牛肉串上恨恨地咬一口,"我要道歉,也是跟那个被我骂'不是好东西'的人道歉。我不要跟你道歉。"

他一脸的无赖,我咬牙切齿。

我怎么会觉得自己喜欢他?我才不会喜欢他这样的家伙呢。

他忽然一把把我摁回椅子上,朝着身后的老板娘说:"老板,来一碗雪梨汤吧。消消火。"然后冲我狡黠地笑,"其实我该给你叫个灭火器对吧?姜末,你脾气怎么这么大呢?或者……"

我听到他的声音变得轻飘飘和慢悠悠。

"或者,你还是很喜欢他吧。"

我抬起头来看他,嘴角有戏谑的笑容。

"那样看来,要追你,还真得费点工夫呢。你干吗踢我?"他瞪我一眼,"开个玩笑不行?"

二 心意

喜欢?那天晚上我辗转反侧,才意识到那些在我生命里曾很重要的瞬间,都已经蒙上了一层灰。

我曾经很喜欢很喜欢过他,也曾经很恨过他。但当时光一过,他变成了我生命中一个很奇妙的存在。

像是一个梦。

我有很多东西是他教会的。

曾经我是一个那样天不怕地不怕的姑娘。但现在已经不再是了。他消失了那么久,我心的房子终于打扫干净,却那样寂寥。只有时光和回忆,不断让我提醒自己他的存在。

我翻了个身,无法入眠,动手去摸手机。

屏幕黑黑的,我以为秦牧会说句"晚安"或者什么的,或者问问我安全到家没,虽然他是送我到巷子口的,但是……万一巷子里我碰到什么了呢?不负责任!

而我的脑子里始终都是他和赵灵犀的样子。那个我从没见过的女生究竟长什么样啊?

我只从老季以前的相册里看到过她一次，并且是张合照，看不清五官，只看得到模糊的轮廓，就是那种光看轮廓就知道好看的姑娘。

哦，除了好看，我对她竟一无所知。

可是此刻，我满脑子全是她。

我腾地坐起来，为这种丧心病狂莫名其妙的失眠而感到可耻。

我想，不对啊，我以前跟陆羽说过我会喜欢什么样的人。那种温和的、不太爱讲话的、白衣飘飘干干净净的少年，有着白皙的皮肤和修长的指甲，有点像《情书》里的藤井树那样的少年，笑起来跟云朵一样的，最好是会画画的那种，拿着画笔坐在夕阳西下的落地窗前，一回头，就成了我眼里的一幅画的那种。

少女心啊，少女心，完完全全就是按以前的标准寻找着下一个喜欢的人，没有找到过。

那我怎么会喜欢跟这个场景完全偏离的秦牧呢？他跟安静根本扯不上边好吗？他跟温和根本没有半毛钱关系好吗？尽管他爱干净但他的气质一点都不干净啊。我……是自暴自弃了吗？

我还记得陆羽当时回答我的话超狠，她说，姜未你"注孤生"了，首先这种人全世界找不出几个好吗？就算能找到你确定他会喜欢你吗？

是啊，能有一个栗长原，我的人生大概已经用尽运气了。所以，上天要惩罚我喜欢秦牧吗？

秦牧秦牧！该死的秦牧！他会喜欢我吗？还是有可能的吧？不然他为什么跟我说那些让人想入非非的话啊……或者，这其实就是这个死夜店咖的惯用伎俩？

"姑娘们可都很想你呢。"周晨的话犹在耳边。

"她是谁？要跟我姐比，她算什么？"赵子骐的话如雷贯耳。

"要追你，可真得费点工夫呢。"秦牧的话，却突然温柔响起。

"杀了我吧！"我用枕头捂住自己的脑袋，妄图阻止自己的胡思乱想。姜未！你必须打住！再想下去，你会死得很惨的，悬崖勒马吧！

这个时候，电话忽然响起，我整个人为之一振，几乎是扑到手机上去的。

陌生号码？

秦牧的手机没电了吗？

我迫不及待地接起，大口呼吸，想让自己的声音听起来慵懒得像半睡半醒。

我才不会给他机会说一句"还没睡？想我呢"来占我便宜。

电话那端的声音，却并不是秦牧。

"未未。"

"你是……"我迟疑地问。

"我是周晨。我问陆羽要的你电话。对了，你跟秦牧什么关系？他让我不要打你主意，哈，有点意思。我本来对你吧，就觉得跟我一个老朋友挺像的。现在，还突然多了点什么呢。有空一起喝酒吗？"

"不好意思，我不喝酒。"

"那喝咖啡喝茶喝水随便你。"

我啪一声挂掉电话。

什么狗屁像栗长原，一点都不像。

第二天我顶着黑眼圈上班，足足喝了五杯咖啡才保持清醒。午休的时候阿玟跑进来说："姜未，有人找你。"

我一抬头，就看到李念念别别扭扭地低头进来，她一抬头，满脸委屈。

"姜未，呜呜呜。"

这是怎么了？她半天不肯说，我只好请了个午假，把她带到附近的麦当劳里，给她点了个儿童套餐。

李念念心事重重地吃着。按理说她这个年纪的小孩，应该是无忧无虑的才对，我有些心疼她。

"念念，你找我有什么事吗？"

她摇摇头。

"我没事，鹤童告诉我你在这里上班。我刚好中午没地方去，就打车来了。"她指着远处我公司的巨大招牌，"亦虎，我认识。"

我忍不住一笑，幸好我没在甄芙上班，然后替她揩去嘴角的冰淇淋，她躲闪着眼神，让我知道肯定有情况。

"念念……到底怎么了？平时午休，你不是都待在学校吗？"

"我逃学了。"她耸耸肩，竭力做出一副无所谓的样子。

"怎么，跟同学又处不好？"

她拼命摇头，许久，抬起头哀求道："姜未，我可以去你那住吗？"

"咦？"我愣住，"为什么要到我家去啊，你妈妈有事吗？"

"不是。"她拼命摇头，咬紧牙关，忽然恶狠狠地说，"我讨厌她！非常讨厌！不管，我要去你家住！"

"西宁姐。"在刘西宁敲了很久的房门，李念念死活不肯开并且狂吼着"你不是我妈妈"之后，我拉住了她。

"就让她在我家待几天吧。没事，我会接送她上下学的。"

尽管李念念对为什么讨厌妈妈这件事三缄其口，我从刘西宁隐忍而悲伤的表情里还是读出了几分尴尬。

她恋恋不舍地看了一眼我紧闭的房门，回头勉强笑着："那可要麻烦你了。"她迟疑了一下，定住脚步。

"未未啊……你一定很想知道念念为什么……"她苦笑了一下，"班里有小朋友说她是个野种。"

果然无论什么年代，都逃不过这个魔咒啊，我试图安慰她："我小时候被丢给我外婆，也有人说我是野种，你跟念念好好开导开导，应该不会有事的。"

刘西宁低下头。

"是大人自己做不好，怪不得小孩子说。她爸爸的事儿，我也没办法跟她说清楚。唉！"

我们当大人的时候，总觉得孩子就该是孩子，他们的世界就应该如花似锦。事实上，现在的小孩子，什么都懂。他们远比大人以为的要懂事得多，也可怕得多。

这时，刘西宁提起念念的病，忧心忡忡："这些倒没什么，我是担心念念的病。毕竟是个说不准什么时候会发作的病。我真的觉得很没安全感。这几天，念念就托付给你照顾了。"

毕竟是一个人生活惯了，突然多了个小女孩，我还真是有些不适应。

本来泡面就能满足所有需求，但总不能这么不厚道地让她跟我一块受罪吧？

"你想吃什么？"

念念见她妈妈已经离开，终于放心出来，大摇大摆地坐在沙发上用平板电脑看动画片。

等一下……

她在看什么？

我眼巴巴地看着动画片溅出一堆血来，肾上腺素爆了棚。

《进击的巨人》？

"李念念。"我一把夺过她手里的电脑，她抓狂地大叫："你干吗啊姜未！"

"这个不适合你看。"我一板一眼地教育她，"要不，我给你下载个喜羊羊？"

"你怎么不叫我看天线宝宝啊！跟我老妈一样。"她一脸嫌弃地看着我，"还我电脑啦！这是秦牧哥哥的！"

我心里咯噔了一下，秦牧的……平板电脑？

"鹤童借我的。"她噘起嘴，"你别弄坏了啦！"

秦牧个挨千刀的，给小孩子看这种动画片，怎么行？我得打个电话警告他！

我拨通了手机，一边想着，我这总不算故意找借口联系他吧？

电话嘟了很久才被接起，那头的声音瓮声瓮气的，有气无力。

"怎么了……"

我愣了一下，几乎一瞬间忘了自己要干吗，直到手里还在播放的动画片中，一个巨人咬掉了一个人的脑袋，我才反应过来。

这是秦牧的平板电脑，于是我朝着电话温柔道："没事，你怎么了？"

"姜未你拿着我平板电脑去屋里干吗！那是我的！"李念念扑到门前。

我回头冲她冷酷一笑："李念念，你把作业写完，现在，这平板电脑，没收。"

"姜未！最毒妇人心！"李念念哀号着，"我再也不要喜欢你了啦！"

我关上门，听到她又补充了一句："我本来就不怎么喜欢你啦！讨厌鬼！"

手里的平板电脑沉甸甸的，我坐到书桌前，忽然萌生了一种可耻的偷窥欲。

算偷窥吗？应该不算吧。他都把平板电脑外借了，可是……

我滑动屏幕，桌面背景是渔人码头，我感到自己的心跳加速，点开了照片栏。

照片不多，不过是200多张，多数是景色。

我却无聊到一张张地往前翻。

大概翻到第二十多张的时候，大瀑布下站着的一个人，看不清楚脸，让我的手指停住了。

放大。

照片模糊，但再怎样我也记得这个美丽的轮廓。

是一张，赵灵犀的普通游客照。

是一张，也不知道怎么就让我觉得心里发酸的照片。

他没有删掉她的照片啊……

我立马锁上屏幕，放下平板的那一瞬间，我拿起手机。

我此刻很想很想见到他。

我给他发了一条短信。

"你晚上有空吗？念念刚好在我家，要不要……一起吃饭？"

然后我坐下来，满怀期待地等着。

几分钟后，他回了一条。

"今天不行"。

嗯，连标点符号都吝啬的一条短信就这样浇灭了我突然燃起的星火，我忽然觉得自己有点可笑。

真是逊爆了。

我望向窗外，觉得眼睛有些发涩。

我住的这个老楼，一边是老街区低矮民宿，另外一边却是灯火正好的城市夜景，这个窗户就像一个分界线，分割着两个世界。

车水马龙穿梭在点点星火里，整个世界都有些低迷的落寞。

接下来的几天，我忙得像狗。一面是宴珺姐高压下来的各种任务，一面要做李念念的思想工作，苦口婆心告诉她大人的世界很复杂，不要太在意那些小混蛋的诋毁，但成效甚微，好转的呢，是李念念的思家情切，毕竟，刘西宁，的确是个好妈妈。

我不知道什么时候开始掰着指头过日子。

这是秦牧没联系我的第八天。

其实昨天我就忍了很久没给他打电话。陪着李念念去上补习班的时候，鹤童由一个阿姨领着，甜甜地叫我姜未姐姐。

我过去摸摸他的头。

"念念最近心情不好吗？"他歪着脑袋问我。

我回头看到李念念一副生不逢时的烦躁表情，心里哀叹了一声。

"是啊，你要好好陪陪她。"

"没问题！"鹤童拍拍胸脯，"姐姐你放心，我会帮你照顾好李念念的！"

然后他过去，拍拍李念念的肩膀，然后拎起她的书包，朝我神秘地眨巴了一下眼睛，意思是"包在我身上"。

李念念，还真是幸运。

而我好像并没有那么幸运。

我知道我喜欢上一个人，尽管我很意外，我还能喜欢一个人。

但我毕竟学聪明了。

在青春期一场没有确信的奔赴泡汤之后，我深感庆幸自己有了自知之明。

他好像没那么喜欢我。我知道。

可是，这份自知之明，却没有让我好过一点点。

\ 我想你时

西风止 \

第六章 独一无二

今夜星空晴朗，晚风阵阵，我并未饮酒，却因身旁的人而心乱如麻。

楔 子

我记得我小的时候，住的那个胡同外面种着一大片的芍药花。

我爸会问那个种花的人买一朵，然后插在他从古玩市场淘回来的一个浅口的青花瓷瓶里。

他问我，好看吗？

我说，好看啊，可是只有一朵，为什么不多买几朵？

他笑着说，这花啊，是遗世独立，独一无二的，多了就不像样了。你想不想成为一个独一无二的人？

我其实并不懂他的意思，但听起来独一无二好像很棒，于是点点头。然后他将我抱在腿上，温柔地摸着我的脑袋说，未未长大，一定会是个独一无二的人。再然后我妈板着脸推开门，不耐烦地喊一声，姜华生，煤气到现在还没换，你还吃不吃饭了啊？

他立马放下我，好脾气地说，我就去我就去。

剩下我和那朵花，在寥城20世纪90年代的傍晚里，面面相觑。

到底，什么才是独一无二？

一 过去

"下楼。"接起秦牧电话的时候，他开门见山两个字。

"下楼干吗？"我一边甩着刚洗好的头发，一边硬声硬气道。

他可以几天不联系我，现在凭什么来命令我？

"我在你楼下。"

"我今天不舒服。"

他愣了一下："哪不舒服？我送你去医院。"

"我都洗好澡躺床上了，我……"

"我说了，我在你楼下。要不要我试着喊你名字啊？换身衣服，给我下楼。"

我也怒了："你叫我下楼就下楼啊！给我个理由。"

"理由就是今天是我生日，你得在场。赶紧的，下楼，给你三分钟，别化妆了。"

今天是他生日？我愣了一下，挂掉电话，头发还湿漉漉的。我还有些犹豫，楼下已经开始鸣喇叭。

虽然才晚上8点钟，但这家伙也太扰民了吧。

我只好拨了他电话。

"再鸣喇叭我报警了。一会儿去哪里？我酌情换衣服。"

"黑天鹅。"

我撂下电话，黑天鹅是一家餐厅加会所，搞得白天是咖啡馆晚上是夜总会。富二代最好这口逼格的。那简单，我随便套了个运动装就下了楼。

秋夜微寒，我忍不住打了个寒战，都已经这个时节了，莫名闻到了一阵冷冷的桂香。

秦牧的车就停在胡同口，我打开车门，看到他正歪着嘴朝我笑。

"十分钟，迟到了七分钟。怎么补偿？"

"你……"我分明看到他穿着西装，人模狗样的……帅。"干吗穿这么正式？那我得回去换一件……"

他一把将我捞上去："别换了，都在等我呢。"

苍天大地。

当我抵达黑天鹅时，才知道自己这一身有多么引人注目。

黑天鹅被秦牧包下来，改成了一个优雅的Party这种事，真是让人咬牙切齿。在场的所有人几乎都穿着正装，只有我一个人格格不入。

现场鱼龙混杂，什么年龄层的都有，秦牧一进屋，就被一个中年华服的女子拉住，笑着拖他去跟几个西装革履的男人打招呼。我看他礼貌地敬酒，满脸堆笑得不像我认识的那个秦牧，只是眼角分明写着不耐烦。

从小侧门里溜进来的我，还好，没有太多人注意到。

老季站在人堆里朝我挥手，然后一脸的不可理喻："你穿成这样来？是送外卖的啊？"

我尴尬极了。

然后他朝着几个有些面熟的人介绍道："这姜未来着，还记得不？小学跟我一个班的。后来转学走了……"

我只能拿着酒杯一饮而尽，表示礼貌。

"这些都是秦牧的朋友？"

老季撇撇嘴说："我估计有些连秦牧都不认得吧。"他靠近我，指着秦牧旁边的那个女子说："看到没，那个就是秦牧老妈。"

"很漂亮啊。保养得一点都不像近五十的人。"我不禁感慨。

他撇撇嘴说："其他人啊，有些是秦牧朋友，但大部分都是他妈朋友的子女，都是些富二代，我也不认识几个。"

我狡黠地看向他，他说得好像自己不是个富二代似的。

"你别这么看着我啊。我爸都断了我口粮了。我现在是个自食其力的老百姓！"他啜了口红酒，感慨道，"秦牧爸妈离婚以后，他每年生日他妈都特别铺张……弄得他挺尴尬的。"

原来，竟还有这样的事。我不禁有些同情秦牧了，此刻他从一群长辈的簇拥下分出身来，像是卸下重任一般走向吧台，却猝不及防又被一群小女生给围住了。我翻了一个无敌的白眼。

我都不知道，他为什么喊我来。

老季替我满上红酒，跟我说："话说，你跟秦牧最近关系好像挺好嘛。"

"哪有。只是刚好碰上……"我撒谎道。

老季只知我跟秦牧最近走得很近，并不知道那些个不能提的事。

但是，有人知道。

赵子骐刚还对着一群人巧笑嫣然，这个时候看到我，冷哼了一声。

秦牧已经走到吧台前，烛光大亮的黑天鹅里，穿着黑色西装的他，就像一只黑色的高傲的天鹅。

"姜未。"

身后有人叫我，我一回头，竟是周诗余。

此刻她穿着白色的小礼服，化着淡妆，依旧是那副温和的脸孔。

我想想，也并不奇怪。那么这个场子里，必定是有许多秦牧的同事了。

得知秦牧在甄芙上班，是在一个月前。那时候我还挺诧异的，还觉得他是个不务正业的富家子呢。然而阿玫告诉我，赵子骐就是甄芙的股东之一赵龙升的独女，才是让我更加咂舌的，心想我都惹的是些什么人啊。

"最近好么？"她跟我客套。

"挺好。"

"陆羽呢？"

"也很好。"

"林简和程沧，最近闹得很不好。程沧有点想分手了。"

我一听，忽然觉得有些厌恶，板起脸来："关我什么事。"

"我只是……"她尴尬一笑，"想跟你聊聊，但又不知道聊些什么，果然还是让你讨厌啊。我刚才看到你下秦经理的车了，你和他……"

刚才我先进了黑天鹅，所以，并不是有很多人注意到我的出场。我知道周诗余要问什么，抢过话头："普通朋友。你多心了。"

"哦，那就好。"她忽然放心地道。

"好什么？"我真是受不了她的话中有话。

"没有什么。"她冲我露出一个明媚的笑容，"姜未，我只是听说，秦经理之前的女朋友，谈了很多年，跟你和栗长原一样，是青梅竹马。"

我直勾勾地看着她："周诗余，我劝你不要再提这些过去的事。"

她还是保持笑容："未未，我只是怕你后悔。"

"我后悔什么啊？"我白她一眼，当年我和栗长原在一起的时候，最巴不得我们分手的人难道不是同样暗恋他的周诗余吗？如今，在我终于被甩那么多年以后，念念不忘提醒我的人，竟然也是她。

我很不舒服，便不愿跟她继续说下去，挤到老季那边去了，听到他们几人都在谈论着一旁穿着黑色礼服的赵子骐。

"她不穿粉红色衣服的时候，还是挺漂亮的嘛。"

"长得是还不错啦，但跟赵灵犀能比吗？"老季撇撇嘴。

"人家毕竟是表姐妹，还是有点神似的吧……"

"失之毫厘，谬以千里！"

我看向赵子骐，内心里忽然连起了一个网，想起她猛追我们那日说的话，忽然觉得心里微微一凉。

秦牧的父亲和赵子骐的父亲同为这家公司的股东，那么，赵灵犀在这中间，扮演什么角色呢？

秦牧的母亲这个时候先行离开了，全场的年轻人，顿时都松了口气，气氛热闹起来。

此刻的秦牧，正被一群人围着，礼物的包装炫瞎我的眼，但是，他依旧板着脸。

老季推我一把："未未，那个陆羽上班了吧……"

"是啊。"我心不在焉地回答。

"哦……那个……她最近，忙什么啊？"他支支吾吾。

"忙工作吧。"我反应过来，"怎么？你很久没跟她联系了吗？"

老季挠挠头："有联系，就是……"

会场里一阵骚动，只听赵子骐尖声大骂："你是不是没长眼睛啊！"

蛋糕应声砸了过去，白色的礼服瞬间一片片彩色，周诗余的脸上绯红一片。

原来，是周诗余去拿果盘的时候，不小心撞了她一下。

小公主一脸的不屑，而周诗余低头道歉的样子，让我不禁心里一寒。

几乎是下意识地，我快步走了过去，一把拉住她。

"去弄干净。"

赵子骐白了我一眼，气不打一处来，看到秦牧冷冰冰丢过来的眼神，她只好作罢。

洗手间里，周诗余用水洗着胸前的污渍。

"没想到你还愿意为我出头。"

"我哪里有出头。"我无奈地笑笑，"你想太多了。不过，你就这么任她欺负？"

我只是没想到，这样巧，赵子骐电话里说的那个"她"，居然是我认识的人罢了。

"在人屋檐下。"她只说了这五个字，冲我尴尬一笑。

依稀记得她年少时那自卑的模样，我的心登时一软。

"照顾好自己。"我能说的只有这些，她似乎有些诧异，然后感激地点了点头。

这个时候赵子骐进来，她噤声，悄然对我说："下次再聊。"

我无所谓地耸耸肩，也没什么可聊的。

赵子骐看我在，丢过来一个白眼，一脸的不高兴。只见周诗余匆匆避开，让到一边去。

我心里不禁想，这个世界，不公平的事，何止一桩。

赵子骐是大小姐，这个时候我只能轻巧地避开，我也知道这家伙难对付。刚好，我有件事要去做。

我穿过那个热闹却鱼龙混杂的大厅，秦牧顾不上我，来人里有年长者，他需礼貌地应付。

看来，这不仅仅是一场同龄人的狂欢。

我偷偷地溜出了门。

运气好的话，那家店，还没关。

"刚才去哪了？"半个多小时后，我回到黑天鹅，刚坐下，秦牧就黑着脸走了过来，"还以为你被人拐走了呢。"

我耸耸肩："我今天这副样子，谁要拐我啊？"

"挺有自知之明。"

"不过是一个生日嘛，搞得那么隆重，结果让我随便……我也是怪尴尬，就跑出去避避风头……"

"你以为大家都体面啊，都是装的而已。你这样也挺好。"

"连你都装。"此刻黑天鹅里开始放爵士乐，果盘都撤了，换上了酒水，灯光变幻。他忽然拉了我一把。

"我们走吧。"

"啊？"我诧异地问，"你生日，你走去哪？"

他回头，冲我眨巴一下眼睛："过生日去啊。喝酒了吗？"

"没喝。"

"那你开车。"他把钥匙丢给我，"每年生日都好无聊的，我们出去逛逛吧。"

"不怕我把你的车磕了？"

"你磕了就立马赔钱给我。"

"混蛋。"

"你骂人的样子还蛮可爱。"他忽然侧头冲我笑，穿着西服的家伙，无端端地帅出了境界。

"难得生日，开心一点嘛。"我小心翼翼地开着车。

"呵呵。"他冷冷一笑，"根本没有人在乎我是不是开心的。这不过是她每年的一项计划而已。拿自己的儿子出去秀秀，顺便跟我爸比排场，看看到底谁的人脉广。生日上的人，除了同事和发小，很多人我见都没见过。我生日关他们什么事？"

我一时竟不知该说什么。

一阵秋雨悄然而至，微微的雨声之中，听到他在黑暗里说了声"抱歉"。

"为什么抱歉？"

"因为……这些跟你好像也没有什么关系。"他的声音冷冷的，像雨夜的水，冰凉。

我笑了笑："因为'没关系'，所以不用抱歉。但我还是想多一句嘴，这难道不证明他们爱你吗？只不过，因为不能一起爱了，所以竞争一样地来爱你……"我这样解释道。

他淡淡一笑："爱？兴许是爱吧。但也有可能我只不过是他们之间恨不得撕碎的联系。他们离婚的时候，什么都要对半分，分不掉的东西就扔掉。恨不能把我给对半撕开，所以我索性就把自己扔了，谁也不属于。"

"你多让人羡慕。"我一边开车，一边道，"你记得吧，12岁的时候，你把我送到医院那天，我爸就离家出走了。他走的时候，什么都没留下，也什么都没拿走。这么多年了，他几乎都没联系过我。你呢，你爸妈抢着要你，多好啊，我都巴不得有人来抢我，最好能为我打个官司什么的，多有……存在感啊。"

"你这安慰，我怎么听得怪怪的。"他伸出手来，捏了一下我的脸，"不过，还挺受用。"

雨更大了，我问了句："开去哪里？"

"随便开吧。"

好。对于一个路痴来说，最擅长的就是"随便开"。人多的地方我不敢挤，哪条街人少，我就往哪里蹿。不知怎的，越开越偏，入了无人之境。

此刻，秋雨迅速变猛成了瓢泼大雨，雨刮器根本来不及刮掉急骤的雨水，他命令我将车子停在路边。

"就停这里吧。"

看了看窗外，已是无人的街道，我竟不知自己身处何处。

"好像迷路了。"

"哦。是吗？"他无所谓地说，"雨太大，一会儿再找路吧。"

"那个。"我想起什么，从口袋里掏出来，塞到他手中。

"什么东西？"

"刚才出去买的，那家佛珠店还开着，一直听说很灵。我想不出送你什么，保平安求个念想也不错。"

还挺贵的，我自己都舍不得买，但肯定比不上那些奢华礼物。

他快速将佛珠带上，朝着我炫耀："帅吗？"

"……佛珠挺帅。"

"算是定情信物？"

他总是这样，开起玩笑来总是让我无言以对。我竭力不去想他们聊起赵灵犀的那些林林总总。此时此刻，是秦牧的生日。我不去想那么远。

我侧头看他的脸，昏暗的车灯下，他难得显得疲倦和松懈，我的心里一片柔和。

我想我是喜欢他的。

我原本以为，我不会再喜欢一个人了。

尽管，这个人并不一定是真的喜欢我。

但是，我真的要谢谢命运让他出现。

窗外雨水嘈杂，车窗玻璃上，我们看着雨滴凝聚，又被更大的雨滴击碎，反反复复。

我说："秦牧，生日快乐。"

他用鼻音回答我。

"嗯。"

许久，他侧过头，看着我说。

"我今天很高兴。"

听闻此言，我偏过头去，看向他。

"姜未啊，我今天看你特别漂亮。"

真的吗……我明明妆都没化。却马上看到他敲了一下自己的脑袋。

"哎，我一定是喝得太多了。"

"混蛋……"我骂，然后，忍不住笑了起来，"秦牧，跟我说说你的事吧。"

总觉得不太了解他，到底那个没心没肺的、吊儿郎当的是真正的他，还是此刻，深深皱着眉头心事重重的是他。

"说什么？"他侧过头来。

"随便说点什么，说说过去吧。"或者，说说赵灵犀。

"不想说了。"他微微闭上眼睛，"过去的事，就让它过去吧。"

"也对。"我也调了座椅靠背，跟他并排躺在车里，他摁开了天窗遮阳帘。雨水打在玻璃上，玻璃就像分辨率很高的手机屏幕。

我心里，有一种很奇妙的感觉，明明身处一个陌生的小岔路，但我头一次觉得安全。

那个人，祝你好。我也，一切都很好。

过去的事，就让大雨倾盆，就此洗去吧。

二　遗憾

第二天晚上，我收到了秦牧的短信。

"姜未，我现在在北京，今天晚上北京的天气难得的好。我坐在小酒馆喝茶，嗯，没错，是茶，我就是突然想到你了。"

"也没什么事，就是想到你了，觉得想跟你说点什么。"

"我好像有那么点喜欢你。"

"喂，我可以追你吗？"

我握着手机的手微微发抖，内心里一朵朵烟花绽放。

久违的，不知所措的欣喜。

或许是之前的生活太过寡淡，秦牧这样没正经的话，竟激起了水面的涟漪。

他喜欢我？

那天晚上我打了好长一行字。

气氛可能太适合煽情，我写了一长段的话，矫饰自己的爱情观，噼里啪啦说了一大堆的废话。

大概的意思是秦牧，我姜未可不是一个好招惹的姑娘，我对爱情没有什么信心，如果你并没有那么喜欢我，你最好就别跟我说这种话。

我写完后觉得太刻薄太讨人厌了，又删掉，犹豫了很久，我回了过去。

"我跑得很快的，你确定，你追得上吗？"

简直，太傲娇了。

结果很久之后他回了我一条更傲娇的。

"别把自己跑丢了就好。迷途知返，还是有救的。等我回去，咱们去朝阳一小跑跑看，我让你3秒，你要是被我追上了，以后就做牛做马吧。"

活生生的一段表白，就忽然转了文风，让人啼笑皆非。

我回："拉钩。"

为什么一颗曾以为已经差不多到了迟暮的少女心就这样活生生地跳起来？脑子里像有一颗跳跳糖，蹦啊蹦，又生出无数颗跳跳糖，在我的身体里，复苏，爆炸。

总觉得二十好几的人了，不会再深陷这种情绪里。可是我真的好开心，开心得想要转个圈，又觉得恐惧，他喜欢我吗？我根本没有办法确定。

小甜心之后，又有几个小单子上门，我们毕竟是小部门，算不上忙碌。

听说甄芙完成了一个大公司的包装，全体出游，还是境外游，羡慕得阿玟一天跟我提好几次。

人各有命，我们吧，发发香薰机做奖励，我已是感恩戴德。

也是因为听多了，从阿玟那才知道，秦牧的父亲，是甄芙的大股东。我也根本没办法将她口中的秦总跟我认识的秦牧对号入座。

她所说的这个人，优秀院校毕业，政策铁血，是个很好的领导，虽然年纪轻轻，只是甄芙的创意总监，却也在这新一辈里，立了不少功。大学虽然不是主修广告，但在这方面的天赋，还是实打实的。公司不知有多少妹子紧盯着他，他却不为所动，只谈工作，简直是言情剧里面瘫的男神主角。

不不不，这怎么可能是秦牧嘛。

"我听说这个秦牧很帅。"阿玟托腮,一脸的痴迷。

"噗。"我忍不住笑了,"听说而已嘛。"

"也是。"阿玟撇撇嘴,"有身份背景做辅助,丑人都会帅啦!"

我翻了个白眼,这个时候电话响了,秦牧的短信。

"明天午饭,我去你家接你,陪我过周末吧。不许找理由拒绝。"

这个时候,正在做着白日美梦的阿玟,正甜蜜地意淫着:"哎,你说未未,要是跟秦总那样少年得志的家伙约会是什么感觉啊……应该特别棒吧……"

我只好将自己浮起来的虚荣心勉强摁回去,笑着说:"应该特别棒吧。"

她扭过头:"明天组里郊游,你可别忘了啊。"

我的笑容凝固了一下,有些结结巴巴:"我家里临时有事儿,能请假吗?"

次日我老早就起来了,本来周末嘛,是难得能睡个奢侈觉的。阿玟大概已经出发,给我发了几张风和日丽的郊外风景照。据说这次亦虎大出动,隔壁几个部门的帅哥也一块来了,阿玟这个有夫之妇,还偷拍了好几张帅哥的侧颜,语气里大有"姜未你看你不来,亏死了吧"的遗憾。

我等到了中午,秦牧的电话还是没有来。

这让我有些尴尬,犹豫了一下还是拨了电话过去。

响了三声,那头接了,语气不太好:"我现在有急事,午饭你自己解决一下吧。"

他没有忘,我该开心吗?但对方电话马上挂掉的嘟嘟声,让我整个人仿佛被冰冻。

所有期待的喜悦全部落空,我该笑话我竟这样期待一个约会吗?我是有多寂寞?

镜子里的自己难得化了精致的妆,我忽然笑了,笨蛋,你竟把这当作一场约会来做了。你是太久没恋爱过了吧,何况你不知道秦牧是谁吗?

他可以肆无忌惮地放你鸽子,你却连随口一句都要当真。

姜未,你为什么又陷入这样的怪圈?

他根本没有把你放在心上。

但是妆不能白化啊,我现在都有些嫉妒阿玟了,她朋友圈的太阳比我这都要可爱好多。

不行,我心里憋着一股气,好好的一个周末,卸妆回去睡觉太浪费了。

那我就一个人出去晃晃吧。

比如,去吃老街的豆腐脑?

老街的豆腐脑,是我和陆羽大学的时候除了麻辣烫最喜欢的,只是地点偏远。

我又想起了程沧来,那时候我们总是三人行,陆羽多作啊,走着走着就会说,程沧,我走不动了,你背我。然后程沧二话不说就会往地上一蹲,喊一声"媳妇!上来吧"。

秀恩爱秀得那么明显，满大街都知道我是个亮闪闪的电灯泡，那时候还骂了陆羽好几回，私约私约！下回不许带程沧！

但是如今，竟无比怀念。

秀就秀吧，总比分开好。我走在那条熟悉的街道上，身边没有这两个人，忽然领略到那个俗烂的词儿——物是人非。

最近我都没有跟陆羽联络，她过了感情的倾诉期不再黏我，我在公司忙成狗，竟也忘了问她最近可好。

我边走边拨了电话，心里空落落的，不知是因为怀旧，还是因为被秦牧放了鸽子。

她的声音瓮瓮的："喂？"

"还在睡呢？出来逛逛么？"

"昨天喝酒了，太累。对了，过几天我组局，你来不来？"她总是有办法，几秒内变得清醒而活跃，"我们好久没见了。"

"好。"我二话没说答应了，可是她的一句"我们好久没见了"让我觉得有种莫名的伤感。

这家的豆腐脑是最正宗的，门口总是排着长龙，以前总是程沧排队，我跟陆羽跷着二郎腿坐在旁边的塑料椅子上吃隔壁买的冰。有一回运气不好，排到我们的时候豆腐脑竟然卖完了。小店的服务员无奈耸肩。我们大老远从学校跑到这，心心念念的豆腐脑没了，本来也没多大事儿，陆羽还是作得要死，闹起别扭，说都怪程沧，程沧也委屈，两个人吵了一路，最后陆羽恨恨地说了句"分手"就拉着我走了。

为了一碗豆腐脑分手，多傻啊。可是第二天早上，程沧捧着两碗豆腐脑站在宿舍楼下，喊我俩赶紧去吃的时候，我都差点哭了。

要找一个真心待自己的人，真的太不容易了。那时候你的一颦一笑都牵扯着一个人的心，那是跟岁月有关的。我们遇到谁并不重要，重要的是在什么年纪遇到谁。爱得惊天动地的时候，那个普通人简直就是神。爱不动的时候，神来了也没有用。

喜欢……真是一种奇妙的事，我排进队伍里，前面是一对穿校服的学生，女生害羞地牵着男生的手，两人低头细语的样子，让我觉得我真的是老了。

对于喜欢这种娇嫩欲滴的词来说，我真是老了。

就是那一瞬间，我忽然觉得心生疲惫，我年少时也曾大大咧咧不计付出地喜欢过一个人，而此生，还会有第二个人吗？

此刻，前头的一个老人吸引了大伙儿的注意力。

老人穿着病号服，在一群人里显得格外显眼。

"抱歉。老人家。"柜台小二面露难色,"您没有带钱的话……就不能卖给您了。"

"我会把钱还给你,拜托你了小伙子。"老人虽是祈求,却不卑不亢,"我真的,大老远地跑过来,就为了买这个。"

"真的非常抱歉。"小二歉疚地说。

"等一下。"我拨开人群,上前去,从钱包里掏出钱,"算我的。"

又没多少钱,何必让老人家白跑一趟。柜台处已经换了人了,年轻的小二想来也做不了主。但我仍旧怀念老板娘亲自收银的岁月,因为脸熟,我们还经常赊账。

老人正打量着我,不得不说,这是一个非常有气质的老人家。他朝我笑了一下,说了声:"谢谢。"

我摆摆手说:"没事的。"然后重新回到后头,排进队伍里。

手里捧着一碗热腾腾的豆腐脑,我忽然听到身后有人喊:"小姑娘。"

我转身,看到刚才那个老人正朝着我挥手。

我犹豫了一下,坐过去。

"这家店我吃了十多年了。从开业吃起。没想到,今天差点吃霸王餐。"他笑着说,"一定要加三勺辣椒和一小勺糖,味道才最好。"

倒没试过这个吃法,我照做,尝了一口,果然不错。

老人器宇不凡,看得出年轻时定是大帅哥,但此刻有些病态,脸色苍白。

"我今天啊,是从医院跑出来的。"

"身上没带一分钱。"他笑着像说别人的事,"坐公交车,我第一次逃票呢。哈哈哈哈,还真是刺激。我这老心脏倒没事儿,脸有些挂不住。"

"我讨厌老年卡那滴的一声,简直了,时时刻刻就在提醒你你快死了。"

"怎么会?"我笑着说,"您面有福相,一定会长命百岁。"

"托姑娘的吉言。"他温和地看着我,"你叫什么名字?"

"我叫姜未。"

"你在哪里上班?我到时候找人把钱送过来。"

"真的不用啦!"我笑着摆手说,"一碗豆腐脑而已,又不是多少钱。您赶紧吃吧。七分热的时候,味道最佳。"

尽管老人极力推辞,说还可以再去逃一次公交车的票,我还是拦了出租车,替他付了车费。

他在车里跟我挥手告别,笑着说:"那小姑娘,后会有期了。"

我站在原地,想起已经离开我很多年的外婆。

老人身上的病号服，就像是一种离开前的预告，然而我和外婆，竟连预告都不曾有过。那可能，是我这辈子最大的遗憾吧。

三 约会

"你在哪里？"

接到秦牧电话的时候，我正做指甲。接起电话来，满肚子的气。

好了，你不当一回事，我凭什么……可话到了嘴边却又是一句："你……忙好了？"

"好了，你在哪？我来接你。"他的声音有点疲惫。

我报了个地址，他说，刚好我就在附近，你到门口等我吧。

我一听，迅速就抽离了自己的手。有些恍惚，觉得自己真是毫无尊严啊。

"姑娘，你还有一只手没做好呢！"

"不做了不做了。"我笑着说。

"那……也得买两只手的单啊！"做指甲的小妹惊讶地看着我。

我想，我是没救了。当我看到他坐在车里冲我露出笑容的那一瞬间，我原本准备好的故作冷漠悉数跑光。他笑得真好看啊，我屁颠屁颠跑到他车前，看到他下车来，走到副驾驶旁边，给我打开车门。

"这么绅士。"我也笑。

"必须的，要跟你道歉。今天医院出了点情况，我临时被叫过去。"

"什么情况？"我被他塞进副驾驶室。他淡淡地说："有惊无险，没事了，想吃什么？往贵的点，就当给你赔不是了。"

"麻辣烫。"我眨巴着眼睛说。

"你……"正坐回驾驶室的他皱起眉头来，"好不容易能坑我一笔，你就选麻辣烫？"

"麻辣烫怎么了？"我噘起嘴来，"我最喜欢麻辣烫了。这不是给我赔不是吗？那自然得我选了。"

见他皱着眉头的样子，我安慰他说，你放心吧，那家麻辣烫我吃了好多年了，挺卫生的。

"男朋友吗？"刚坐下，麻辣烫老板娘弯着眉眼问我。

"不是不是。"我立马否认。面前的秦牧意味深长地看着我，轻声道："你紧张什么？

我们在一起，好像是我比较吃亏的样子。"

"我以前好歹也是班花好不好啊。"我轻声嘀咕，底气不足。

"哟，我记得你有个闺蜜……陆羽，挺好看的啊……"他故意拖长音调，简直讨厌死了。

"你还真别说，虽然我没陆羽好看，但我跟她其实是两个风格啊……你不觉得吗？我好歹也是班花……之一呢！"我自己都觉得无耻。

"姜末啊，你的脸皮厚度最近渐长，已经达到了可以挑战吉尼斯纪录的地步，我怎么就这么替你自豪呢。"秦牧忽然伸出手来，狠狠地掐了掐我的脸。

这样的亲密，原先也许并不会给我带来什么，但我莫名其妙，竟红了脸。

秦牧呆了一下，手停在半空中，笑眯眯地看着我。

我有些尴尬，撇开脸去，

我忽然听到他说："姜末，我忽然觉得，你还是蛮可爱的。"

闻言，我更加尴尬了，往嘴里猛塞了块油豆腐，滚烫的汤汁烫麻了舌头。

"喂，没事儿吧？"他目光如炬地看着我，"小心烫啊，笨蛋。"

大学的时候，我和陆羽还有程沧三人就常常来吃这家麻辣烫。偶尔的时候，老季有空也会过来，但他一直看程沧有些不顺眼。他私底下跟我说，你不觉得那个家伙满眼都很实在？

实在有什么不对？我记得我当时问。

他皱了下眉头说，实在也没什么不对，就是不是一路人吧。你知道我这人就是这么不实在。

可是我挺实在啊。我眨巴着眼睛跟他说。

一贯没个正经的老季忽然很认真地跟我说，不，末末，你一点都不实在。

你看你追求些什么？你真的是想要过那种平静如水的生活吗？你不是，你不是那种人。

那时候陆羽就常说，末末，你看你也找个男朋友吧，咱们四个人，多好的组合啊。

我笑笑，好啊。

没想到，如今我和秦牧对坐，他也许就会成为我的男朋友吧。

但是陆羽和程沧，却已分开了。

而世间就有这样巧的事，我一抬头，便看到迎面走进来的一双情侣。

女孩紧紧地挽着男生的手，一脸的甜蜜。

正是程沧和林简。

毕竟店里客人多，加上热火朝天的蒸汽，他们并没有看到角落里的我和秦牧。

我移开视线，满心的不痛快。

"怎么？"一碗麻辣烫秦牧也没怎么吃，这个时候觉察到我脸上的变化，问道，"谁？"

"陆羽的前男友。"我惨淡一笑，"还有他的现任。"

"聚散终有时。"他牵动了一下嘴角，很轻微，"有些人，注定是你人生的过客。没什么好计较的。走吧，我吃饱了。"

站起来起身的时候，眼尖的林简却忽然大喊："姜末姐姐！"

我的脊背一僵，缓缓回头，原先牵着林简的手的程沧，在看到我的那一刻脸上忽然挂上尴尬，我想他是下意识地从林简的手中挣脱出来，冲我一笑。

"姜末。"

我看到他微微地一瞥周围，意识到他松开手的原因，大概是以为陆羽也在这吧。

他就不该来这个地方。

他怎么还有脸来？

"来吃饭啊？"程沧没有发现陆羽之后，总算松了口气，这句没话找话的招呼让我尤其窝火。

"不然咧？"我回头，笑里藏刀地刺他，"麻辣烫店自然是吃饭了，难道还是来秀恩爱的吗？"

他的脸红了，他怎么变得这么陌生了，我都说不清。

这个时候，埋单的秦牧已走到我身边，笑着说："怎么了？碰上老朋友了？"

我僵了一下："是啊，陆羽的前任。"

秦牧一怔，忽然笑着说："陆羽和她男朋友不是在等我们吗？赶紧的，别让人家等急了。"

我惊诧地看着他，反应过来，朝着程沧笑着说："对对对，你们慢慢吃啊。陆羽她男朋友呢，开了一个豪华包等我们呢，又有钱，对她又好，啧啧。"

我撇过头的一瞬间，看到程沧的脸色一白，忽然觉得扬眉吐气。

程沧，你活该。

走到店门外，天已经黑透了，满大街的灯火已经燃起。

"你们这些小女生的自尊心啊……你刚才脸都是白的。"他笑着说，"我在想啊，你碰到好朋友的前任都是这么副见鬼的表情，如果哪天不幸碰到你的前男友，我可能得叫120来抢救你。"

"少拿我开涮。"我白他一眼。

"他现在在哪？"他忽然问道。

我被他问住了，最可笑的是我真的不知道他在哪里，还在巴黎吗？或者已经回国了。

"你问这个干吗？"我反问他。

秦牧发动车子，侧头看着我："以防万一，碰到的话，你给我丢人不说，起码我不能给你丢人吧。我倒是很好奇他是个什么样的人，有照片吗？"

他嬉皮笑脸："这个家伙，一定没我帅。"

我没有搭理他，侧身系好安全带，陷在副驾驶座里，侧过头望着窗外的灯火。

一片璀璨，可我没来由地觉得落寞和不安。

难得的沉默和安静，我们各怀心事。秦牧伸手按了音乐播放键。

第一首就是李志的《梵高先生》。

我看了一眼正在驾驶的男生，与我相仿的年纪，穿得挺潮，我也许有贴标签的嫌疑，但这个家伙，穿得像个夜店咖，一点都不像听李志的歌的人。

歌里在唱：我们生来就是孤独。

木吉他的声音，钢琴手风琴萨克斯的声音齐齐涌来，微微开着的窗飘进来风的声音。

一个熟悉的声音仿佛也在里头。

他说，要孤独，我们俩就一起孤独。

我的心，微微一揪。

"姜未，你以前喜欢的人，是什么样子？"秦牧忽然侧头问我。

我愣了一下。

"比我好么？"他笑了一下。

"比你好。"

"我吃醋了。不过没关系。"他忽然伸出手来，拍了拍我放在膝上的手，拖长音调说了一句，"总有一天……"

"总有一天什么？"我问，心却不由自主地跳了起来，忽然出现的一条道路，让我忍不住问，"我们这是去哪？"

"朝阳一小。"

"去干吗？"我明知故问，觉得自己简直矫揉造作。

他笑了笑，没回答。

夜晚的朝阳一小十分安静。

这所已有百年历史的小学，是我的母校，也是他的。

只是我们的回忆都各管各的，两年的差距，让我们没法儿共同缅怀青春。

像我这种差生，反而不知道逃学必备门在哪，简直是一种耻辱。

他领着我去，顺利地进入了朝阳一小的校园。

后门进去，就是宿舍楼，不过一小是没有寄宿生的。宿舍楼，基本上住的都是学校的后勤人员。正值短假，因此没什么人。

穿过一片林立的教学楼，秦牧指着其中一幢说："那是我们的教室。"

"你以前就扎个羊角辫，坐在窗台上看风景。"

"啊，你知道我？"我为自己的名声在外而沾沾自喜。

"当然记得。"他笑了笑，"那时候我跟老季那小子还不太熟，但好几次他被你拧哭，我都看到了。你说你一个小丫头，怎么就跟个悍妇似的？"

我呸了一下："我明明贤良淑德……"

心里却有一种很微妙的欣喜。

他的话像是给了一些蛛丝马迹，将岁月里本无关的我们连接在了一块儿，这种感觉，让我觉得，离他很近。

今夜星空晴朗，晚风阵阵，我并未饮酒，却因身旁的人而心乱如麻。

我忐忑着，不安着，我太久没有爱过了，我曾经以为所有的爱的能力都给了某个人，失去他以后，就等于失去了这种能力，我没有信心再度开始，可是，我又那样期盼，身畔这个家伙，能证明我是错的。

我甚至开始期待他口中的"总有一天"。

"姜末，你跑啊。"

"姜末，我追到你了。"

"姜末，那现在，我是你男朋友了。"

我胡思乱想着这些情节，幸好天色够暗，他不会看到我已红到脖子根的脸，不会看到我那颗玛丽苏十足的心。

而很快，上帝就会给我当头棒喝。

想什么呢，姑娘。

\我想你时

西风止\

第七章 当头棒喝

其实我有点难过,这个人跟我说,他有点喜欢我。然后,我发现他还有一个根本忘不了的人。

一 治愈

临近操场的时候，就听到了人声，在寂静的校园里，显得突兀和热闹。

有人高声说："丫当年也算是朝阳一小一传奇人物！"

另一个说："好汉不提当年勇！你看你都发福成啥样了！"

秦牧的目光一凛，侧头看向我，忽然笑道："好像，碰上老朋友了。"

果不其然，五六个围坐在操场上喝啤酒的青年，正是秦牧的老友。

也就是，我曾在金碧辉煌见过的那几个人。

我怪尴尬的，像跟屁虫一样缩在秦牧后头，简直不好意思抬头。

"我靠，老秦！"为首的一个家伙跳起来，"你不是说今天没空吗？"然后他意味深长地望着身后的我，"哟，原来是忙着泡妞呢。"

"你们是到这来喝酒？"秦牧皱起眉头。

"这不临时决定的吗？开车兜了一圈，觉得小学最开心，来重温下，不行？咦？这不是那天砸破我脑袋的丫头吗？"那家伙终于看清了我的脸，一脸的惊愕。

看来老川是要惦记一辈子了，我只能赔着笑抬起头来："是我是我，你脑袋没事儿吧？"

"赶紧的，坐下来一块儿喝吧。姑娘你能喝酒不？"其中一个，正是那天死活要拉我去公安局的，现在倒是一脸的笑。

我坐下来，举起一罐啤酒，朝向老川。

"之前抱歉，砸了你的头。"

老川嘻嘻哈哈地说："我老川生谁的气，都不生漂亮姑娘的气。干杯干杯。"

"幸好子骐没跟来，你说要是她来了，看你带个姑娘，哟，这不又要闹了。"老川嬉笑着朝秦牧说。

"你不会是跟她……"老川看了我一眼，诧异地问。

秦牧没有答话，我倒是有些尴尬了，忙说："没有的事，秦牧是有些公事找我……"

秦牧没有像在麻辣烫店里一样，笑着说，这么急着撇清干吗？而是让我有些失望地笑着说："只是朋友。"

是么？他们对视了一眼，并没有就这个问题继续纠结下去。

我就像个局外人一样，坐在他们中间，听他们提着若干年前的青春。

直到……老川无意提起的一段话。

"这操场上也算是发生过很多值得回忆的事了。我还记得，初三那年，你追赵灵犀的时候，你们俩不是就约好，她跑你追，追上了就跟你在一起？"

我的心咯噔了一下。秦牧喝了一口啤酒，笑着说："干吗老提年轻时干的蠢事？"

"你倒是也厉害，赵灵犀当时可是学校短跑队的队员。"另一个说道。

我竟无意之中，重蹈覆辙。

"这些年喜欢秦少的，哪个不是伤心欲绝啊。也就赵子骐，仗着跟赵灵犀有那么点血缘关系自以为长得有几分像，还穷追猛打的。"

"雷阳你够了。"

"秦牧你到底还会不会爱啊？那之后听说你就没谈过女朋友。你看你身边这妹子也挺不错的。"老川接茬，嬉笑看着我说，"你要是不把握……啧啧，姑娘要不跟我好？"

我假意撇过头，紧盯着啤酒罐，对这样的玩笑，我如坐针毡。

"老川，"秦牧缓缓开口，"我刚说，这姑娘只是我朋友，我是说暂时的。我在追她，还没追到，你们以后开玩笑注意点。"

众人面面相觑，老川干笑了一声："我就说嘛……哎哟，也是，怪我嘴笨。你们还傻坐着干吗呢，起来起来，别妨碍秦公子追女生呢。换场地！走走走……"

于是，最后只剩下我们两人坐在朝阳一小的操场上，他似乎一时也找不到话题打破尴尬。

我笑着开了口，决定给他一个台阶下。

"没事的，我就当作你说的是一个玩笑，你不用太当真。"

他缓缓抬起头，没有太多表情："什么意思？"

"我是说。"我站起来，揉揉有些发麻的膝盖，"你不能把'有一点点喜欢'太当真，我以前也因为负气，为了想证明自己忘了前一个，急躁地想开始一段新的感情。他们不是说了吗，忘记一段感情的最好办法就是开始另一段。但是没有用的。"

"哎。"

我叹了口气。

远处灯火寂寥，朝阳一小的操场安静得让人心里有些发毛。

"但是，说真的。时间才是治愈情伤的良药，随随便便的一个人，不能够拯救你的伤口。"我指着自己的胸口，"我就是一个典型的例子。"

"你就这么看不起自己？把自己对号入座成一个随随便便的人？"他牵动嘴角，站起来，冲着我意味深长地笑。

其实我有点难过，这个人跟我说，他有点喜欢我。然后，我发现他还有一个根本忘不了的人。他兴许只是想用我来掩盖他上一段的爱。

我不想做一个替代品。

我想做独一无二。

可是独一无二，这么难啊。

"我们走吧。"

"姜未。"他生硬地叫着我的名字，抓住我的胳膊，"你要是把我想成这样我也没有别的办法。诚实点来说，我的确只是喜欢你而已。这也是我意料之外的事，我自己都不太确定。今天晚上和你走在这条路上，忽然想起很小的时候就认得你了，觉得心里很暖。

我只能告诉你，这种心动，很少发生。至于真假，我暂时没办法跟你证明。"

我抬头看着他，认真地说："那你好歹也换一招。这招用过了。而且这喜欢来得太突然了。我总觉得，喜欢一个人，起码得了解是吗？可是你看你，你对我一无所知……"

"我知道你为什么生气。是的，我其实泡妞一点都不厉害，只会那么点陈腔滥调。你说追你，我就想到这招，多简便啊。对不起嘛，不要生气。你喜欢玫瑰花还是巧克力？哦……我忘记了，你用羊肉串就可以收买。"

"秦牧，你真是个祸害。"我好气又好笑。

"那你要替天行道收了我吗？"他咧嘴不怀好意地笑，忽然狡黠在嘴角散去，他似乎真诚地说，"你说时间才是良药，那么，给我点你的时间来治愈我吧，姜医生。"

他将我轻轻一拽，我跌进他的怀里，挣扎了一下。

"好，那病人秦某，你要告诉我，你为什么受伤，她为什么离开你，全都告诉我。"

"我会配合治疗。"头顶的呼吸轻轻的，空气中有一种清心寡欲的气息，路灯下的一切都变得柔和，"今天有点累，以后慢慢地跟你说。所以，我现在算你男朋友吗？"

"试用期吧。"我想了想，然后笑着说。

二 委屈

工作后的日子，过得特别地快，因每天都是按部就班。冬天来临已是两个多月了。寥城还算是四季分明的，冬日冷得酣畅淋漓，公司里整日开着空调也冷得要命。不知谁放了腊梅，办公间里飘着幽暗的香气。

那段日子是亦虎的淡季，我们在给一个花茶的供应商做案子。

各色花茶和腊梅香气，就开始争奇斗艳了。

花茶是一大罐一大罐的，销量不怎样，供应商的要求很简单，就是让他们的品牌变得高大上，在淘宝店销售额噌噌上涨。

毕竟是小案子，沈宴珺最近似乎有点奇怪，不太上心，直接放手让我们自己弄。我们组里，我和阿玟成天泡着花茶，绞尽脑汁。找人拍摄和撰写各种宣传文案，可几个实习案子出去，点击量是上去了，但销售效果甚微。

那天下班，冬天天黑得早，已是暮色四合。

门口有个抽烟的男人，半倚靠在车边，不是秦牧又是谁？

我缓慢地走近，最后停在那，就这么定定地看着他。

好久没见。他蹙着眉头，侧脸的弧度更加刚毅，大概是瘦了。他望着车水马龙的街道，看起来有些疲惫，抽烟的姿势，在酒吧是可以蛊惑一堆姑娘的，因为看起来，分明是个有故事的男人。

"看够了没有？"他忽然蹦出一句话，低下眉头，用手护住打火机，继续点第二根烟。

原来早就知道我在了，却一声不吭，放纵我在这里"欣赏"他造作的抽烟姿势，是有多自恋啊！

"你怎么不让我别抽烟？"新点上的烟他才抽一口，就摁灭在一旁的陶瓷烟灰缸里，"总觉得你不够关心我啊，这个时候的台词，不该是吸烟有害健康吗？"

"你就有这么缺爱吗？"

"怎么抽起烟来了？"以前倒是难得见他抽烟，只在偶尔的场合之下会接过别人应酬递过来的烟。

我已是好几天没见他，明显看到秦牧的嘴边，新长出来的胡茬。

见我盯着他，他下意识地摸了摸下巴。

"怎么样，喜欢吗？有男人味吧？"

"这几天很忙吗？"我问道。

那段日子，话说他已经"追"了我一个多月了，可事实上，我们能见面的机会不多。他忙着四处出差，听说甄芙最近在弄上市，公司内部也是大换血。不过，他爸不就是甄芙股东吗？他犯得着这么拼么？

"还好吧。"明明嗓子沙哑，明明是压力大才会抽烟，他却挤出一个笑容来，"这几天亏待你了。体谅下，别随便扣我分，知道么？走吧。带你去买礼物。想要什么？"

"啊？"我愣了一下，"什么礼物啊？"

"平安夜啊小姐。"他有些无语地翻了个白眼，"你这日子，过得是不是有些糟？"

我当然知道今天是平安夜，满大街张灯结彩，一到公司就听到阿玫喜气洋洋地说节日快乐。

"上车吧。"他说了声，"作为你的追求者，姿态总要做足吧。想要什么，你说。"

"请我吃个饭吧。"我笑了笑，"我饿了。"

"喝花茶吗？"我说，"客户送的。喝不完。还蛮方便携带，你出差也可以带着。"上车之后，我从包里拿出几罐花茶给他。

"味道其实还不错，美容养颜哦。不过不知怎么的，就是卖不好。"我自言自语，"我最近头疼着呢，想了好几套方案了。"

他从我手中接过花茶罐，端详了一会儿，嫌弃地说："难怪销量惨淡，你看这包装，换你你会买吗？"

"咦？"

"现在人们只爱追风，好的东西，没有好的包装，是毫无意义的。这种东西，毕竟不是什么贵重东西，你与其在广告上大费周章……"

"其实很简单，做个加法即可。"他掂起一小捧玫瑰花瓣，"可以选用分装的手法，这一大罐，可以分成三小罐来销售，盒子你们来设计，加上品牌和概念性品牌标签。"

"保证好卖？"

"无法保证，但我可以保证，现在的包装出去，销售绝对是惨淡到无人问津。"

确实如此，所以花茶主人急得三天两头打电话来问。

明明在秦牧口中这么简单的道理，我却始终没有发现，我脑袋一定是被冬天给冻钝了。此刻他回头看到我一脸抑制不住的崇拜，撇撇嘴。

"怎么，你男人是不是很聪明啊？"他伸出手来，掐了一下我的脸，"瞧瞧你啊，这么笨，以后怎么当我小秘书啊。"

"谁要当你小秘书了?"我皱眉,"我在亦虎混得可好了。"

"咳咳。"他白了我一眼,笑着说,"好啊,我最近忙得史无前例,公司也喊我必须去招个小秘书了。我得找个大胸长腿的,你到时别后悔。"

——

"就给你这一次机会。"他一把把我拽进了商场里头,店铺门口站着圣诞树,灯光闪耀。

我想起刚认识他那会儿,我的裙子被扯破,他买了件H&M给我,到现在,还放在衣柜里,忍不住想笑:"怎么,又要买H&M给我?"

秦牧耸耸肩:"这个商场没有H&M。虽然有抬举你的嫌疑,不过哥哥最近赚了点钱,还是可以买点好东西给你的。"

我努了努嘴,故作矫情:"你要是有心,该备好礼物来啊。这样临时抱佛脚的,负分差评。"

秦牧翻个白眼:"我这是尊重你,你懂吗?"他忽然微微眯着眼,定睛看着我,"你穿这个,应该蛮好看的。"

我一回头,发现自己站在celine的门口,新款晚礼服是淡淡的粉,正套在无头模特身上,发着它本身就该有的光。我忽然想起沈宴珺来,想起那条被我弄坏的裙子。

我也是跟着陆羽混多了,才认识这些奢侈品牌的。其中最偏爱的,还是celine。这个来自法国的极简廓形设计并带点艺术味儿的品牌,恰好对我的审美,却不太对我钱包的胃口。

秦牧一把将我拽进店里。

"试一试吧。"

"我不要。"我轻轻挣开他的手,"不是要我挑礼物吗?我知道我要什么。"

门口摊位上,一年一度扎上蝴蝶结的苹果君,个个都身价倍涨,昂首挺胸。

秦牧似笑非笑地看着我。

"好不容易有个机会坑我,你就选这个啊?"

"不行啊。"我噘了下嘴,"平安夜吃平安果,应景!老板,就这两个。"

"平安夜吃平安果,也不知是哪个无聊人发明的。"他似乎拿我没办法,掏钱包,"多少?"

"一个十五。"

他抽出一张一百的,见我也在掏钱包。

"你又在干吗?"

"自己付自己的啊。平安果这种东西，必须是别人送才管用的。"

然后，我将两只苹果接过来，一脸郑重其事地将其中一个塞到他怀里。

"平安喜乐。"

"怎么，你不喜欢？"他皱眉头。

"喜欢啊。贵的东西怎么可能不喜欢，只是觉得麻烦。"

"麻烦什么？"他似乎听不懂我的逻辑。

"有了一条礼服，必须得搭配吧，那得买包，买鞋，买……"我摇摇头，"反正我负担不起，而且也没有那么想要。对于我要不到的东西……我从来都不想勉强自己。"

"传说中的，吃不到葡萄说葡萄酸心理？"他笑了笑，把玩着手里的苹果。

"才没有。我吃不到，会说我不想吃，但我不会说，葡萄是酸的。"我莞尔一笑。

"不管葡萄酸不酸，总要买点像样的礼物。一个苹果，配得上你姜未，可配不上我秦牧。"他将苹果放进大衣口袋，"要不，给你买个包？"

"我才不要。我饿死了。"我翻了个白眼，拽他走。

临湖的景观餐厅，今日自然是爆满，好在提前定了位置。

"来不及，没订到窗边的。"他努了努嘴，"看吃点什么？"

菜价真是贵得我头疼，我将菜单推还给秦牧。

"眼不见心不烦，反正你埋单，你点吧。"还是忍不住轻声问了句，"有团购吗？"

他一脸鄙夷的笑："瞧你这样，还真有。糯米球很好吃，你要不要尝尝？"

环境倒是雅致，因为价钱昂贵所以并不是门庭若市，安静的氛围里，响起优雅的风琴声。

我环顾四周，忽然发现有个人异常眼熟。

沈……宴珺。

她对面的人……竟是亦虎的老板程总。

平安夜一同吃饭，本就暧昧，而此刻他俩之间的亲密，实在是让人没办法移开目光。

其实亦虎真正的老板不是程总，而是他妻子的父亲，也是他一手将亦虎做起来的，后来交给了他的女婿——程德明。程德明在外界风评不错，大抵得益于他对妻子的态度。公司里常说的便是，程总大概是难得的有钱好男人了，对妻子忠诚，对两个孩子更是宠爱有加。这种好男人背后有这样的事，一旦传开，必是如堕地狱。可这些我都不觉得奇怪，我奇怪的是，沈宴珺跟他的妻子好几次一同逛街，形如闺蜜，就连几次有程总妻子杨女士的场合，她也表现得非常得体，她竟会做这样的事？

人心难测，果然是防火防盗防闺蜜。

而此刻，沈宴珺抬手叫服务员，一回头，刚好是朝着我的方向。

完了，她看到我了。我显得比她还要惊慌，立马避开眼神，不知还来得及否，不慎弄泼了桌前的果汁。

秦牧皱着眉头说："你怎么了？"

"没有，没什么……就是……"

他脸上的表情变得异常，忽然冷冷一笑："姜未，要不我们换个地方吧。"

正合我意！可是为什么呢？我快速回头，身后走进来的人，不是周晨，又是谁呢？

我知道秦牧讨厌周晨，可我没料到他讨厌对方到这个地步。

但沈宴珺冷冷的目光让我如坐针毡，我对秦牧的提议百般赞成。

我腾地站起来，周晨却笑脸相迎地走了上来，不是朝秦牧，而是朝我。

"姜未，"他一脸跟我很熟的样子，"你也在这呢。原本还想约你吃饭，这段日子，还挺忙的。那这顿，我来埋单了。"

秦牧恶狠狠地剜他，对周晨的挑衅，还蛮上道的："用得着你请吗？"

他这才意味深长地笑着，将目光投向秦牧。

"都是老朋友，客气什么。"

"圣诞快乐。"我匆匆扫了一眼沈宴珺的方向，为自己洞悉了一个不该知道的秘密而感到脊背发凉。我才不要听秦牧和周晨在这里杠上呢，我生硬挤出笑容，拿了包准备走人。

秦牧不得不跟上，而身后的周晨，却一副毫不觉尴尬的样子。

"姜未，有空，一起吃个饭啊。"

"你为什么这么讨厌周晨？"出来后，我忍不住问他。跟有什么深仇大恨似的。

"因为他就是个讨厌的人。"他一脸不爽，"不想提这个家伙，这个点，该去哪吃饭啊？"

虽然高级餐厅的确优雅，食物精致，但我大概是小市民心态作祟，总觉得，还是如火如荼的火锅店，比较合我的胃口。

蒸汽氤氲的冬日火锅店，食材颜色搭配让人食欲大涨，摆在一旁的两个苹果，让人觉得心情愉悦。

我啜了一口温热米酒，胃里饱满，打个饱嗝由衷地说了一句："太幸福了。"

"你就这么容易满足啊？"他看着我，一脸的不理解，不过还是笑了，"你和小时候，没有太大的变化呢。"

"这是夸我还是损我啊？"

"当然是损你啦。长这么大，一点长进都没有。"他虽是挖苦我，脸上却带着温柔的笑，

"记得你以前就是这样，眼巴巴地盯着烧烤摊的羊肉串，到手了就一脸的得到全天下的感觉。"

我顿时红了脸："我这辈子也没啥喜好，火锅排得上前三。所以我不喜欢奢侈品啊，一想到一个包可以吃一个冬天的火锅了，顿时觉得一点都没有买的欲望了。"

他忽然紧紧盯着我，秦牧本来酒量也不是特别好，几杯米酒下肚，脸上已有微醺的红。

"那我排第几？"

我做思考状："大概能排进前三百吧。哎哟！"

他的手越过火锅，一把抓住我的胳膊。

"我竟比火锅差那么多？"他瞪我，"我再给你一次机会，冬天火锅我包了，我排第几？"

一脸威胁的样子，让我啼笑皆非。

"第一！你就是No.1！"我大概也是喝了点酒，毫不矜持地拍他的马屁，直到他满意地点点头。

"就喜欢你这识时务的性格！"

"喜欢吧！那我排第几啊？"

"排在三文鱼后面吧。"

"我凭什么要排在它后面！"

"怎么的，你还不服气啊？你比得上三文鱼吗？你就是一驴肉火烧的档次。"

"那我收回刚才那句！你得排在麻辣烫后面了！"

火锅店里生意那样好，蒸汽氤氲，人间烟火。而旁人眼中，大概我们就是一对寻常的甜蜜小情侣吧。

我们就这样插科打诨着，除了对食物的热忱，到底有几句，我们对彼此的话是真的呢？但我暂时忘记了踏实，觉得轻飘飘的，觉得这样子也挺好。

直到秦牧醉倒在桌上。

火锅店打烊的时候，我去洗了把脸，倒是清醒了一些，我试图叫醒秦牧，他已陷入昏睡状态。

我只得扛起他来，秦牧却死活不肯走。

"我困……我要睡觉。"

火锅店老板没法儿打烊，过来说："姑娘，这可喝大了啊。要不，我帮你一起把他送到旁边的旅社住一晚上？就在这附近。"

我也喝了酒，没法儿开车，于是点了点头。

幸好老板帮忙，将秦牧轻松地丢在了旁边旅社的沙发上。

已是午夜，我过去拿房卡。

前台的那个长满青春痘但明显过了青春期的男人，穿着一件粉红色的衬衫，一脸不耐烦。

收了钱，粉红男挑了挑眉，眉头中心刚好有一颗硕大的青春痘。

"身份证！没有身份证，不能登记呢。最近严打。"粉红男将双手往胸前一交叉，阴阳怪气地说，"今天是平安夜，你也甭想开到房了，附近都满了。"

我掏出身份证递给他。

"有身份证还非不掏。真不知道你们女人装什么矫情呢，既然都来开房了还害羞这个？哼。"那家伙不满地嘀咕着，然后紧紧地盯着我的证件，抬头似乎在辨认，然后突然来了一句。

"你脸哪做的？"

"啊？"我愣了一下，反应过来这家伙居然说我整容，"你……这是在夸我吗？"

"谁夸你啊。是你身份证丑成这样，这是人吗？"他翻了个巨大的白眼。

谁的身份证好看啊！谁啊！哪个派出所能拍出好看的身份证啊！我要向全国人民推荐啊！

最后，在那粉红男斜着眼的目送下，我使出吃奶的力气扶起秦牧。

扛着这家伙的手臂，我终于将他艰难地丢到床上。旅社的灯光昏暗，他蜷缩了一下身子，拽着我胳膊的手，忽然加大了力度。

这一下猝不及防，我整个栽进他怀里。

近在咫尺的一张脸，微微扇动的睫毛。

我听到自己的心跳声，怦，怦，怦。

他紧紧箍住我的手腕，似是陷入梦魇地嘀咕了一句："灵犀……"

冬日午夜的风，凛冽得厉害。我缩紧身子，站在路边招手拦车。平安夜的凌晨也是热闹，一辆辆的士的红色标识像是禁示。

满了，你进不来的。

他的心，你也是进不去的。

满了。

我的怀里抱着两个苹果，缓缓地蹲下去，无法名状的委屈，跟寒风一起将我包围。

我很平安，却无从喜乐。

三　眼泪

果不其然，第二天早上，沈宴珺就将我叫进了办公室。

她还是高抬着下巴，像做错事的人是我一样，冷冷一笑。

"姜未，昨天那么巧啊。怎么没跟我打招呼呢？"

我该说些什么呢？大概是暴风雨中心，我倒不觉得紧张了，淡定地说了一句。

"昨天隔得有些远，也没看清，竟是宴珺姐？"

她大概是没料到我会这样说，尴尬地一笑，压低声音逼问我。

"你什么都没看到，对不对？"

"想来是宴珺姐没错吧，不过没看清楚对面的人，宴珺姐是恋爱了吗？恭喜恭喜。"我装出一副由衷开心的样子，忽然觉得自己很是悲哀。

"你倒是聪明人。"她撇撇嘴，"但是看到就是看到了。我并不觉得自己有错。"

我没说话。

"姜未，我告诉你，程总和他老婆，本来就感情不好，我和他也没有什么好防的，你别觉得我偷偷摸摸，也别指望着抓到我的把柄了。我告诉你，我沈宴珺，什么都不带怕的。出去吧。"

我转身，分明觉得背后的那双眼睛带着恨意。

不带怕，又何必叫我过来，冷言威胁一番？放不下架子的沈宴珺，其实忘记了最简单的职场规则，收买人心。

她做出一副高冷状，可分明稍用心的人都能感觉到她被自己冷得咬牙切齿。

高处不胜寒，她走到今天也不容易吧？不过她没猜错，我姜未并不是一个爱多管闲事之人，哪怕是看不过去，我也不会站在道德制高点去指责她。

她多此一举，反倒显得没那么酷。

阿玟见我脸色不太好，问我是不是挨训了，我摇了摇头，没事呢，布置了点任务而已。

"姜未，小甜心案子出来以后，你该转正了吧？也三个月了。之前宴珺姐不是还夸你是功臣吗？"

我想了一下，的确如此，可是心里却惴惴不安。

我没想到的是，就在这个时候，沈宴珺在下午大会的转正通知上，以"工作有待改进为由"将我的名字狠狠划掉了。

这是十分不顺利的一天，就是从这一天开始，我在亦虎的日子不那么好过了。沈宴珺想要弄走我，但其实她要找个理由开了我是很简单的事，我弄不懂她为什么这么兜圈子留下我继续做实习生。

加班到快八点，回到家里，心烦意乱地摁开关，灯丝亮了一下，烧了。

我叹口气，翻箱倒柜地找灯泡，拿着手电筒，开启了电工模式。

"姜未？你干吗呢？"门口站着的人忽然开口，让我猛地一抖，差点从板凳上跌下来。

他扶住了我："灯丝烧了？"

"不然呢？"我心生烦躁，轻轻挣开，"难道我换着玩儿啊？"

"你不能花钱找人修吗？"

我没好气地说："自己能干的事，干吗还要花钱找人？"

"你什么态度啊。"他一脸愠怒，一把夺过我手里的灯泡，"给我，我来。"

"你会不会啊……"一看就是没干过电工活的，我一下忘了生气，迅速地去扶住摇摇晃晃的板凳。

"不怎么会，不过总不能看着你换吧？"

毕竟是男生，三下五除二换上了灯泡，轻巧地下来，朝我一笑。

那一笑，让我又想起了昨天在冷风里站的半个小时，脸上又结了冰霜，撇开脸。

"你来干吗啊？"

他再迟钝也不可能不知道我的情绪了，秦牧无奈地笑了笑，一脸严肃地说："我来拿我的苹果。你干吗不接我电话？"

苹果就放在茶几上，我一把抓起一个，狠狠地砸给他。

"姜未你疯了啊！"他接住苹果，恨恨地朝我走来，一把将我摁住，"莫名其妙来脾气？我还没跟你算账呢。昨天你把我丢在那个破旅馆，你都不知道楼下那个收银台的男的有多可怕！"

"没把你丢大街上算好的了。"不要跟我提昨天了，我一肚子火。

"你这是什么态度？有这么对男朋友的吗？"

"谁说你是我男朋友了？试用期你懂吗！我现在要开除你！"

"我哪里做得不好了？你要开除我？"他瞪大眼睛，"我都给你装灯泡了！"

我忽然理解了沈宴珺为什么没开除我了，虽说欲加之罪何患无辞，但因为有了真实的不能开口的原因，反倒不知道该假借什么名了。

我总不能说，秦牧你丫王八蛋，喝醉酒喊前女友的名字你说你错哪了？

我说不出口，只觉得心里酸酸的。

"你家也太冷了点。"他皱了下眉头，张望了一下周围，"没空调吗？"

"没有。"我还可以让我家更冷一点，于是冷冷地说。

"有你这么接待客人的吗？"他皱眉，"喂，姜未……你是不是来大姨妈了，还是更年期啊！"

"出去出去。"我一把推他出去，"今天心情不好，不想接客。"

我啪一声关上门，将秦牧恶狠狠的一句"算你狠"隔在门外。

满心的委屈，如果没有那句"灵犀"，我该多高兴，看到一个大男生，我喜欢的大男生帮我装灯泡。

我咬着牙，缓缓地蹲下去，只觉得这20多个小时的经历，让我充满了挫败感。

如果我昨天没有看到沈宴珺，我兴许已经是亦虎的正式成员了吧。

如果我没有听到秦牧那句酒后吐真言，我就可以傻乎乎地，享受那莫须有的幸福了吧。

可是，没有如果。

门口本来已经安静了，我以为秦牧走了，却忽然听到他的声音。

"真的不开门吗？那我走了。"

我咬住嘴唇，这一句，突然击垮了我最后的防线，大颗大颗的眼泪往下砸。

我忽然猛地站起来，脑子一片空白地打开门。

我想我跟他摊牌吧，秦牧，你给我赔礼道歉，我给你个机会好好解释一下你那句"灵犀"，你说什么我都信。

门口已经没有人，秦牧说走，就真的走了。

我抹了一把眼泪，苦笑了一下，退回自己的世界，冰冷的屋子里一盏新的灯亮着，有些太亮了，刺眼。

第二天，门一大早就被敲开了，门口站着几个戴安全帽的男人。

"你好，是姜小姐吗？我们是来送空调的。"

\ 我想你时

西风止 \

第八章　悲伤告别

这个世界上，也许没有童话和传奇，但相信，会比不相信要好。

楔 子

  2014年的冬天，车水马龙没有生命地疾驰，行人的脸上没有表情。

  我站在一扇橱窗面前长久停留，那里头是乐器行。

  黑白琴键的钢琴，线条流畅。萨克斯被擦得锃亮锃亮。

  我记起我十三岁那年，被送到镇子的剧院舞台上，白色简陋的幕布上贴着早期装饰用的彩纸，一场实在是很敷衍又不华丽的演出，显得像是一场葬礼。

  我唱的是一首叫作《哪里有我的家》的歌曲。

  你听过这首歌吗？有点暴露年纪的感觉。

  记忆是一件很有趣的事，高考过后我把苦心背的很多知识点全忘得一干二净，不记得朱元璋是何时登的基，不记得成吉思汗有几个儿子，也不记得唐宋元明清的诸位诗人，弄不清楚杜甫是宋代人还是唐代人，李白的祖籍到底是不是中国。但那首歌我记得每一句歌词，甚至记得自己在演唱的时候紧张地抠着自己的裙子。那条裙子，被我抠出了一个洞。下面掌声机械地雷动，每一张脸都让我害怕。

  它是这么唱的：美丽的西双版纳，留不住我的爸爸。上海那么大，有没有我的家。

  当时替我伴奏的那个女孩子，抱着电子琴，我不太记得她的脸了。1998年的夏天，11年前，她在放学的午后跌入了水库，生命永远停在了10岁。还不到为赋新词强说愁的年纪，可没有人可以告诉我们，她为什么要去没有人烟的水库，为什么会死，为什么在失足跌落之前，给自己的家人留下一封说"再见"的信。

  我曾看过一部电影，叫《潘神的迷宫》。这是一个少儿不宜的童话电影，里头的小姑娘有一句话我记得很清楚。她跟她尚未出世的小弟弟说："你听着，这个世界不太美好，可是你很快就会降临在这里。"她拜托他不要伤害他们的妈妈，末了说，"我答应你，我保证，只要你照我说的做，我带你去我的王国，封你为王子。"

  然而片尾小女孩死在了通往神迹和自己的王国的圣坛前，血一滴滴地落进月光下的圣坛。

一 童话

鹤童就那样蹲在那里，没有说话。

那条大金毛，就这样躺在那张狗床上，合着眼睛，像只是睡着了。

其实算是寿终正寝了，这条叫 Time 的金毛，比鹤童还要大一岁，是他父母结婚时养的，领养的第三天，就查出怀孕了。

也是这条狗，陪伴了这个幼年失去双亲的孩子一年又一年的岁月。

对于鹤童来说，Time 不仅仅是一条狗，它是家人，甚至是依靠。然而，狗的寿命只有十多年，这是最残忍和无力的事。

我站在门边，秦牧站在我的身后，沉默了半晌，轻轻开口。

"我也不知道该拿他怎么办了，保姆说他已经一天多没吃东西了。所以，我就麻烦你把念念带来。他没赶上送它最后一程，鹤童觉得是自己的错。"

我打了电话给刘西宁，她带念念去上海大医院体检一时来不了。所以，我只好自己先过来看看鹤童了。

我望着鹤童悲伤的小小背影，一时之间，竟有些恍惚。

很多年前，在孤儿院出了那场事故的时候，栗长原也就是这样，长久地蹲在小仙的床边。

怎么叫，也不肯起来。

他也没有赶上小仙的最后一程，因此，自责不已。

我有些微微发抖，童年的记忆就这样浮现在眼前，那些以为旧了的，几乎已经埋在骨髓之下的伤口，又疼了起来。

"我爷爷听说这件事，死活还想要从病床上爬起来看鹤童，被我拦下了。"他轻轻地说，"未未，你还好吗？"

我反应过来，回头看着他，僵硬一笑。

"我没事。我过去跟他说会儿话吧。"

"鹤童。"

我走近他，在他旁边蹲了下来。

鹤童轻轻地抬起头来，一双空洞的大眼睛里，没有眼泪。

我轻轻地摸了摸 Time 的身体，已经凉了。

"它死了。"鹤童忽然开口，冷冷的音调。

我愣了一下："Time 上天堂了。"

"没有天堂。我问过老师了，老师说没有天堂，死了，就是没有了，再也不在了。"

我一时语塞，看着他小大人一样的神情，不知该说什么来反驳。

"以后，外公也会死对吗？像它一样。"他顿了一下，音量低到像听不着，"像我爸爸妈妈一样。"

鹤童的眼睛，在夜晚闪着光，带点眼泪的残余，像是一道闪电劈中我的心。

"我同学说的，是我克死我爸爸妈妈的。他们说，塔罗牌算出来，我是个灾难的存在。"

我的心一紧："怎么可能？鹤童，你同学胡说八道的。Time 是年纪大了，它跟这个世界的缘分到了而已，不是你的错啊。"

"真的吗？"他眨巴着眼睛，"那我爸爸妈妈呢？他们死的时候，明明还很年轻。"

我知道不该跟孩子说命运这码事，那毕竟太深奥，也太残酷了，但面对离别的时候，我还能编出什么美妙的谎言，我又哪里骗得过一个明明已经明白了太多的孩子。

"鹤童……你知道有个平行时空吗？"我听到自己的声音，在这个空空的房间里显得寂寥，"姐姐一直都特别相信，我也失去过自己很爱的人，当时也好难过，但是有个人告诉我，他们在另外一个平行时空里生活，健康，并且快乐。我想 Time，还有你的爸爸妈妈，在那个时空里，活得一定很好。"

这个世界上，也许没有童话和传奇，但相信，会比不相信要好。

"那么那个时空里，有我吗？"他回头看着我。

"有。"我笑了笑，"在那个平行时空里，鹤童跟他们生活在一起，很快乐。为了那个世界的鹤童的快乐，这个世界的鹤童必须坚强起来，否则，那头的鹤童，会觉得不安的。你懂吗？"

我想，在那个时空里，外婆、小仙、多宝，还有我，还有栗长原，我们都很快乐，没有死亡将我们分离，也没有生别将我们离散。

一定，是这样的。

"所以，答应姐姐，要好好的。起来吃点东西，要好好地、坚强地活着，才能感知到那个时空里的鹤童的幸福。"

他将信将疑地看着我，谢天谢地，我这番话，大概是奏效了。

"那么……那个世界里，有念念吗？"

我的眼泪含在眼里，瞬间破涕为笑，真是孩子啊，这个时候，还是惦记着李念念。

"当然有。"

"那她也不会有心脏病，对不对？那个时空里，我们都很健康，对不对？"

"对。"

他总算露出了笑容："那就好。真好。"

"鹤童，所以我们站起来吧，去吃点东西。在这之前，先跟Time好好告别吧。"

他看了我一眼，然后冲着安详的Time轻轻摆了摆手。

"Time，再见了。"

鹤童终于愿意用人将Time送走了，也终于能够吃点东西了，虽然不多，但我还是觉得很欣慰。

要我这个不擅长离别的人来帮人离别，真是一件烦恼的事。

"还是不跟我说话啊？"送我下楼的时候，他皱着眉头问我。

12月29日，我没理秦牧的第四天。若不是鹤童出这事，我想我还是会继续保持冷漠。

"没事我就先走了。"我看一眼手机，淡淡地说。

"喂，姜末。"他皱起眉头来，一把抓住我的胳膊，这一次，我狠狠甩开。

"看时间你生理期也该过了啊，"他恶狠狠地说，"还要继续闹呢？"

我径直往前走，他只能跟在我的旁边，拼命叫我的名字。

"姜末？姜末！姜……未……"

烦死了。我心里想。

"对了，过段日子，可能要把鹤童送到美国去。"

"啊？"我猛地回头，成功被他勾引，打破沉默。

"现在鹤童跟的是他的姑妈，姑妈的儿子在美国定居了，想让他们过去。我和爷爷思量着也好，这边，毕竟有太多不好的回忆了。鹤童一直都挺自闭的，换个环境，未必不是件好事。"

"可是……"我心里忽然觉得难过起来，"那跟念念，不是也要分开了吗？"

他努了努嘴，笑出来："倒是青梅竹马。我也挺担心这件事的。念念因为这件事，好久没理鹤童呢。"

我依旧板着脸。

"我害怕离别。"我硬巴巴地说，"以后这种事，不要找我了。"

无论是生离，还是死别，无论是再也不见，还是后会有期。

在乎的人，分明是不要分开才对啊。

"但是有时候，离别是必不可少的。"他温柔地看着我，"人和人的缘分，有时候是很微妙的。你终于肯跟我说话了啊。来，好好给爷解释解释，你这玩的，是若即若离吗？"

我恶狠狠地瞪他一眼，正要开口，手机响了起来，一看是西宁姐的。

刚好到楼下，秦牧说，那你先接电话，我先去开车，你到门口等我吧。现在也晚了，鹤童也没事了，让念念别过来了。

我接起电话。

"喂，西宁姐。念念体检顺利吗？"

"嗯。还好。"她笑着说，"医生说一切都还算稳定，鹤童呢？"

我告诉她鹤童也没事了。李念念抢过话筒问了几句，逗得我情绪略好。

知道她体检顺利，我的心头一块大石也落了下来。虽然她还是怄着气，说我再也不要理鹤童了，让他去美国吧！再也别回来！

哎，李念念小小年纪就学会了口是心非。

我走到门口，刚好有一辆空车停在面前。在秦牧开车出来之前，我坐了上去，然后，将他的电话，拉进了黑名单。

抱歉，秦牧，我知道我这样矫情负气没什么劲，可是我不知道该怎么解释，该怎么让你解释。

这里有空车，我就上了，而你的副驾驶座，就留给别人吧。

二 跨年

元旦放假的三天，虽是法定节假日，却跟我们毫无关系。

一个发布会将在元旦之后上，因此年前，当别人在计划着元旦去哪挤着玩儿的当口，组里的成员，包括带头的宴珺姐整日都在公司盯着。

忙着还好，一闲下来我就心烦意乱。其实就算我把他电话拉黑，他明明有办法找到我的。

哪怕不过换个号码打给我。

拉进黑名单，不接电话，都是矫情所为。

那台送过来的空调，温暖着我的冬天，却没办法温暖我的心。

我知道他骄傲，可偏偏我也是骄傲的人。我没办法在明知道他心里记挂着前任时还与他在一起，等待着日久生情的发生。

我做不到。

我痛恨自己的理智，更痛恨自己的感性。明明说好的，既然坐不进去就不再烦恼，可心里，却满满都是失落。

倒是鹤童，常常给我打电话，小大人似的跟我谈烦恼，他不知道怎么跟念念说要去国外的事。念念肯定会生气的。

我只能安慰他没事的，小朋友嘛，你们可以发电子邮件、视频。

结果他语气沉重地来了一句，可是她不开心的时候我不在她身边，她一定会难过的啊。

我已预见了这家伙以后会是个泡妞高手，毕竟李念念这种难缠的姑娘，他都能搞掂呢。

阿玟转正了，我呢，还顶着一个试用期的名头。这点，阿玟为我不平。

"你是不是哪得罪宴珺姐了啊？"

我笑了笑："我也不知道呢。"

"一定是我们未未太漂亮了！"她握着小拳头，义正词严地说，"那个老女人，嫉妒心可强了。"

我忍不住想笑，不知像阿玟这样单纯的姑娘，在这职场上，会不会遇到不必要的麻烦。

"对了，你是谈恋爱了吗？"她忽然发问。

"哪有。"我一惊，慌忙否认。

"那是失恋了吗？其实之前就想问你的……"她一脸八卦，"之前看你满脸甜蜜的，这几天愁眉苦脸的，跟男朋友吵架了？"

"没有没有。"我扯出一个笑容，"忙都忙死了，哪有闲情恋爱啊。"

好几天我都是忙到八九点钟下班，和阿玟两人就着冷盒饭奋笔疾书。虽然沈宴珺总是给我下绊子，但我也不能丢着阿玟不管，分内的事，还是要尽力完成。

但毕竟31号是跨年，沈宴珺也大发慈悲让我们提前下班。于是下午忽然接到西宁姐的电话，让我去她家吃饭，好歹也算是个新年夜。她说："我做了些菜，你也好久没有来看念念了。大过年的，想着你父母也不在蓼城，过来聚一聚吧？要是约了朋友，你就叫他们也一块来，我多做几个菜。"那边的她，声音依旧温柔，"秦牧和鹤童也会过来。"

我一听秦牧的名字，原本要答应的话就咽了下去。

"那个……西宁姐，我就不过去了，晚上还要加班呢。"我撒谎说。

"哦？可是秦牧已经过去接你了。"

咦？

"姜未，你男朋友……"阿玟已在身后喊我的名字了。

我猛一回头，看到秦牧板着脸站在原地。

我站直，回头看他，终于有时间刮自己的胡子了？好像还剃了头发，显得清爽干净。

"走吧。念念让我来接你，鹤童还在车里等着呢。"他一把扯过桌上的包，径直大步往外走。

"哎！"我愤恨地喊他，"你站住。"

"干吗啊？"他回过头，一脸无赖，"你不给我面子，还不给西宁姐个面子？"

阿玟还在一脸花痴地看着秦牧，我恶狠狠地走过去，一把拽过包，丢到阿玟怀里。

"这不是我的包好吗？"

然后，我扯过桌上的帆布包，冷冷地经过了一脸愕然的他。

鹤童一见我，终于露出了笑容，Time 离开的阴霾，总算是过去了吧。

我知道鹤童大概明年年初就要走了，兴许会赶在农历年前离开，这大概是他在国内最后一个新年。

"未未姐姐，我挺舍不得你的。你又瘦了。"小鹤童暖心得我眉开眼笑，他一脸小大人样子地说，"你怎么不好好照顾自己呀。"

开车的秦牧从后视镜里翻了个白眼："小子你放心，未未姐姐有哥哥照顾着。"

"未未姐姐，你是要做我嫂子吗？"鹤童笑逐颜开，"我哥哥对女朋友可好啦！"

哦，是吗？我心里敏感地想，鹤童，是见过赵灵犀吗？

我看着秦牧的后脑勺，心里翻江倒海，几乎是故意地问他："你哥哥对女朋友怎么好啦？"

"他啊……"鹤童刚要开口，前头的秦牧一个急刹车，冷冷道，"到了，下车。"

西宁弄了几个家常小菜，我和秦牧要帮忙她也不让，只是笑意盈盈地让我们等着吃饭就好。

李念念和鹤童刚学会象棋，还挺上瘾，只不过李念念太会耍赖了。

"不是不是！我不想走这步的！"

"好吧。"鹤童脾气可真好啊，"那你重新来吧。"

但不管李念念怎么反悔，鹤童最后还是将了她的军。

"不算不算！"李念念噘起嘴来，"我刚刚走神了！"

"好的，那不算。"鹤童眉开眼笑的宽容样子，让我想起了栗长原，他八九岁的时候，好像也是这副样子吧。

"未未姐姐，你和哥哥来一局吧。"鹤童忽然站起来招呼我们。

"我……不太会。"

其实坐在沙发上的我和秦牧，几乎没有说话。

他不再问我为什么这般反常冷淡，我也无从发泄自己的委屈和愤懑，只觉得沉默得让人窒息。

"来吧。"他坐到桌子前，淡淡地向我发出邀请。

"成年人对弈，总该赌点什么。"我坐下时，看着棋盘，我不太会，是骗人的。小学的时候我没拿过什么荣耀，偏偏是象棋拿了个校冠军，托我那个放弃了音乐之后百无聊赖拿棋消遣的父亲的福。

"你想赌什么？"秦牧歪了歪嘴，狡黠地看着我。

我直视他，挑衅般地说："先下了再说吧。"

"行。"

大概是太久没碰象棋了，而秦牧，却出人意料的心思缜密，下得快，却也准和狠。表面上漫不经心，其实布局精妙，每一步，都隐藏杀机。凭着记忆里的战术，我竟下得额头冒汗。一不留神，我一步走错，竟落入他的圈套之中，他从后头绕上来的马，已逼近我的帅。

"不行！"我也是情急，右手扑向刚落下的棋子，被他狠狠摁住。

"举棋不悔。"

"我又不是君子！"我懊丧地说，"我下错了！手抖！"

"你怎么就这么输不起呢？"他皱起眉头，笑我。

"我就是输不起。"我任性地耍赖，"你怎么还不如鹤童呢。"

"行。我学习鹤童精神，让你一步。你想怎么走吧。"他松开了我的手。

我抓住他话中的漏洞，将那颗棋子放回原位，正在他皱眉诧异之时，后头紧跟着上来的兵，吃掉了他逼上来的马，然后抬头，满脸笑容："说的，让我一步。又不是让我悔一步。"

这样一来，他的盘自当崩溃，本就是单刀劈入，赌这一枚子，后头早就溃不成军。

秦牧咬牙切齿地看着我，缓缓露出笑容。

"算你狠。说吧，有啥请示？"

本就赢得不光彩，我更不知该提何要求。

"我再想想吧。还没想到，你欠我的。"

他忽然伸出手来，一把捏住我的下巴，目光如炬。

"姜未，我是不是哪惹到你了？"

我扭头甩开他的手，避开眼睛，不知为何，我害怕秦牧的眼睛，这让我心里的闷火都有些难堪起来。

他压低声音："或者，你压根儿不想见到我？那你就开口，我也不是什么不要脸的人。我只是想知道，那天晚上还好好的，我一觉醒来你就这副样子，到底是为什么？"

我抬起头："其实我……"

"吃饭啦！"这个时候，西宁姐端着一盘排骨，从厨房出来，看到我们俩的样子，似乎吃了一惊。

有李念念和鹤童两个活宝在，一餐新年饭倒是让人暂时忘却了烦恼，不管是来自秦牧的醉话还是来自公司的繁忙以及宴珺的刁难。

尽管气氛融洽，但我总觉得西宁姐有哪里不太对劲，说不上来。

"姜未，过几天我们学校要办礼服比赛，你要来看哦！"念念咧着嘴说，"我要跟鹤童扮演夫妻结婚呢！"

鹤童笑逐颜开地看着她，朝着我点了点头，一脸振奋的样子。

"好啊，当然来。要我给你们当伴娘吗？"我开玩笑道。

"不要。"李念念一脸嫌弃地说，"小学生才能上台呢，你都多大啦。"

真不给面子，我却还想争口气："那以后你们结婚，找不找我当伴娘啊？"

鹤童刚要点头，秦牧这个王八蛋，忽然冷不丁冒出一句："那时候你还没嫁啊？也是够可怜的……"

我狠狠地在桌板底下踹了他一脚。

鹤童大概是不打算在今天告诉念念自己快要离开的事了，我们也就不提了。

其实我蛮感谢西宁姐的，虽然我早就不是李念念的家教老师了，却莫名其妙地和这一对母女有了这样的缘分。

饭后秦牧正给两个小家伙打他们死活通不了的游戏关卡。我环顾了一下四周，才发现刘西宁站在阳台上。

窗外，新年烟花正在远处绽放。

我轻轻走到她身后，轻轻叫了她一声。

她似乎没有听到。

"西宁姐？"

她反应过来，用手在脸上胡乱地一擦，回过头来，冲着我笑。

"未未，怎么了？"

"西宁姐,"我假装看不到她的眼泪,"新年快乐。烟花好美啊。"

"是啊,"她叹了口气,"可惜太短了。"

我一听,迟疑地问她:"不会是念念的体检报告有什么不好的结果吧……"

她苦涩地笑笑说:"医生说暂时没有什么大碍,但是这病不好治,指不定什么时候就……"

"嘘。"我竖起一根手指,"大过年的,西宁姐别说这么丧气的话。念念那么可爱,上天会保佑她的。烟火只是烟火而已,不要随便睹物伤情了……"

她弯了弯眉眼:"未未,你真是个好姑娘。"然后她双手合十,像是在许愿,又像是在自言自语,"希望如此吧,希望上天保佑吧。"

三 道歉

我提前从西宁姐家出来,临时有事,我回了趟公司,再赶到老季的酒吧时已是十一点多了。这里的新年气氛倒是浓郁,陆羽已经提前到了,挤在一群人里,化着精致的淡妆,漂亮而清瘦,表情忧郁。

老季下午的时候就约了我,神秘兮兮地告诉我,趁着今天新年,他要干一件大事儿。

我当时并不知道,这件大事,还挺大的。

在这之前,令我诧异的是,现场还有一位不速之客,也就是让陆羽表情不自在的罪魁祸首。

程沧。

过了一会儿,老季登台了。

老季也看到了程沧,我们都没有料到久违的他会出现在这样的一个场合,庆幸的是他身边没有带林简,似乎是和一群同事来的。但程沧自然知道这是老季的酒吧。我心中揣测,他……是不是也想见到陆羽呢?

"今天,我想给大家唱一首我一直很喜欢却一直没唱过的歌,是我最喜欢的乐队的歌。小时候我就跟自己说吧,以后一定练好了,唱给自己喜欢的人听。这首歌,叫《Hey, Jude》。"

"其实这是 Paul 写给儿子的歌,但我想把它送给我喜欢的姑娘。我知道她过得并不快乐。我想告诉这个姑娘，失去一次爱，不要紧的，我老季就特喜欢你。陆羽，我喜欢你！做我女朋友吧！"

一旁的陆羽腾地站起来，惊讶闪电一般划过她的脸。

我虽早就有预感，却在那一瞬间，也被吓到了。

我下意识地去看那一边程沧的脸，他愕然地抬起头来，望向我们这边。

陆羽抓住了我的手，她看了我一眼，似乎打定心思地咬了咬嘴唇，朝着台上喊："成交！"

什……什么？

顿时全场欢呼声阵阵，新年气氛到达顶峰，所有人都朝着故事的女主角投过来艳羡的目光，她脸上的光彩，却是为别人而假装。

老季脸上有些讶异，很迅速，喜悦潮水一般地席卷了他整个人。

这个我从小认识的男人，是真的开心，他的手都有些发抖，抱着吉他傻乎乎地笑。

乐队的几个兄弟吹着口哨，有人大力敲鼓助兴，老季咳嗽了一下说。

"虽然……我现在挺乐呵的，但是歌还是要唱。"

音乐起，气氛安静下去，我心里的鼓点却不断。身旁的陆羽捏了一下我的手掌，我看向一旁的程沧，他黯然地低下头去，有些慌乱地去摸桌上的打火机。

老季唱过多少歌呢？我已数不清了，但我总觉得这是他最用心唱的一首，酒吧里因为跨年表白而躁动的热闹如潮水消退，所有人遁入音乐，有人跟着轻轻地和着。台上的老季微微闭上眼睛，深情得，像是浪子归来。

"老季真够义气，是吧。"陆羽，脸上挂着一个苦笑，"我简直都要当真了呢。"

我哪能不明白，她的那句"成交"，是冲着程沧去的呢？

我看到程沧退席，他的背影落寞，他明明刚来，他下意识地隔着人看了陆羽一眼，那眼神，叫人心碎地忘记他是个渣男。

而陆羽，假意看着杯子，始终不曾回过一次头。

"他走了是不是？"

我点点头。

她心酸地笑道："他也该放心了，我还是有人爱的，对吧？"

我看着她："当然。"

她没有哭，可是每一个字都像泪，背景音乐是老季深情的歌声。

"你说，我以后还会遇到这么爱的人吗？"

"以后还会有的。"我点点头。

"你爱秦牧吗?"她抬起头来,看着我。她知道我和秦牧的事,虽然我不曾多说。

"我……"我支支吾吾,"我其实也不知道。我以前爱人,简直是不计代价,可大概现在是怕了,在笃定对方爱我之前,我不敢让自己踏出一步。"

"我是听老季说秦牧有个前女友,好像,挺喜欢的。老季也挺怕你受委屈。"

"何止是喜欢。有天他喝多了,一直喊她的名字。"我指了指胸口,苦笑着说,"心上刺青吧。"

"呵,"她笑了笑,"不知道程沧有没有喊过我的名字。不过,现在拥有才是最重要的。别想太多了……"

Hey Jude,Don't let me down.(嘿,Jude,不要让我伤心。)

You have found her,now go and get her……(如果你找到你所爱的人,去爱她吧。)

不知怎的,听得我有些心碎。

放下吉他的老季朝着我们的方向走来,他眯着眼,满脸的笑意,但分明有些局促,我多久没看到他害羞的样子了。

这个时候,陆羽从座位上跳下来。

"老季,你够哥们!"她劈头盖脸的一句,让老季愣了神,三秒钟不知所措,让我心跳都停止了。

不过他毕竟是出来混的,情商怎能不高,我担忧地看着他,他却已经收拾好了自己的表情。

"嘿!你别谢我!这不自家妹子嘛。"他有些支吾,却还是保持了笑容。

"我刚觉得特别长脸!不过可别耽误了你泡妞啊!今天可有不少你的粉丝在场,我这么演一出戏,会不会被暗杀啊!"陆羽笑得,像一朵花,"你知道吗,刚我前男友的表情啊,简直了。我忽然觉得心里头堵的那块石头就这么没了。"

老季走近我们这张桌子。

"是啊。我这人呢,没啥优点,就是特讲义气!"他一口饮尽白兰地,竭力掩饰着眼角的哀伤,"我这就去跟那几个哥们好好解释一下,还有那群妹子。哎哟,不然人家还以为我有主了呢,多挡桃花啊!"

老季眼角闪过一丝忧伤,我竟一时不知该做何反应。

高中的时候,我看《六人行》。里头 Chandler 和 Monica 在伦敦参加 Ross 婚礼的时候阴差阳错在一起了,各种尴尬。更拿 Ross 和瑞秋从开篇到结尾的纠葛来说,有时候我们恐惧失去,宁可藏起来一些东西。

老季站起来,离开座位到吧台前,手微微发抖地拿酒。

"老季。"我过去，语气沉重，不知该说什么好。

"干吗啊你这种表情，"他笑着说，"今天哥哥是不是干了件大事？"

他还是嘻嘻哈哈地冲我笑，掩饰着他内心里的沮丧和难过。

"干吗不说清楚？"我看看他的眼睛。

老季看了我一眼，有些尴尬。

"说什么说清楚啊……"

"你知道我说什么。"

"别闹了。她喜欢的人只有程沧，我觉得我今天也实在是蠢。怎么的，告诉她我喜欢她，然后她拒绝我……就完美结束了？我不想跟她连朋友都没得做，你懂不懂？"

我懂，我怎么会不懂？

"你别担心我了，哥哥我这颗心也算是历经沧桑的，又不是没失恋过。过个十天半个月，兴许就有新欢了。"他弹了一下我的脑门。

希望如此吧。

"抱一个吧。"我伸出双臂。

"干吗那么矫情？"他嫌弃地看着我。

"新年嘛。这么多年朋友抱一下不行吗？"我张开双臂。

我跌入了一个怀抱里，秦牧正黑着脸，看着老季。

"我还没死呢。"

"你来干吗？"我从他怀里挣扎出来。

"哎……未未，是我邀请的老大。你咋才来呢？"老季过来解释道，转而朝向秦牧，"不过丫的！我跟姜未好歹么多年青梅竹马，抱一个怎么不行了？"他指着自己的脸，嬉笑着说，"姜未，亲我一个。"

"你敢！"他一把把我拖到身后，指着老季，"非要亲是吧？我来！"

——

倒计时……

3、2、1。

然后是满世界的新年快乐。

每个人的脸上都有刹那间忘记过去的喜悦，就好像新的一年开始，一切过去的，就都不会再烦恼新一年的人。

身旁忽然有人一把抓住我的手。

是秦牧。

"你你干吗啊……"

"你知道吗？在美国，倒计时结束的那一瞬间，是要接吻的。"

我略一尴尬。

"虽然不知道你在生什么气，但是姜未，新年到了，能不能一笔勾销？"他凑近我，近在咫尺的古龙水香气，迷迭香薰衣草和酒精，就这样让我大脑混乱。

所有准备好的决绝，都悄然无声地退隐。

此刻，酒吧另一头没有参加倒计时的两个人，就在角落里，和热闹分隔开来，陆羽的手轻轻摩挲着杯子，一杯鸡尾酒像是忧伤的泪，她幽幽地说："其实老季你知道吗？刚看到程沧抽烟，他以前不抽烟的。你知道吗？很多很多年前，我跟他还没在一起的时候，他在我隔壁班，有天晚自习我跑出去，看到墙角有一堆男生蹲在那抽烟。我说你们在干吗啊？其中一个说，抽烟啊，你要不要来一根？我说好啊。程沧站出来把我拦下了，他说，女孩子不能抽烟，抽烟对身体不好。

"那时候我就觉得，他真关心我啊，他对我真好。其实在一起的时候他对我也确实好。如果按照女朋友打分制，我差不多该负分滚蛋了，可他包容我的坏脾气。他在我因为他打游戏而砸了他所有的电子产品的时候，也没跟我说分手，他在教我玩游戏我太笨学不会被他说了一句后将键盘拍到他脸上时也没跟我说分手，他在我们俩打得两败俱伤我诅咒他全家的时候，只是站起来跟我说，吵累了吧？骂饿了吧？走，带你喝粥去。

"他对我真的很好。可是我不明白，为什么给我最多伤害的人也是他。

"可是我不明白，为什么我们总是这样，不能心平气和地好好说话，不能像正常的成年人一样恋爱，就连分手，都那么叫人觉得好笑。我们就像两个执拗的孩子，明明上天都说你们俩在一起会死，我们也要捆绑着一起去死，谁都不许撒手，谁撒手了就是输。

"忽然有天，他认输了。

"可是我呢，我真的很怂，我到现在还想着赢。"

老季始终都没有打断她。

尽管那呼之欲出的感情让他觉得非常压抑。

他只是拍了拍她的肩膀，然后说："会过去的。"

声音突然安静下来，老季再次登台，这个在众人眼里刚刚恋爱的家伙，其实刚刚失恋。

他抱着吉他，表情忧郁。

下面为大家带来一首 The Beatles 的《Yesterday》。

他轻轻启唇。我没有看见，坐在角落里的陆羽，端起酒杯，用力地一闷，然后，她定定地望着台上，如果有人会读唇语的话，一定能够看得出她唇间反复地说了两遍那三个字。

"对不起……对不起。"

老季正在唱：

"她为何不辞而别，我不知道，她也不曾说起

"我宁愿相信昨天。"

舞池里的我抬起头来，对眼前的他说："秦牧，你知道吗？那天你喊了一个人的名字。"

他的神情一怔，我不需要说那个人是谁，这让我觉得，更加无奈。

然后，他轻轻松开我。

他松开了我。

\ 我想你时

西风止 \

第九章　试爱情侣

我可不能哭啊，可怎么到后头声音有些呜咽了呢？

一　生病

我喜欢寥城的黄昏，一点点地埋下来的黑。

尤其是下着雨，雾色缭绕的冬。

烟雨之中望出去，城市的高楼林立并且静默着，唯有一条条高架桥上流动的车辆，像是人的细小动脉里流淌的血液。

反而是入夜了，灯光层层打亮，它才像是活了过来，闪耀而妖娆。

我记忆中的寥城分明是古老的，带着旧影像的那种微微的黄，跟青石板和黄土地有关。可不知为何，寥城这些年反倒像是熬进了下一世，突然脱胎换骨年轻起来，成了一个生动的，却危险的，难以辨出性别的少年。

子规声中雨如烟，我却怎么都觉得，这烟，在我心里下着一场大雨。

跨年的钟声到现在还在我的脑中回荡，冰冻在我心里的是秦牧当时的表情。

我在他松开我的那一瞬，忽然感到潮水一般的失望。

兴许是那一瞬间，我才知道我比想象中要喜欢他。

也兴许是酒精和热闹人群浓墨重彩地将一切夸大……

但我知道假装没么在意，在一切人面前，包括我自己。所以，兴许是那一首歌点破了他的心，也点破了我自己的。

接下来是年底的工作，忙忙碌碌昏昏沉沉。整整半个月，我没有从他那里得到只言片语。

其实这样信息化的时代，分明是可以知道对方的讯息的，如果对方愿意让别人知道的话。可是秦牧偏偏是个不爱发朋友圈的家伙。

他就像销声匿迹了，给了我一场刚开始的梦，然后梦醒了。我这才发现我这几年根本没有长大，还是那个碰到爱就智商为零死翘翘的姜末，唯独学会的就是自知之明，哪怕虐死自己，也不要去打扰那个不爱你的人。

我不怪他，我怎么能怪他呢？

是我医术不精魅力不够，治不好他的喜旧，连新欢，都做不到更久一点。

这种状态叫失恋吗？我悲哀地想，哪里算得上失恋，连恋，都不算恋吧。

我也很奇怪我怎么会喜欢上这样一个人，我曾喜欢的人温柔得随时都让你融化，他从来不说伤害我的话，哪怕是分开的时候，他也没有说一句"我不要你了"，虽然，他的确不要我了。

而我如今却喜欢上一个总爱刻薄我的坏蛋，从第一次看到他我们俩就针锋相对，他嘴巴那么坏，总是欺负我，可我还是喜欢上了他。

他说得没错，我姜未，真是个随随便便的家伙。

我犯贱地想念他的声音，带点播音主持腔，充满磁性，然后说着姜未你是不是傻啊，说着种种让我跳脚的话。

他唱歌一定很好听吧。我还没听过他唱歌呢。

他是小时候把我救出来的人，又在16岁那年我私奔的时候报警把我送回了家。命运却神奇地让他在那么多年以后再正式出现在我面前。

然后，短短的一段日子，他又消失了。

我讨厌告别，如果注定要失去，我宁可不曾拥有，甚至不曾靠近过。

——

那是一个平淡无奇的失恋的黄昏，光线四散开来的时候，就像寂寞如同水渍被泅开。

这些年孤独感是一件习以为常的事，我也不过是有片刻的失神。

下午的时候，我去楼下给沈宴珺买咖啡，突然听到身后有人叫我的名字。

坐在那儿的赵子骐，姿态优雅地端着一杯咖啡，还是那张没有什么礼貌的脸。

我不知道她找我干吗，但还是走了过去。

她倒是开门见山，跟我说："姜未，我知道秦牧最近跟你走得挺近的。

"我必须告诫你一声，秦牧跟家里人一直关系不太好，除了秦爷爷。爷爷生病的事想必你也知道，毕竟是癌症，虽然动了几次手术稳定病情，但生命也是倒计时的。他跟我姐分手以后，家里人一直都希望他找个稳定的女朋友。家里给他安排相亲，他也拼命地推，被推得烦了，就跟爷爷说你是他女朋友。你得知道，你跟他是不可能的。你不过就是被他利用了，你以为你是谁？"

我知道赵子骐的父亲和秦牧家是世交好友，但通过她的嘴来说秦牧的家事，还觉得怪怪的。

她这么攻击我，我倒生不起气，我气的是秦牧居然拿我当挡箭牌。他凭什么利用我？

我没打断她的一番絮絮叨叨，赵子骐喜欢秦牧，我是一开始就知道的，但我不太明白，她为什么总是把她那个传说中的姐姐搬出来。

"你不是喜欢秦牧吗？"我抬起头，淡淡地说。

"你什么意思。"她柳眉倒竖，赵子骐的情商真是不高啊，随便一句话就能浑身是刺。

"我没什么意思。我就是觉得，如果你那么喜欢秦牧，也那么了解他，没必要跑来跟我一般见识。"我缓缓站起来，"毕竟我是你口中的，随便找的女人嘛。如果你说他不过是随口报了我的名字，您大小姐犯得着这么跑一趟么？"

虽然我也算是涉世未深，但对赵子骐这么一点就炸的富家小姐脾气，反击实在是无须过脑。

而就是那样巧，隔了半个多月没联络的秦牧就在这个时候发来了微信。

"我好像感冒了，你过来的时候给我带点药。"后头紧跟着的是一串地址，看名字，分明是一个酒店。

我漫不经心扫了一眼，真讨厌他这股子好像什么都没发生过的样子，粉饰太平也不是这么个粉饰法，在我的心快要凉透的时候，突然浇下热水，这到底是什么意思。

大概是见我没回，他又发来一条语音，我凑近耳朵，却不知怎的还是免提了。

声音沉沉的，很钝很哑，似乎在跟我宣誓他没有撒谎，是真的病了。又因为病，这样简单却十足暧昧的话，更显温柔。

"我想见你。"

对面的赵子骐的眼睛瞪大了，显然是听出了他的声音，她怒火中烧，狠狠地看着我。

"姜未，你知不知道你这样子很蠢？"

"嗯？"我收了手机，笑着说，"他找我，我得去了。"

"他根本就不可能喜欢你，就是借你装装样子而已！怕别人笑话他一个大男生那么痴情！你知道我姐在他心里有多重的分量吗？好啊，姜未，我看你能得意多久！"

身后的她还在嚷嚷着，众人侧目，我伪装出的背影满不在乎。

我知道，我怎么会不知道。

我的自尊心是不允许我去找他的，可是，此刻我心里波涛汹涌。

你凭什么对我招之即来挥之即去，你凭什么拿我当借口？

我恶狠狠地攥着拳头，我得替天行道，我要让你知道，姜未我，也不是那么好惹的。

门是开着的。这里是西城区这几年刚开盘的酒店式公寓，我倒是没想过，秦牧明明父母都在寥城，竟去住酒店。

我推开门进去，大概是太过安静，让我一路上的风风火火杀气腾腾有些无处搁置。窗帘微掩着，我找了一下开关，看清楚屋里的布局，房间很简洁，但也看得出是长住客。

"秦……秦牧？"

我走进卧室，压低声音。

一盏小夜灯亮着，床上躺着的人将被子蜷成一团，我靠近一点，发现他眉头紧紧皱着，脸色有些苍白。

看来是真病了？我伸出手，轻轻碰了一下他的额头，有点发烧，但还好。

不过他好像是睡着了，我叹口气，算了，还是不跟病人一般见识了。

我蹑手蹑脚地过去，倒了杯水，将感冒药拆出来，放在手心，轻轻叫他的名字。

"秦牧……起来吃药。"

我都想不通明明生病的人居然还能有这么大力气，一把就将我拽倒在床铺上。我的脑袋枕在他的胳膊之上，一只脚就顺势狠狠地架住了我乱踢的腿。

"你干吗啊？"我愠怒道。

"以为你不来了。"他的声音哑哑的，忽然从嘴角扩散出一个由衷的笑，"幸好。"

幸好什么？靠得太近的呼吸温热，他微微闭上的眼睛，嘴角的笑意不是假的。我真是猜不透他。他到底想要我怎么样？

我有些委屈，有些恼怒，不再挣扎，就这样定定地看着他。

等待着一个解释。

随便你说什么，你起码，得给我一个交代吧。

他缓缓睁开眼睛，看着我，忽然凑近，我下意识地往后一躲，在我身后的那双手却将我一把抱住，我的心跳到了嗓子眼，他凑近我的唇，却侧开，附在我耳边。

"我好饿。"

混蛋，我就势推开他，狠狠地在他胳膊上拧了一把，猛地爬起来。

"把药吃了。我告诉你啊，你少嘚瑟了，我来是可怜你，怕你病死在这。"

他挣扎着坐起来，一脸委屈的样子。

"那么凶干吗，我是病人。我真的好饿。"

我没了办法，叹口气："我给你做点吃的吧。"

"你会吗你？"他举起杯子，一口吞下药，对我表示一脸的怀疑。

"做个菜都不会？"我瞪他。

"好好好，忘记你连灯泡都会换了。"他指了一眼厨房，"冰箱里有材料。嗯……你会不会炖排骨？有切好的。"

其实我会做菜，只是……会的非常少，像炖排骨这种事，对我来说简直是天方夜谭。

我该先把排骨煮熟了？还是直接下水炖啊？

我皱着眉头想了半天，不行，还是百度一下吧。

一扭头，就看到秦牧穿着宽大的浴袍，病恹恹地倚在厨房门边，讪讪地看着我。

"你干吗呢?"

想来他已经看我在砧板前发呆有一会儿了,我顿时脸红。

"我拿手机,给我让开。"

"你拿手机干吗?"

"放放音乐啊!"我掩饰道,"我不放音乐做菜没心情。"

"是想百度一下菜的做法吧。"他咬牙切齿,无奈地摇摇头,"一边儿玩去,我来吧。"

"这怎么行!你是病人!"被看穿的我自然是一脸的抗议,杵在门口,特别有骨气地说了一声。

"那我来帮你切作料吧……"

二 下厨

其实长大以后我鲜少吃住家饭,高中的时候住校,即便在家里,我跟我妈也基本是叫外卖的,她不精厨艺,倒是张叔叔来会给我们下厨。

我坐在沙发上,刚好可以看到秦牧的背影和他拿着锅铲的样子,忽然理解了我妈为什么会爱上张叔叔。

做饭,是最体现温馨的一件事,我陷在昏黄的客厅灯光里,闻到渐渐炒出来的排骨香。听到他的声音。

"排骨虽然是炖,但还是要炸一下,味道会比较好。"

对于这个男人,我心里有太多的怨怼和猜疑,不甘和不舍。

但是,让我吃完这顿饭再说吧,享受片刻的温情,忘记我是那个杀气腾腾上来兴师问罪的姜末。

秦牧的厨艺我是试过的,一锅炖排骨香气四溢,顺道炒了虾米,清清淡淡,但汤汁浓郁。

我抬起眼,有些愧疚地看着他,毕竟他是病人,我都有些不好意思了。

东西做得非常好吃,但大概是因为生病,他胃口不是特别好,随便吃了两口,就怏怏地坐到沙发上,打开电视。

我动手收拾,他忽然喊我。

"别弄了,明天酒店前台会来收拾的。过来吧。"

"你干吗住酒店？"我皱起眉头，终于问道。

"横竖我买不起房子，住酒店怎么了？"

我知道他跟他父亲关系不太好，也没再追问，只嘟囔一句："总觉得酒店式公寓，没有家的感觉。"

"她跟我说，你跟你爷爷说我是你女朋友，拿我当挡箭牌，也不问问我愿不愿意。"

我没提她说赵灵犀的那一段，不知如何开口。我大概是有些私心，怕我一开口，他又会像跨年那天一样，松开我。

我真的是，太犯贱了。

忘记了自己的所有目的，贪恋这么一时半刻的温存，不想去想昨日，也不想去探究明天。

他笑着看着我，轻手轻脚地掰过我的脸。

"那你愿不愿意？"

我摇动脑袋，撇开他的手。

"我以为……我们什么都不算的。"

他伸出手来，忽然将我拉进怀里，坏坏地笑："这都不算什么吗？"

柔软的唇碰上我的，一股电流从头顶降临，我僵硬着身子，有些抗拒。

是谁发明了意乱情迷这个词语，用来形容此刻太过恰当，我脑子里一片空白，任由他撬开我的牙齿，一个缠绵而深入的吻，夹杂着一点点的薄荷香气。

这并不是我们第一次接吻，第一次的秦牧，霸道急切，这一次，却像是用足了耐心来抚慰我。

他总是不解释，总是不多说，比我更高体温的这个病人，是个危险的生物，让我脑子里的理智清零，头晕目眩，像是被勾走了魂魄，我终于放弃了挣扎和僵硬，整个人软下来，瘫在他的手掌之间，回吻他。

进来的时候我脱掉了外套，因此此刻身上不过是一件宽大的罩衫，温热的手掌从我的背后撤离，抚上我的脸，慢慢下滑到锁骨，再……

我忽然像是噩梦惊醒，猛地睁开眼睛，他看着我，四目相对之间，这个男人俊朗的眉目，却像是让我从一个梦境跌进了另一个。

我听到自己的声音。

"你爱我吗？"

眼前的人微微一怔，手停住，嘴唇慢慢地离开我。

失望让我的感觉渐渐真实，心跳声停止，我……真是活该。

搬出爱这种雷霆万钧的字眼来打断这场欢愉，可是我没有办法，重新回来的理智，让我收拾好自己的表情，假装淡定地说："我不是那个意思。我是想说，如果你只是有点点喜欢我，你心里并不笃定，你还忘不了别人的话，你就不要接近我了。我这个人挺麻烦的，招上了就很难赶跑，我玩不起。"

我手心全是汗，不敢看他的眼睛。

"毕竟，我已经喜欢上你了。"

很喜欢，跟以前的心动不一样，甚至跟对栗长原的心动都不一样。

我快不认识自己了。

良久的沉默，电视机里正放着球赛，不太应景，我想着，再等一会儿，一会儿我就站起来走。

我太丢人了。

送上门来丢人，还号称自己要替天行道，姜未啊姜未，就你这点段位，怎么行。

可是我还是该说点什么吧，不然太尴尬了，我都会瞧不起自己。

"那个……你不用有负担，毕竟我们什么都没有发生嘛。你不需要对我负责任，我也不是那么不讲道理的人。"

我可不能哭啊，可怎么到后头声音都有些呜咽了呢？

他忽然伸过手来，将我的脑袋摁到胸前，我的脑袋顶在他的下巴上，前后用不过几秒钟，我却像是从云端悬着，突然站稳。

"姜医生。"他忽然叫起很久以前给我起的外号，"还没治疗就走，我可是要投诉的。"

我终于抑制不住委屈，抽噎着。

"我真的不知道你什么意思……我也不知道我自己怎么回事，我今天来是想要跟你讲清楚的……"我语无伦次。

"我知道我都知道。其实你那天说的话……真的吓到我了。是我自己吓到我自己了。所以这几天，我没找你，就是想让自己想清楚。我想要对你负责任，我也不想让你冒这个险，你懂吗？"

我从他怀里抽离出来，我知道现在自己的样子很狼狈。

"我对她知道得太少，我真的很好奇，我没有太多自信。你为什么不告诉我，她为什么离开你，到底发生了什么。"

偶尔秦牧会跟我说起在美国的日子，跟我想象之中其实有很大出入。我知道他大学就没问家里拿钱，尽管他家中富裕，但他住过地下室，一天打好几份工。他很少提到赵灵犀，但是后来回忆起来，总觉得，他满眼里都是她的影子。

可是他只跟我提过那么一点细枝末节。

"过去发生了很多……太多不快乐的事了。我想过去了，跟你没关系，跟我也没关系了，你懂不懂？"

"那我不问了。你想说再说吧。"

他不想提，我知道，那我该做的就是收好自己的好奇心。他能这样，我已经知足。

他像哄孩子一样看着我，微笑扩散。

"我说过，姜未，我让你给我点时间，我证明给你看，好不好？"

好，我等你，等你爱上我。

我凑过去，碰了一下他的唇，他轻轻咬住，又倏然松开。

"怎么了？"我胆战心惊。

"忘了自己感冒，传染给你怎么办啊。"

"也对……"我丧气地说。

"不管了。"他却一把捧起我的脸，"反正，要传染已经传染了。"

——

三 往事

我并没有成功被传染感冒，这反倒让我有些莫名其妙的遗憾。

秦牧的感冒并没有立马就好，可才隔了一天就又飞了北京。我自然知道他忙，那天那么一折腾，算是一桩心愿已了，我不能再矫情地去要求什么。

那之后，就是年假了。年终奖并没有我的名字，甚至连阿玟都拿到了奖金。

我知道沈宴珺什么意思，我想她在逼我走人，但我能去哪呢？真去甄芙吗？现在跟秦牧关系近了，我倒更不可能过去了。即便他提过几次，我都婉拒了。

我妈打来电话，问我何时回家，我支支吾吾着。

原本是不想回去的，往年还好，如今妈妈已有了新家庭，我倒觉得我自己有些多余。

"今年我们都是要去张叔叔家过的，你过年都不回来，张叔叔也会觉得你拿他当外人。他倒没事儿，就怕给他家的亲戚落下话柄。妈妈也怪尴尬的。"她在那边叹了口气，"你要是觉得可以，张叔叔说来接你，怕你坐火车也累。"

看来是非回去不可了，我忙说不用了，哪能真这么麻烦。即便买不到火车票，汽车也挺方便。

就在这个时候，陆羽忽然打电话来求助。

想当年，她和程沧那么好，总觉得结婚是板上钉钉的，谁能料得到，毕业分手还真落在头上了。其实在寥城，这个年纪也不用着急，可大概是叔叔阿姨们担心陆羽分手后空窗不习惯，热衷于给她安排相亲。她推了无数次，这一次，大概是没辙了。

"医科大的硕士生，年纪轻轻就当上科长了。当年成绩也很优秀，就是家境一般了些。"她啜了口茶，"我姨妈非得让我去见，她也是听同事说，这个医生相当不错……嘿，相当不错我找他看病就得了啊！干吗非要我去见啊！不过听说是心脏科的，呸呸呸，我可不想得心脏病。哎，我实在是不想见。老娘最近真的不想谈恋爱。没心情。所以，未未，你就行行好吧，陪我一块儿去？见一面，也算给我姨妈交个差。"

我只能说，好吧好吧，陪你去。什么奖励？

"给你买包！"她嘻嘻哈哈，"你要莲蓉馅儿的还是……"

"滚滚滚！"我白了她一眼。

和那个年轻医生，约在了我公司楼下的24小时咖啡店见面，他倒是姗姗来迟，看来也不是特别看重这次相亲。这让陆羽反倒还松了口气。也是，当你不热衷某件事的时候，对方风风火火热热情情，你反倒觉得亏欠。

不过让我们意外的是，那个姗姗来迟的家伙，还真长得挺帅的。

不同于秦牧那一种，这个家伙是一板一眼的周正，眉眼里有一股子英气，但一看就知道，不是那种很好说话的家伙，气质清冷，不过，倒是彬彬有礼，非常绅士。

一切都很顺利，这个叫宋虞的医生有良好的修养和谈吐，大概是因为平日里不苟言笑，反倒是一弯起眼睛，就真有点一笑百媚生的意思。

陆羽悄悄跟我说，其实蛮不错的，对不对？可是就觉得严肃了点。

我私语，你不妨试试啊，指不定他其实内心里很逗比呢。

我不敢提程沧。

"他不是我喜欢的类型。"陆羽总是这么说。

事实上，我知道，她心里的确有个模型，有棱有角，就是程沧。

可是世界上，哪有一模一样的人？

陆羽起身去洗手间的时候，留下我和宋虞面对面坐着，之前他的电话就一直在震动，他似乎耐心极好，反复摁掉，可对方比他还有耐心。

"干吗不接电话？"我多了句嘴，打破了尴尬。

"推销的。"他笑了笑,我知道是敷衍,眼前这个男人,眼眸太深,看不出情绪。

电话终于停止震动了,而此刻从门口冲进来的少女,气势汹汹。

"宋虞!你这个王八蛋!"

我吓了一跳,却见被骂王八蛋的宋虞淡定地举起咖啡杯,轻轻喝了一口,就好像一切都跟他没有关系一样。

那个女孩……我好像在哪里见过。

她已经冲到我们面前来,双手撑在桌面上。

"相亲?这就是你相亲对象吧?"她带有攻击性的双眸,紧紧地剜着我。

哦,我想起来了,在陆羽的局上我见过她。

不过我不太记得她的名字了。

我刚想解释,宋虞却站了起来,一把扯住那姑娘的胳膊。

"出去,别在这里丢人现眼。"

"我丢人现眼?"女孩眼里顿时含了泪,"我就是丢人现眼了怎样!为你我不要脸那么多回,我反正也不在乎多这一次了!你要娶别人?我不许!我就是不许!"

咖啡厅的门被推开,一个熟悉的身影出现,他看到我的时候也有些讶异。

周晨眼看着宋虞和姑娘的纠缠,厉声道:"宋虞,你他妈松开她。"

宋虞松开,周晨上前来一把抱住挣扎着不肯罢休的姑娘。

"小叔叔,你别管我,我今天我今天……"她抓起一个水杯,朝着宋虞的方向就砸了过来。

大概是这种伎俩用太多了,宋虞几乎是跟武林高手躲招一样顺利避过。

于是,飞过来的杯子,就这样打中了在他身后的我的眉骨。

这个时候,从洗手间出来的陆羽尖叫一声。

"江吟你什么情况啊!"

"还好么,要去医院么?"周晨紧张兮兮地问。

我摇摇头。

没事,得感激店里用的是塑料杯子,而不是玻璃杯陶瓷杯,不然我非得脑震荡不可。

"我侄女她就这脾气。就是被宠坏了。"周晨叹了口气,"那宋虞我劝陆羽还是别沾。那家伙薄情寡义得很。"

江吟为此还跟我道了好久的歉,我倒不讨厌她这种姑娘,跟赵子骐完全是两个套路,她是真性情的话,赵子骐是真泼妇。她还可怜巴巴地跟陆羽说,陆羽姐,要是知道是你,我也不会这么冲动。

这才知道，原来宋虞就是江吟足足追了好几年的男主角。

"那丫头，就是不撞南墙不回头，哪怕撞得头破血流，有命，她还是要往那冲。都不知道那家伙有什么好的。"看来周晨还是很疼他这个侄女的。

"我倒羡慕她。"我揉揉眉骨，微微肿胀的疼，不过不碍事，"这么有勇气去爱一个人。"

"勇气这种东西，也不知是好事还是坏事。"他侧过头来，"现在啊，我倒是必须跟你赔个礼道个歉了，怎么样？晚上一起吃饭？"

我刚想开口，听到他说。

"你再拒绝我，我就要爱上你了。从来没有一个女人拒绝过我那么多次。带上陆羽吧。"

"这个旋转餐厅，是最近才开的。拼得上米其林的档次。来，尝尝这里的鳗鱼饭吧。"

周晨倒是很周到，这个餐厅贵得很，精致的摆盘让我们眼睛都看花了。

米饭软糯十足，鳗鱼鲜香嫩滑，我和陆羽都赞不绝口。

"喜欢吃，就经常带你们来吃。"

陆羽开玩笑说："周大帅哥，你这是要把我们的嘴巴喂刁啊。我们平民老百姓，老吃这个，回去会吃不惯外卖的。"

"那还不简单？"周晨转过头来，一双桃花眼里笑意盈盈，"要不，做我女朋友？"

陆羽看了我一眼，见我尴尬不已，试图替我解围。

"可惜姜未心有所属啊。"

"哦？"他转过头去，"谁……那么好运气让未未喜欢上，莫非是秦……"

"嗯。"我听到自己气壮山河地说，"就是你说得这个莫非，我很喜欢他。"

然后，我看到周晨筷子间的那块鳗鱼掉落在碗里，大概是几秒之后，他回头，依旧是刚才那个笑容。

"那，要恭喜他了。终于，找到新欢了。"

"我家到了。谢谢你今天请我们吃饭。"我推开车门准备下车，忽然听到上锁的声音。我回头，有些恼怒地看着周晨。

"你什么意思？"

"没别的意思。"周晨倒是怡然自得，"我之前不是跟你说过，我和秦牧之间，有点过节吗？之前是觉得你和他没成，也没和你说。但是现在，你不好奇吗？"

我……我当然好奇，但我还是硬生生地撒谎。

"你和他的事是你和他的事，我……"

他打断我的话，径直说下去。

"我当年也在美国念书。秦牧他们到美国的时候，我刚好快毕业了。我就是那时候，认识赵灵犀的。"

"赵灵犀"三个字，忽然让我安静下来，我转过头来，呆呆看着他。

周晨说了下去。

"那时候，我们都在加州。毕竟留学生圈子都贯通，虽然他们比我年纪小那么些，但曲曲折折，我在一个聚会上看到了赵灵犀。她确实漂亮，但有点太自以为是了。其实当时她去美国，是因为家里破产了，说白了，就是个落难公主。但再怎样，落难公主也是公主。"他点起一根烟来，"不介意我抽烟吧。"

我摇摇头。

"当时我有个朋友，蛮有钱，在加州买了套大户，她就在后院里，抽烟。一边抽烟，一边在电话里用英文吵架。一撂电话，发现烟盒里没烟了，我就递了一根给她。结果，再碰到她，她和秦牧一块儿，我再发烟给她，她居然装出一脸惊诧的样子，摆着手说，我不抽烟。呵呵，我当时就觉得，这小姑娘，心思挺深的。女人抽烟我见得多了，跟坏不坏根本没关系。当时我看得出秦牧很喜欢她，据说有一年赵灵犀生日，秦牧花了一年攒的钱，买了一排的烟花在郊外放给她看，挺浪漫吧？那天刚好是除夕，赵灵犀的生日就是除夕。但是秦牧太小男生了，他比赵灵犀小一岁不说，他的心智……那时候，秦牧根本是个小孩儿。大学的时候，他们俩就分手了。"他忽然顿了一下，"那段日子，我认识了一个女孩儿，刚好跟他们一个学校，是一个……美国华裔，不过，家里条件非常一般，她……很喜欢秦牧。"

我想，周晨此刻说的她，就是那个"老朋友"吧。

"美国的氛围你也懂的，没有国内暗恋一说，于是她表白了。你猜……赵灵犀怎么的？她把那女孩约出来，姐妹相称。没点事儿就带出去一块儿玩。于是，后来她和秦牧分了手。当时也不知道因为什么事儿。秦牧这个混账东西，居然就找了这姑娘说，我俩在一起吧。

"姑娘开心啊，开心得跟我说话都是眉飞色舞的。"周晨的眉眼有些苦涩，"她是很单纯很单纯的一个姑娘，跟我家江吟一样，命不好，偏喜欢那种薄情寡义的家伙。赵灵犀跟秦牧分分合合也是惯常，于是她一回头，秦牧就把姑娘给甩了。这都不算什么。关键是，那天还是姑娘的生日。秦牧支支吾吾地被赵灵犀带过来，当着众人的面跟姑娘说：'抱歉，我利用了你，我一点都不喜欢你。'赵灵犀在旁边，就跟一尊雕塑一样笑。那天在场的人都是姑娘的朋友，她哪里下得来台？我当时也恼了，要揍秦牧。结果被姑娘拦着了。我其实知道，秦牧当年就是个提线木偶，当时赵灵犀让他当众说，他死活不肯，结果赵灵犀就很淡定地拿着一把水果刀说：'好啊，你不说，我就死给你看。'那天姑娘被羞辱得不行了，冲出去开车，结果，出事儿了。幸好没有大碍，不然，秦牧，我是不会放过他的。至于赵灵犀那种女人，怕也只有秦牧当她是稀世珍宝了。"

"周晨，你少吃不到葡萄就说葡萄酸了。"我也不知道为什么要为赵灵犀正言，我听得明明就觉得非常难受，我的手指禁不住发抖，但我不相信，不相信秦牧喜欢的人是这样的。

难道就不是周晨因为暗恋的女生喜欢上秦牧而觉得愤恨吗？他带着偏见看这些事，才会有这些偏激的揣测啊！

"吃不到？呵。当时她父亲在家中想要东山再起，有个项目，刚好是我父亲负责的，她来找我，开口就问我要那个项目。我说，那你能给我什么。她当时想都没想，往沙发上一坐。当然，这发生在她和秦牧分手之后，也是你情我愿的事。我就不说什么了。"

"秦牧知道后，就跑来找我了。他试图像个成年人一样跟我好好谈谈，结果，你知道怎么着，这个幼稚的家伙，居然跟我说，这样吧，我们决战一下。输的人，放手。你肯不肯？"

其实我当时很想说，赵灵犀我根本就不在乎，你要你拿走就好了。但他这么一闹，我倒还是真的想跟他玩一下。那时候在美国，还蛮流行摩托赛的。但是因为有一定危险性，所以其实是违法的。秦牧当时大概是疯了。搞了一辆摩托车来要跟我决战。还没开出几百米，一个急转弯就给扑墙上了。幸好摩托车没爆炸，不过他摔得是有够惨的，满脑袋是血。赵灵犀就是这个时候得到消息赶来的，她简直是扑过去，然后哭着让我快找人救他。这点我真没法否认，她的确是爱秦牧的，但是她太贪心，秦牧给不了她太多东西。"

我听得倒吸了一口凉气。

"秦牧也算是倒霉，偏撞到了要紧部位，差点就死了。为此我还捏了一把冷汗。幸好还是救回来了。当时赵灵犀就在医院里照顾他，也算是有趣，她跑来跟我说，项目她可以不要了，求我别把她之前求我的事跟秦牧说。好，我成全他们。我什么都不说。秦牧捡回条命，赵灵犀也算是了了心愿了，安生了好一段日子。后来他们……"

"我不想听了。你让我下车。"我整个人抑制不住地发抖，我听到自己的牙齿打战，咬牙切齿，"周晨，你他妈让我下车！"

"未未，我跟你说这些，不是想让你不开心，我只是想告诉你，秦牧那种薄情寡义的家伙，爱的人只有赵灵犀！要不是赵灵犀不要他了，他根本就……"他看向我，"我不希望你除了长得像她，结局也像她。"

"你让我下车！"我咆哮了一声。

我终于明白为什么秦牧不跟我提过去的那些事了，因为那些东西，的的确确是不该提！

我几乎是跌下车的，疯了似的捂住自己的耳朵往巷子里跑。

我大口地喘着粗气，眼泪却怎么也掉不下来。

他为她，可以利用别人。

他为她，可以不要性命。

他那么爱她啊……

而当我看到，刚才故事里的少年，正拎着一盒子东西，站在我的家门口，皱着眉头看着奇怪的我。

"打你电话也不接，怎么这么晚才回来？"

我整个人，几乎想都没想，冲过去抱住他。

我紧紧地抱住他。

"秦牧。"

"你这是怎么了？"他伸出双臂回抱我。

只有拥抱能够解除我内心里的难过。

"我很嫉妒。"

"嫉妒什么？"

嫉妒你爱过的人，你爱过的一切。

但我只是抬起了满是眼泪的脸，撒谎说："嫉妒跟你一起去出差的家伙，我也想出去玩，我好久，好久没出去玩儿了。"

他笑了笑，揉了把我的头发。

"笨蛋，等忙过这阵子，我带你去玩。来，给你带的北京烤鸭……把鼻涕眼泪擦一擦。我一会儿还要飞上海呢。"

"又要走？"我抬起头，手里的烤鸭变得一点魅力都没有了。

\ 我想你时　　西风止 \

第十章　辞旧迎新

　　我会喜欢你，永远永远喜欢你。哪怕有天我喜欢上了别人，也不过是因为，那人像你。

楔子

喜欢寥城的傍晚，一点点暗下来的天色，让整个世界都温柔得像一个浪漫而踏实的拥抱。

直到一朵黑云降落窗前，打散了关于黄昏的一切幻觉。

一 回家

鹤童在过年前几天，离开了中国。李念念去送的他，两个小家伙在机场里恋恋不舍的，李念念还表现得潇洒些，鹤童可怜巴巴地鼓着嘴巴，跟李念念说，我们又要好久不见了。你要好好照顾自己。

李念念多霸气啊，她直接丢了一句："可多人喜欢我了，我又不是只有你这么一个朋友。"

鹤童瘪瘪嘴，没说出来话，而李念念瞬间就抱住了他。

简直是少儿版言情剧即视感，李念念说："但是我只想跟你一个人做朋友。"

飞机载走了鹤童，念念回来勾着我的脖子说："姐姐，我真的好讨厌分别。"

她只有脆弱的时候才会叫我姐姐，我温柔地摸了摸她的脑袋，说了声：

"我也一样。"

大年二十八，公司就放了假。我想着怎么都该跟秦牧告别一下。他头两天回来了，但还是忙得不可开交，跟我打电话的时间都少，更别说碰面了。

甄芙毕竟是大公司，年会结束之后，他还有好几个应酬要跟大老板去。

据说甄芙明年要大刀阔斧改革上市，作为后生辈里的精英，又是大股东的儿子，他忙碌，自是无可厚非。

我心里其实蛮失落的，但能怎么着呢。

那天晚上的一切都像是一个梦。即便已经那样亲密，我却仍旧觉得自己跟他遥远。一见不着人，心里就没了着落，一个劲儿地暗示自己，他没有那么喜欢我。我在他忙的时候，连让他更喜欢我一点的机会都逮不到。

于是，二十九的晚上我就坐上了回家的火车，虽然不是远行，老季和陆羽非要来送我，老季还弄了点保健品非让我给我妈带去。我说不用，他说了句，老人家需要这个的啦。

我顿时不知该说什么，一脸讶异地看着他，老季才觉得自己说错了话，忙轻轻扇了一下自己的嘴。

"呸呸呸，阿姨才不老。"

我的心里在那一刻漫上一股忧伤，我知道，我妈已经过了五十岁，到了吃保健品的年纪，不再年轻，也没那么强势了，会渴望我在身边，跟我说一句虽然别扭，但是真切的"毕竟妈妈那么久没见你了"。

我拥抱了老季，陆羽姗姗来迟，脸上有一股子不自在。

似乎不方便在老季面前说，特地支开老季去买水。

"怎么了这是？"

她的眉头强行解开，说得云淡风轻。

"我听说程沧带她回去过年了。他妹妹给我发了短信，说只认我这么一个嫂子，说得我啊想流泪。但是我知道，他们才是一家人，不久之后，她哪里还记得我这个前嫂子。"

我一时不知该说什么宽慰她。

物是人非的感觉，大抵不在情境之中，才深感悲伤吧。

我上前抱了抱她，她说："我没事。你替我向阿姨问好。对了，"她忽然反应过来，"秦牧那蹄子怎么没来？这可是要隔年相见了啊。"

"他忙嘛。"

"你可得好好训训他。"她板起脸来，"哪有这么做男朋友的。"

"我知道。"我愣是把那句"我没有权利要求他怎么做"吞咽下去。

就这样，在两个最好朋友的挥手中，我踏上了回家的火车，拎着保健品，和毕业这半年的种种不顺心。

顺道拎着对新年的恐惧。

我只是觉得，我没有回家的感觉。

一点都没有所谓的归心似箭。

我这才意识到我妈嫁给张叔叔之后，我对"家"的概念又淡了一点。

失手打翻的泡面挂在我的腿上，烫得我整个人弹了起来，旁边好心的大姐递过来一包纸巾。

我狼狈不堪的时候，秦牧的电话响了起来。

"总部开会，到现在总算可以歇口气。你在哪呢？怎么这么吵？"

我正被烫得倒吸一口冷气，拼命擦着腿上的狼藉，有三五分委屈，就这样从语气里泄露。

"火车上呢。"

"你回家了？"我仿佛看到了他拧起来的眉头，"都不跟我说一声？"

"你这不是忙吗？"

他讪讪道："你啥时候这么懂事了？"

"我一直懂事。"我尽量放低音量，"秦牧，要明年……"

"秦总，这个文件要签一下。"

这个时候听到一个声音，是周诗余的。

他匆忙地跟我说："我先挂了，还有点事。"

仓促的忙音，让我有些尴尬，对面的大姐笑意盈盈地看着我，见我挂了电话，说："跟男朋友打电话呢？真恩爱。"

恩爱个鬼。但我还是一脸甜美地冲她笑。

"是啊。"

秦牧，要明年才能见了。这种辞旧迎新的时刻，我没来由地想跟你说几句矫情话。

我还是谢谢在这一年里我遇见了你，真正意义上完成了我的辞旧迎新。

但是，你……能够吗？

二　聚餐

之前跟我妈住的屋子是租来的，她结婚之后就退掉了。因此，我这次去的，对我来说，是个以前偶尔上门吃饭的"朋友家"。

张叔叔把书房给撤了，非要给我弄个卧室，虽然我说我住酒店就行，张叔叔却说："家里有房间，怎么还有住酒店的理了？"

话里还是温厚的，是想拿我当自家闺女的仗义。

可能是我骨子里太过冷漠，这么些年，还是有强烈的疏离感。

书房没了，我倒是惋惜，但庆幸张叔叔没撤走那一书架的书。

我年幼的时候是极不爱看书的，这个习惯，还是栗长原感染的。

搬家的时候我虽然没有参与，我妈却还是将我房间里的所有物件都搬过来了。

包括那一箱子的信和日记。

我蹲在床边把它们从床底下挪出来，想了很久，没有干那件"缅怀青春"的蠢事。

那是一个疲倦陌生却温柔的夜，大概因为舟车劳顿，我很早就进入了睡眠。

秦牧还在忙吧？发他的短信也没有回。

明天就是大年夜了，然后，新的一年，又要开始。

那天晚上我做了一个梦。

梦见大雪纷飞的午夜，我站在一盏路灯下瑟瑟发抖。

远处烟花炸开，满世界的礼炮声，震耳欲聋。

离我三米的少年，跟我说，姜未，你别再跟着我了。算我求你。

我却固执地问，你爱我吗？

他缓缓回头，令我心惊肉跳的是，那是秦牧的脸，像冬天一样寒冷的脸。

他一字一句、清清楚楚地说：

我，不，爱，你。

我腾地从床上坐起来，一身的冷汗，空调睡前关了，南方冬日的夜晚冷得像冰窖。

窗外果然在放鞭炮，振聋发聩的架势。

我爬起来，手脚冰冷得有些站不稳，手机屏幕暗着，他还没有忙好吗？

还是，因为，他不爱我？

窗开着一点缝隙，难怪冷，冬日的风就这样灌进来，我实在睡不着，鬼使神差地将床底下那个箱子里的信和日记翻了出来。

那都是很多年前写的，笔触稚嫩，人的感情真是残酷的一件事，再热烈，一旦消亡，便只能从这些字里行间寻找蛛丝马迹，我努力地想要看清过去的那个姜未，镜子里的人，却满眼的陌生。

原来我真的变了，不仅仅是不再爱栗长原。

还有，曾经那个傻到觉得"你对我这么好你怎么可能不喜欢我"的姜未，曾经那个哪怕听到"你别跟着我了好不好"也要义无反顾撞上南墙的姜未也消失了。

哀莫大于心死，而我如今，却已脱离了哀，说一句"我喜欢你"就耗尽了全部的勇气。

我依旧有渴望，有期待，却将它们埋在了骨头里，表面上装作漫不经心，也做好了一切坏的准备。

比如，当年我一夜之间明白，栗长原是不会回来的了。

如今我也一直都知道，秦牧没那么喜欢我。

23年过去了，我终于，变成了一个，少年时代的我不敢相认的姜未。

镜子里浮现的那个姜未，吹着泡泡糖，用一种不屑的表情看着我。

"你怎么那么怂啊。"

我说："笨蛋，敢爱敢恨是有代价的，你看你，输得那么惨。"

她说："我呸，我是没什么可输的，你倒是有？"

我叹口气："你还小，你不明白……"

"怎么不明白了？我就是会爱他，爱到死！"她腾地站起来，眼里有火焰，有我不敢直视的坚定。

我毕竟，是辜负她了。

这个时候，门被推开，一个抱着小熊的女孩儿站在门口。

"姜未姐姐，我睡不着，可以跟你睡吗？"

我放下日记，回过头，收拾起自己刚才的怅然若失。

"好啊。"

毕竟高中是在A市念的。虽然就两年时间，我在班里也不算活跃，甚至一个亲密朋友都没有交到。唯一一个关系还算可以的，叫周青歌。她母亲偶尔会跟我妈一起搓一下麻将。她大概是从我妈那儿得知我回来了，邀我出去。

我听说她已经结婚了，真是抓得紧。

A市是张叔叔的家乡，说是市，其实不如说是一座古城。它跟寥城的老是不一样的，这里流淌着一股子的慵懒，生出几分惬意。姑娘们一副早早看透人生的样子，自然结婚这件事，被视为头等大事。

我若是落在A市，估计也得紧锣密鼓开始张罗相亲了。

幸好我妈从来不干涉我的感情。

有过那么一次，我想她自己，也有些心结。

大年夜的午饭，是张叔叔那边的亲戚们的大聚餐，我自然被问了好几句有没有男朋友，恰好这头有个叔伯认识周青歌，拿她来做例子，几句话下来，大伙儿频频点头，几乎让我觉得我现在没结婚生个孩子是个罪过，简直是反人类。

倒是我妈慢条斯理地笑着说："嫁得早不如嫁得好。我家未未有本事，以后也不会嫁个差的。"

她是在场最有发言权的，全场顿时鸦雀无声，几个婶婶讪讪一笑："那也是，那也是。"

我倒是感激我妈。

正宗年夜饭是在自家吃的，我原先是要帮我妈和张叔叔忙的。可偏偏周青歌约我一聚。我刚想推辞，我妈却说："你去吧，家里有我和你叔叔呢，早点回来吃饭就好。"

这话让周青歌听到了，她在那边愉快地说了句"那约在新开的那家咖啡馆哦。待会我就过去"后就挂掉了电话。

"怎么了？"我见我妈定睛看着我，欲言又止，被看得心里发毛。

四周没人，她叹了口气，说道："未未啊，你爸跟我婚姻失败，会不会让你有什么阴影？"

我这才知道，其实她还是很忧心我的终身大事，哪有在饭桌上表现得那么淡定自若。

也是，除了栗长原，我生命里，的的确确没出现过别的喜欢的人，她此刻的忧心，也并不是师出无名。

"没有啦。"我扯谎说，"我谈过好几次恋爱呢。这不是没碰上合适的人嘛。"

她似乎放下心来，笑着说："妈妈跟你沟通得少，以前的事呢，也没跟你好好地谈一谈。不过你，我是放心的。"

我点点头，抬眼看到一辆空车，立马招手。

"我先走了。"

逃离有些不知怎么面对的问题，这性格大概遗传自我爸。

"你看啊，我都有孩子了。"

高中同学周青歌，指着朋友圈里的小孩照片，一脸得意。

"你得抓紧点啊。别到时候挑挑拣拣，成大龄剩女了。碰上合适的，就嫁了呗。"

我……这话说得就跟逛菜市场买菜似的，买不到合适的，就等着饿死吧我。

我喝了一口咖啡，笑着说："这事，毕竟得看缘分嘛。"

"嘿，缘分。"她露出些不屑的表情，"高中的时候我就觉得你吧，太清高了。放低些标准，白马王子啊，是不存在的。"

她这话可真够客气的啊……高中的时候，我和栗长原在一起，拿他的一寸照出来，几乎所有人都说栗长原可真好看啊，你们俩可要好好的啊。可周青歌不信，我知道她到毕业的时候还怀疑栗长原的真实性，怀疑他其实是某个三线鲜肉小明星。

这种感觉可真不好受。

我冲她笑了笑，觉得要么这场聚会就点到为止吧，我不确定我会不会失控，摇着她的脸说，你高中的时候还说你爸爸在非洲挖钻石呢那你为什么戒指上的钻那么小啊你说啊你说啊！

"服务员，买单。"我招手叫服务员，周青歌一副急三火四的样子开始掏包。

"怎么行，我来买我来买……你好不容易回来一趟。"

我饶有兴致地看着她，一个包掏了整整一分钟。

"咦？我的钱包呢？"

"一共228元。谢谢。"

"不用找了。"一双手挡在了我的前面，我愣了一下，看到穿着厚风衣的秦牧将他的笔记本电脑丢在桌上，一脸生气地看着我。

"给你打了五个电话，你干吗不接？"

我我我……我半响说不出话来。

"我电话搁在了总台充电，我……"

"挪挪。"

他一脸不爽地一屁股坐到我的旁边。我看到周青歌一脸震惊的样子，指着他说："这……你朋友？"

他忽然像是领会了什么，变了个脸。

一把揽住我的肩膀。

我象征性地挣扎了一下，极其配合地说："哎呀，大庭广众别秀恩爱啊。"

"没秀啊，这都算秀恩爱？那大庭广众可真没见过世面。媳妇儿，你说咱接下去是去哪 honey moon（蜜月）啊？"

"都行啊……要不，北海道吧，中学的时候，我特别喜欢那部电影《情书》。你也是哦？青歌？"

废话，中学的时候周青歌迷恋藤井树到抓狂的地步，整天嚷嚷着要去小樽办婚礼，要嫁给藤井树一样的美男子……

"没问题。"他朝周青歌抛了个媚眼，这个死不要脸的。

周青歌来了兴致，一脸艳羡地看着我。

我简直无法形容自己当时扬眉吐气的感觉，画到漫画上就是一只趾高气扬的鹅。

你看吧，你觉得我不配碰上白马王子？你看啊，他来了。

而这个时候，周青歌的王子也来了。他开着一辆帕萨特，大腹便便，进屋说："门口那车谁的啊？堵到车了啊！"

"哦。抱歉，兴许是我的。"秦牧不好意思地站起来，"哪辆？"

"比亚迪。"看到秦牧，周青歌的先生皱起眉头，充满敌意。

"哦。那不是我的。旁边那辆，才是我的车。"

旁边停着的保时捷，让周青歌彻底红了脸，拿着包，有些尴尬地站起来，跟我说："那我先走了。你们慢慢……聊啊。"

我明显看她白了她老公一眼。

三 拜访

周青歌一走，我愣愣地望着秦牧，努力掩饰自己的欣喜。秦牧松开我的胳膊，托着下巴。

"怎么样，还满意吗？"

"你怎么会在这？"

"再怎样，总不能年前都不见你一面就走吧。今天才空了一些，反正不远，我就开车过来了。"他微微不满，"怎么都觉得，你看到我来，也不是很高兴啊？"

"怎么会不高兴啊？开心得简直觉得这是个梦。"我掐了他一把，疼得他狠狠瞪我一眼。

"姜未，你谋杀亲夫啊？"

"咦……你怎么知道我在这啊？"

"真是笨蛋。"他无语地拧了一下我的耳朵，"给我记着，以后发朋友圈，记得别乱定位。你说你长得虽然安全吧，但现在犯罪分子毕竟不挑啊。"

"你什么时候买了辆保时捷？"我打开他的手，盯着门口那辆白色的保时捷。

"好险。"秦牧咋舌，"我车停得远，幸好那停的是辆贵的。要是是辆电瓶车，就只能委屈你了。你别这么看着我，谁有钱买保时捷啊。"

其实，这样我有些负罪感，周青歌并没有错，只是这世界上只有少数的女孩才有好运气相信"童话里不是骗人的"。

她不是，而我，也不是。我们都会嫉妒那些天生好命的人，却更嫉妒那些天生不怎么样，却后天运气好到炸的家伙，她们上辈子一定做过很多好事。

"你到这里？真的只是为了见我一面？"我还是难以置信地问了一句。

"也不是。"他耸耸肩，"刚好明年有个合作客户在这边，我刚和他见了一面。"

原来我又是顺带的啊，惊喜瞬间扫光，觉得刚才的扬眉吐气，都是弄虚作假。

我多想真正地扬眉吐气一次，真正地秀一次恩爱，而不是跟这个家伙，在漫长的"试验期"里，浑浑噩噩地别扭着。

"所以，一会儿还要赶回去吧？赶紧去吧，不然赶不上年夜饭了。"我看了一眼表。

"我好不容易来一趟，你就这么巴望着我走？"

"毕竟年夜饭啊，你该回去陪你家里人吃啊。"我一脸正气。

"今年过年也就是在医院过了。往年爷爷身体还健康的时候，家里也不热闹。我们家人情淡薄，你又不是不知道。吃个年夜饭跟打仗一样。今天反正也赶不上，索性就不回去了。"他忽然抬起下巴，挑衅似的看着我，"没地方吃年夜饭，去你家蹭个饭，敢带我去吗？"

我顿时哑了，不知该说什么，"这不好吧。"

"有什么不好的。"秦牧瞪我，"我又不是没见过你妈。走吧，我饿了。"

我被他一把拖起来，挣扎着说："不行，我大过年的带个男生回家，这……这怎么解释啊？"

他定定地看着我，忽然一把揽住我的肩膀："乖，你要是说不出我是你男朋友这么让你脸上贴金的话，就说我是你拜把子兄弟就好了……"

到了我家门口，秦牧变魔术似的从后备厢里弄了两盒灵芝孢子粉。

"你特地准备的？"我讶异地看着他，"你不会是……"

"我就不给你压力了。后备厢里一堆呢。全是送客户的。"他朝我笑笑。

原来如此，我还以为，他如此有心呢。

家里门开着，张瑶瑶一看到我和秦牧走进来，朝着厨房里忙碌的二老大呼小叫："姐姐回来了！"她跑到厨房边，忽然压低声音，"还带个男的！"

我顿时就尴尬了。

我妈握着锅铲就跑了出来，秦牧将礼放下，叫了一声甜甜的"阿姨"。

"这位是……"

我有些尴尬，介绍道："妈，这个是秦牧，你还记得他吗……小时候帮老季补习的那个男孩子……"

"怎么会不记得啊。"我妈恍然大悟，惊喜得合不上嘴，"长这么大啦！"

秦牧使劲摇起头来："难以置信，难以置信。阿姨，你和几年前根本没变化啊！一点都不见岁月的痕迹啊。"

果然，马屁是世界上最好使的，我妈乐得嘴更合不上了。紧接着张叔叔也出来了，将瞪大眼睛看着秦牧的瑶瑶一把揽到身后："坐坐坐！别客气……"

大过年的，往家里带一个男生，这件事怎么都显得怪，尽管我跟我妈和张叔叔解释说秦牧是来这里办事,在咖啡馆碰上的,但他们似乎还是有点过于殷勤了。

"秦牧,吃个苹果……"

"秦牧,你尝尝这是阿姨自己做的果酱啊……"

"秦牧,你吃辣不?口味偏哪里?之前是去美国留学吧?要不要给你做个牛排?"

张叔叔直接放下主厨位置,给秦牧泡起茶来,一脸的和颜悦色。

"小伙子,你是做什么工作的?家里是干吗的?多大年纪啊?"

张瑶瑶晃着我胳膊说:"姐姐,挺帅啊……啧啧。你男朋友吗?"

男朋友吗?我一时竟怔住了,白她一眼:"小丫头片子。"

"太帅了。"她一脸的花痴,"不过,比我们班班草差一点。我们班草毕竟年轻。"

毕竟年轻,我忍不住噗地笑出来。

尽管我妈非要留他在家里住,不过秦牧还是有这个分寸的,他笑着说:"阿姨,我还得回去。"不过年夜饭的酒酿圆子里有酒,他又要开车,虽然量不多,为了安全起见,我妈给他煮了醒酒茶,让他歇会再走。张叔叔刚好局里有事,得去一趟,他闺女瑶瑶跑出去跟她的班草放烟花去了。

我陪着我妈在厨房里洗碗,秦牧坐在沙发上,显得百无聊赖。

我也是想起来,之前他提起过小时候我那套《金庸全集》,朝着客厅喊了一声。

"你去我房间,是书房,左排架子上第三排放着金庸的全套。你可以带回去。"

似乎听到他起身,一回头,就看到我妈满脸笑意地看着我。

"小秦倒是不错的孩子,那年家里出了那事,我把你送到外婆那去之后,他还来看过我好几回。很多年没见,长这么大了。挺有心的,还知道来看看我。"

"妈,你别误会……真不是……"我只得解释道,"他只是来出公差。"

"跟妈妈还有秘密了?"她眉开眼笑。

"他没那么喜欢我啦。"我忽然觉得有点失落,这失落源于我妈那满眼期待的眼神,我怕她落空,"我们俩现在连男女朋友都算不上。"

"你这孩子怎么这么想呢?哪有一上来就情投意合得要命的?那基本得死。"她声音下去一点,大概是在说她和我爸吧,"细水长流嘛。喜欢这事儿也是靠经营,没点时间没点了解,没经历点事儿,哪能有什么感情基础。"

她忽然伸出手来,拍拍我的手背,像是叮咛,又像是自顾自地叹息。

"别跟妈妈一样,老想着自己,快出去陪他说说话吧。"

我擦干净手,走到自己房门前。

里头的秦牧就像不真实的存在。

其实遇到他之后的一切都好像是个梦，算不上多美的梦，但总觉得随时都会醒来而患得患失，他似乎很近，可我又不那么敢靠近。

而此刻，他离我的……

"啊！秦牧你知道什么叫隐私吗！"

我扑过去，一把合上了自己昨天摊在那的日记，怒目圆瞪。

他正坐在我的书桌前，一脸漫不经心。

"瞧你紧张的。你自己摊在这，有这么暴露隐私的吗？"他起身，手边是一册金庸小说，我最喜欢的那一本《射雕英雄传》，他硬生生吐出几个字，"字儿挺丑的。"

如果我记得没错的话，摊在那里的那一页，最后几行字正是——

"栗长原，我会喜欢你，永远永远喜欢你。哪怕有天我喜欢上了别人，也不过是因为，那人像你。"

不管他看到没看到，此刻我都像做了错事的小孩一样，手足无措，面红耳赤。

尽管，那件事发生在很久很久之前。

为了掩饰尴尬，我必须说点什么吧，不管是什么。

"就昨天……我睡不着，就翻出来，看一看。以前真傻啊，是吧。"

他朝着我淡淡一笑："我跟他像吗？"

我怔住，抬眼看他，照例是挑衅一般的眉眼，哪里会像？分明是两个完全不同的人。

他却步步逼近我。

"姜未，你说，我跟他，像吗？"

他的呼吸近在咫尺，我目不转睛地看着他，秦牧，你在吃醋吗？还是不过是占有欲作祟？

"你有那么在意我吗？"我冷冷地问，内心里，却期待着他的回答。

就告诉我，你在意，你在意，那我也会告诉你，不像，一点都不像。

他眼睛里有火焰，扼住我手腕的力度加了一点。

"我……"

"秦牧！"我妈在外头喊了一声，"水果切好了，你过来吃点再走！"

他松开我的手，笑意盈盈地看着我：

"头次来你家，就碰到前任阴魂不散的痕迹，真是出师不利啊。"

我看着他的背影，忽然有些恨他的漫不经心，恨他的没个正经，恨他的若即若离，也恨自己的没出息，恨自己的不笃定。

他好像没那么喜欢我，所以我不放心。他好像有点儿喜欢我，所以我有期待。

就这样,在天秤两端来回摆动,不得安宁,而这个砝码先生,正一脸惬意地坐在我家沙发上吃着水果。

我走到外头去,坐在他旁边,低着头,忽然听到他说:"姜末,总觉得我们不像男女朋友。"

"是吗?"我觉得心里发酸,却也同样觉得。

"你是不是没谈过恋爱啊?"他看着我。

"你才没有呢。"

看到他一脸狡黠的笑,我有点后悔自讨没趣了。

他煞有介事地看着我:"单恋和恋爱,是有区别的,孩子。"

我讨厌他那副胜券在握的样子,似乎在说姜末你就认输吧。

我才不要认输。

"谁说我单恋了。"我拿起一个橘子,在手心里捂着,"他也爱过我的,就是后来不爱了而已。"

他没接我话,似乎认定我是个失败者,顿了顿开口说:"去放烟花吗?"

烟花?我这时候才突然想起来,今天除了是除夕,还是什么日子。

没记错的话,周晨告诉我,赵灵犀的生日就是除夕。他还告诉我,有一年赵灵犀生日,秦牧用攒了一年的钱,给她办了个烟花 party。

我忽然明白了他眼里的落寞来源于哪里,他来找我,难道没有一点点,赵灵犀的原因吗?

"我不喜欢烟花。"我认认真真地回绝他。

"哪有女孩不喜欢烟花的啊?我还真是不了解你呢。"他不解地说。

"你当然不了解我了。"我用力地捏了一下橘子,"你觉得要给我放烟花,庆祝别人生日我会开心咯?"

毕竟是秦牧,他多聪明,他从我的语气里,就听出了端倪。

"你……谁跟你说的?"

"说什么?"我装起傻来,"谁跟我说什么了?我该知道什么?"

他生气地看着我。

"你在胡说什么?"

"我只是觉得,我不想做第二个谁。不想和你去你和她去过的地方,不想和你做你和她做过的事,不想你对我说,你和她说过的话。"我知道我是无理取闹,但我知道我不是胡思乱想。

我妈听到动静出来，看我们俩绷着脸。

"这是怎么了？"

"阿姨，那我就先走了。"他站起来，笑了一下，"新年快乐。"

"姜未，快去送送。"我妈招呼我，"开车小心点啊。"

我们俩一前一后走在楼梯上，门口的炮仗声震耳欲聋，我差点一脚踩空，被他一把拉住。

"笨蛋。"黑暗里他的声音温柔了些，将我扶稳，手却没离开我的胳膊和腰。

黑暗里他目光如炬地看着我，声音微微沙哑。

"姜未。"

"嗯。"

"谢谢你。"

我抬起头，看着他，不解。

"难得有一次年夜饭，我吃得这么开心。"他伸出手来，捏了捏我的脸，"我觉得挺幸福的，就是觉得……这才是家。"

我一时之间不知该说什么，怔怔地看着他。

除夕夜，时间开始走得缓慢而温柔，黑暗的楼道里却能听到四邻走动的声音。

新年快乐成了人们的口头禅，无论是谁说出来，都让人愉悦。

"新年快乐。"我对面的男生说。

"你也是。"

"姜未，遇到你，我真的挺高兴。"他又说。

"我……也是。"我的声音轻轻的，忽然很想上前拥抱他，但这个念头刚起，我已经被他一把揽进怀里。

"给我点时间。让我证明给你看。"

"证明什么？"我在他怀里有些想哭，大概是节日气氛浓郁，适合煽情。

"证明我不会比他差，你也不会，比她差。"他拍了下我的背，"不喜欢烟花，我们就不放烟花，但是，有些事……"他抬起我的脸，慢慢地靠近。

2013年的最后一个吻，楼道口的窗户望出去，礼花绽放。

真美啊。

我真的喜欢烟花，我也喜欢，这个缠绵的，温柔的，给足我安慰的，吻。

新年快乐。

\ 我想你时

西风止 \

第十一章　后会无期

她的眼泪，就这样，流进了他的心里。

楔 子

我对面坐着的人,已经有长达十分钟的沉默了。他一直在搅动杯子里的咖啡。

我就不懂了,明明点的是杯黑咖啡,搅什么搅。

我看了一下手表,终于难以忍受地开腔了。

"程沧,你有什么就说吧。"

程沧约我见面。事实上,尽管之前还是有打过几次照面,但我早已将他的微信拉黑。

我说过,他和陆羽分手,我们便也不再是朋友,比起陆羽的相忘于江湖,我想我和程沧也将是老死不相往来。

我不知道他找我有什么事,但我肯定是有关陆羽的。

于是,我和他坐在公司附近的咖啡馆里,等待他的开口。

"陆羽最近好么?"

他总算开口了,我没猜错。

"挺好的。"不管怎样,我还是撒了个谎,"老季是个好人,你就放心吧。"

"你别骗我了。"他抬起头,"我知道她没跟老季在一起。"

我哑口无言,低头喝着饮料。

"你有什么事你就说吧。"

"我……"他看着我,张了张口,忽然苦笑了一下。

程沧望向窗外,他是什么时候变得这么沧桑的?

"姜未,我可能要结婚了。"

一 游玩

开春回来之后,公司倒是清净,沈宴珺忙着应酬没空理我。

接了几个单子,但沈宴珺很少把文案的工作分给我。

我有点想辞职,倒不是心里有多傲气,而是觉得待着没意思,怀揣着顶头上司的秘密,她随时都觉得我是个炸弹一样提防着,这几天听说程总的妻子觉出端倪,但不知第三者是何人,闹了好大一阵仗,还是沈宴珺给哄了过去。

这些都是听阿玟说的,我没敢八卦。心下只觉得沈宴珺了得,换我,我铁定做不到。

我想着,要不我还是走吧。

公司来了几个新人,大四的实习生,有个叫梅子的女生一个劲儿地喊我和阿玟姐姐。阿玟比我大两岁都有些受不了,托着腮抱怨觉得自己老了。我庆幸的是,梅子喊我叫未姐,如果喊姜姐,那该有多怪啊。

梅子在乡下长大,但长得眉清目秀,嘴巴也甜,人也淳朴,我倒是挺喜欢她的。

阿玟谈了个小男朋友,整天春风满面的,有一回正好小男朋友来公司看她,我喊上梅子一块请他们吃了个饭。阿玟长得不算漂亮,但男朋友长得还不错,也是眉清目秀的,结果一聊,跟梅子竟是老乡。

是在边上一家土家菜馆吃的饭,笋咸做得很够味儿,我多吃了几块,梅子喝了一点啤酒,脸红扑扑的,忽然开口说:"哎呀,阿玟姐,真羡慕你,你男朋友对你真好。"

阿玟一脸幸福地笑,撇头问我:"未未,你男朋友最近怎么见不着人呢?"

我皱眉:"他啊……很忙呢。"

秦牧升了职,听说拿到了甄芙的股份,开始参与集团里的事了。

"他啊。"我咪了口酒,"最近挺忙的。"

其实是怀着一份私心的,一来是心中还没有足够的底气,二来,总归他是甄芙的人,还是要避个嫌。

最近沈宴珺脾气暴躁,原因就是一个大案子被甄芙截了。其实同行竞争这是在所难免的,但我总觉得,不能再让沈宴珺给抓到任何把柄了。

几日后,梅子忽然递上一瓶笋咸,我吓了一大跳。

"那天看姐姐喜欢吃，刚好过年的时候我家里做了好多，立马让我妈给寄了瓶过来。"她一脸的笑。

我自然是感动，想着梅子根本没必要对我这么好，虽然她是分配给我的新人，但其实我跟她一样，只是个毫无话语权的实习生而已。

鹤童走之后，我倒是常常去看李念念。她还是一贯的坏脾气，但跟我毕竟亲近了不少。春天一到，很多冬日的烦恼就都散去了，因春日暖阳，心情自然也是变好了。

秦牧忙好的那一周，恰好是立春，他打电话给我，问我周末有什么安排。

我被他冷落了一个星期，自当有气。

"睡觉。"

"好啊，那我就陪你睡觉。"

"忙好了？"他腔调一开始耍流氓，我就知道他应当是没太大压力了。

"嗯，总觉得你摊上我这种男朋友，也是挺可怜的。怎么样，明天赏你了。"

"那我考虑考虑要不要给你这个机会，我也是很忙的。"

"就你们沈总给你小鞋穿成这样，你就算忙也是做无用功吧？"

我心里一惊："抢她单的事，不是你做的吧？"

"是啊，也不是什么大单，抢了我都有些后悔。"

"你……"好歹是发我工资的公司，他这么做，对我难道是好事儿？

"别气了，你就早点来我这吧。"

"我才不要。"我倔强地说，懒得跟他讲道理。

好不容易有个双休日，他也有空，谢天谢地。我想春光明媚，好歹做点有意义的事吧。灵光乍现，我决定让秦牧带我去游乐场。秦牧颇为鄙夷地问我多少岁了，却还是答应了。

周六天光不负人，天气好得要命，我精心打扮了一番，秦牧来接了我。

秦牧一看我扎着两个麻花辫，登时就笑了。

"装什么嫩？"

"我本来就嫩。"我瞪他，好歹是去游乐场，总要应个景嘛。

游乐场在郊区，周六人山人海。我们进去的时候，已经临近中午。

人群里有不少情侣，我和他挤在其中，也不牵手，我心里酸酸的。

总不好我主动去挽他吧。我也说不上来哪里不对劲，就是觉得，即便已经有过那样的亲密举动，我们之间还是有一股子疏离。

"喂，坐旋转木马吧。"我停在旋转木马前，打破沉默。

"那么幼稚，我才不坐。"他指着过山车，"坐那个吧，比较能体现我的男子气概。"

寥城游乐场的过山车其实并不算刺激，比起长隆的实在是小菜一碟，但长度倒是首屈一指。

　　秦牧上去的时候还一脸"小意思"，下来的时候已经是脸色惨白，蔫菜了。

　　"你没坐过山车啊？"我扶稳他，忍不住笑。

　　他看我一眼，欲言又止，然后猛地推开我，去一旁吐了起来。

　　等他吐好了，一抬头，看到自由落体，瞳孔放大，回过头来："那个……我不要玩这个了。"

　　"这怎么行。买了票，总不能就玩一个过山车吧。"

　　他摇摇晃晃地直起身子："我们坐旋转木马吧。"

　　"不是不显男子气概吗？"

　　"可笑。"他白我一眼，"我的男子气概，搁哪不都满格吗？岂会因为一个旋转木马而受影响……"

　　头顶的尖叫声阵阵，他看了一眼就一脸被吓到的样子，扯扯我的衣袖，示意我快走。

　　我噗嗤一笑，他也有今天？

　　新鞋打脚，走到鬼城的时候，我已感觉到自己的脚后跟磨破了，走两步就歪一下嘴。

　　前头走着的秦牧也不想想自己180的个子腿比我长多少，走路跟生风似的。

　　大概是游乐场太粉红了，搞得我有些少女心，我几度想要矫情地叫他。

　　"喂，背我。"

　　毕竟是我男朋友啊。可是，鼓足勇气后却如鲠在喉，只能咬牙挺着。

　　"你怎么走这么慢？"他终于回头，发现了我的异样，皱了下眉说，"你瘸了啊？"

　　我一瘸一拐走到他面前，倒吸一口冷气。

　　"鞋子磨脚……"

　　"我背你吧。"

　　"不用不用。"我立马摆手拒绝，心里骂道，姜未你这怂货。

　　"上来。"他却到我的前头，一把揪起我的胳膊，顺势轻松地将我背了起来。

　　我脸涨红着，只能勾住他的脖子。

　　"我会不会很重啊？"我下意识地问他。

　　"平时吃那么多，能不重吗？"他刺我一句，"对了，还没吃饭呢。我都有点饿了。"

　　"那个……进门的地方有家餐厅，其他都是路边摊了。"我指着回路。

　　他一路背着我往回走，我在他的背上，忽然有种莫名其妙的幸福感，真希望时间不要停，就这样吧，春光明媚，我伏在喜欢的人的背上，走到天荒地老。

可是这终究只是个愿望而已。

下午一点，秦牧接到了一个电话。

"我有点事，得先走了。"

我正吃着饭，忽然觉得心一沉，不是说，今天是属于我的吗？

"你呢？"他问我。

"那么多项目都没玩。"我赌气说，"我自己玩吧。你有事，你就去忙吧。"

他思忖了一下，站起来："行，你等我一下。"

他起身进了超市，手机却落在桌上，这个时候又响了起来。

我瞥了一眼，是赵子骐打来的。

我犹豫了一下，知道自己不该接，响了一会儿电话偃旗息鼓，一条短信跳进来。

"你过来的时候，帮我带点东西。"

我的心猛地一刺，想来，叫走他的人就是赵子骐吧。

我知道赵子骐也在甄芙上班，但再怎样……我还是心里酸溜溜的。真的是公事吗？答应我的周末，却因为赵子骐的一个电话，就撇下我走人？

嘴里的食物变得味同嚼蜡，秦牧这个时候走了回来，递给我一样东西。

我低头一看，是创可贴。

"贴上吧，你脚磨破了皮。那……我先走了。"

我忍住心里的不悦，假意潇洒，扯出一个有些做作的笑容来："快走吧快走吧。"

快点走，再不走，我快憋不住要奓毛了。

秦牧走后，我意兴阑珊地坐了一趟自由落体。

从高处猛地坠落的感觉真的不太好，独身一人在游乐场，也实在显得寂寞，我叹口气，觉得自己真是没用，脚又疼得厉害，正打算打道回府的时候，忽然碰到了周晨。

他正和一个时髦女郎站在一台娃娃机前，一转头，就看到了我。

"姜末？"

自上次龃龉之后，我对周晨有说不出来的防备，可他已经走上前来。

"你一个人？"

我假装淡定地撒谎，不想让自己看起来被人撇下那么可怜："我和同事一起来的，人多走散了，我打算先回去。"

"这个点。"他看了一眼表，"门口车也不多，我送你吧？"

"不用，真不用。"我往前一步，创可贴不知什么时候掉了，力道太大，扯到伤口，疼得我龇牙咧嘴。

"怎么了？"他上前一步扶住我。

我踩着后跟，半晌才说出一句。

"疼死我了。"

……

"你穿穿看这个合适么？"

周晨说下车给我买双拖鞋，谁能料得到他会给我买一双爱马仕的拖鞋啊。

我看着标志，惊得说不出话。

"这鞋多少钱……我给你。"

"不用不用。你跟我还客气什么？"周晨笑了笑，"快穿穿看吧。"

"不行！"我倔强地说，"我可不想欠着你的。"

"鞋子多少钱我是真不知道，我都是签单的。这样吧，你请我吃晚饭？"周晨开的是一辆保时捷敞篷跑车，我已经感受到无数路人侧目了，只想捂住自己的脸。

"好吧。"我只能答应下来。

二 试探

而与此同时，赵家大宅里，秦牧正和赵子骐发生激烈的争吵。

"你什么意思？"秦牧一脸的愤怒。

"我没什么意思。我只是想试试看，姐姐在你心里还有多少分量。"她笑着看着他，"果不其然……"

"所以……你说有她的消息，是假的？"他狠狠地盯着她。

赵子骐冷冷一笑："这倒不是，她今天的确给家里来了一个电话，说她可能要回国了。"

她是看到了秦牧脸上的变化的，秦牧慢慢退下去的怒火让她明白，这个消息对于秦牧来说，还是非常有效的，所以她试探性地问了一句：

"你打算怎么做？"

"什么……怎么做？"他迟疑地回应。

"你和姜未啊。本来就是玩玩，姐姐回来了，看到她，会生气的。"

秦牧的目光重新变得凛冽："赵子骐，你姐姐跟我已经一拍两散了，我今天赶过来，确实是好奇她到底在哪。这不关姜未的事。"

"是啊。你和姐姐之间,又岂是一个姜未可以破坏的!"她笑得一脸的天真无邪,"你们俩,是天生一对嘛。也是委屈了姜未,要做炮灰了。我倒是想看看,她到时候被你甩了……要怎么办呢。"

"你最好别招惹她。"秦牧冷冷地看着她说。

"怎么?你喜欢上她了?"赵子骐怀疑地看着他笑,暗暗嘀咕,"怎么可能……要是喜欢,你也不会一听到赵灵犀的名字,就撇下她来了。"

"忙好了吗?"我忍到临睡前,才给秦牧发了这样一条消息。

过了半个小时他才回我。

"忙好了。"

态度有些冷淡,我噘起嘴来,刚想要找什么话题跟他说,秦牧打电话来了,声音有些疲惫。

"姜未,今天,对不起了。"

"没事啊……"一听到他这样软言道歉,我心里原本的怒气,也就散得差不多了,"我玩得可开心了。我告诉你啊……有个项目特别好玩,叫什么来着,我怎么就想不起来了。"

"下次。下次陪你去坐。"

"好啊。就是不知道你这个大忙人,要什么时候才有空了。"

他迟疑了一下,语气沉重地:"对不起。"

"别啊……"一直跟我说对不起,让我都难过起来了,好像真的吃了大亏似的,于是逗他,"还坐过山车吗?"

"十次旋转木马抵过吧。"听得出话语里终于有了笑意,我这才放下心来。

"你还好吧?"

"嗯。"

"那你早点睡。"

"嗯……"

我正要挂掉电话,忽然他叫住我。

"等一下。"

"怎么了……"

那头迟疑了一下。

"我以后会做得更好一点。"

"嗯……"

"今天表现得太不男朋友了，我会做得更好一点。以后，我哪里做得不好，你直接说出来，好不好？"

"好。"

"不要憋着，要说出来。"

"好，我答应你。"

"你喜欢我也不要憋着，说出来。"他忽然来了这么一句，原本还心悬在嗓子眼的我，登时就笑场了。

"那你喜欢我吗？"

"喜欢。"他这一句斩钉截铁，倒是让我有些愣了，我的心暖融融的。

"那我……也喜欢你。"

三 结婚

早上我被刚出差回来的沈宴珺叫进了办公室，原本还以为又大难临头了，结果她一抬头说：

"姜未，你实习也有半年多了，我一直呢，想锻炼锻炼你……"

扯吧你就。

"想着，现在也可以给你转正了。文案这一块你做得还不错，我打算给你转正之后，再加点薪水，也算犒劳你了。"

什么……我迟疑地抬起头来看她，这个一直看我不爽的沈宴珺，葫芦里卖的什么药？

她这一趟出差，是去受佛祖的洗礼了吗？都像忽然换了一张脸似的，眼里眉梢都带着点异样。

但谁会跟钱过不去啊，我只能受宠若惊地说："谢谢宴珺姐。"

"那好，姜未，公司最近接了一个案子，你来负责吧。"她起身，指了一下桌上的资料，"橙天国际山庄在凉羽山已经落建半年了，最近他们推出了这个山庄，也是奇了怪了，本来这么大的项目我们是想都不敢想的，但他们的负责人忽然联系到我，说打算让我们来承办他们的发布酒会和山庄开业的宣传。"

这是好事儿啊，可是她满脸的变了味儿的钦佩，是什么情况？

"本来这案子落在我们头上，也没有太超过预期，毕竟除了甄芙，大多数广告公司也都水平相当。不过，对方指定要你来跟这个案子。"

"啊？"我当时一头雾水，问了一句，"为什么是我啊？'对方'是谁啊？"

"你倒还是挺会装的。"沈宴珺的目光变得清冷了一些，"周晨可是块好肉，你好好叼着。我倒是没想到，我手下果然出了一员猛将呢。"

周晨……我惊得合不上嘴。

我没想到，那天晚餐的闲聊之后，周晨，会给我这样大的"惊喜"。

他想干吗？

"姜末？姜末？"沈宴珺有些不满地将我唤回了魂，"晚上我就不打搅你们了，你去吧，地址在新开发区的那家咖啡馆。"话到此本该差不多了，结果，她又意味深长地加了一句，"听说，咖啡馆，他也是有股份的呢。"

"可是宴珺姐我……"

"经验不足"四个字还没出口，她的大门已合上，隐形写着"拍案定板"四个大字。

这个时候电话响起，我接起来。

"晚上票已经买好，饭后见？"

那天电话之后，秦牧倒是兑现了诺言，虽然不算黏腻，但比之前那神龙见首不见尾的态度要好太多了。我才想起跟他约了看电影的，立马说："晚上有工作，要不，你晚饭一块过来，我跟老季他们约了吃火锅……"

"我有个饭局。那你先忙吧。"

"那电影票能退不？多浪费啊。"我居然在心疼那两张电影票钱。

"给下属去看就好了。放心吧，不会浪费的。"他叹口气，"姜末，你能不能争气点？你男朋友好歹是个金领呢。"

我正要回击他，一抬头瞥见格子间里多了个人，梅子正喊我的名字，做着口型。

"这谁啊？"

"秦牧，我等一下回给你。"我挂掉电话，看着来人，"程沧，你有什么事？"

当程沧突然造访，告诉我他要结婚了这件事时，我以为我当时能够说出气壮山河的"你要结婚关我什么事关陆羽什么事，你结你的就好了"这种话。可事实上，我当时手有些发抖，我半晌才问了他一句：

"你……你确定？才多久啊！"

他没回答我这个问题。他们不过分手半年多，他和林简就要结婚？简直荒唐，除了荒唐之外，我还觉得荒凉。

我知道他跑来跟我说这些的原因，跟当初他和林简在一起如出一辙，他不敢，也不能跟陆羽说这些，他希望，我能够做那个传话筒。

该死的，做了那么多年电灯泡，我现在又要给你们做传话筒？

可是我真的说不出口。

跟陆羽他们约的火锅店并不远，我下班过去，他们俩已经在了，老季正嘻嘻哈哈地跟陆羽说着什么，逗得她大笑。

毕业以后，陆羽的变化是不小的，倒不是外貌，而是眼神。

我们总是不提程沧这茬。

可是我知道不提，不代表不在意，反倒是因为太在意了，提不得啊。

而老季呢？

老季以前虽然总把赵灵犀挂在嘴边，但事实上在恋爱上一点都没含糊。他毕竟是个小主唱，是个留着胡子喝烧酒有时候还扯几句诗的忧郁的文艺青年，虽算不上大帅哥，可从小在三姑六婆的环境下长大，这个家伙还是蛮懂女人心的。

并且他有非常好的耐心，不然我跟他估摸着也做不了那么多年的朋友。

于是多年来恋爱他几乎没断过，或者是酒吧的客人，或者是跑到学校来看我们的时候遇到的校友，还有他退学前的大学的学妹，女朋友对他来说也是"信手拈来"，我和陆羽都打趣说他是辣手摧花，他嘻嘻一笑，怎么了，我摧你们了吗？

但是，那些恋情都有个共同点：没有一个超过三个月的。

一次在餐厅里，陆羽嘟囔了一句"我想吃哈根达斯"时，老季忽然起身就跑去买。虽然一买两个球，我一个，陆羽一个，但明显他把大的那个留给陆羽了。

我不知道陆羽有没有看出，反正我挺心疼老季的。只能巴望着赶紧的，三个月快过去吧。我们重回原点，老季继续没心没肺，让我把这个秘密吞下去。

我朝着他们走去。

"哟，我们的 office lady（白领）来了！"老季耍宝地站起来，伸开双臂，陆羽歪着脑袋含情脉脉地看着我，忽然一拍桌子。

"姜末，你跟我还是不是朋友啊！这段日子谈恋爱了嘚瑟，约你都难约！"

"真不是。"我无奈地笑，"这不工作忙嘛。"

"老季。"趁着陆羽去拿饮料的间隙，我吐出一口长气，"那个我不知道该怎么跟陆羽说。"

老季正吃着一口丸子，抬眼问我："说啥？"

"程沧跟我说他要结婚了。"

我眼睁睁地看到了这句话的攻击力之大，老季瞳孔放大，咬牙切齿地拍了下桌子说："这才多久！他就要结婚！他上一段感情还尸骨未寒呢！"

这个时候，身后抱着可乐的陆羽脸色一白，她装作淡定地走过来，唇齿之间云淡风轻地问：

"谁？谁要结婚了？"

尽管我担心陆羽，但时间到了，我还是得去赴工作约。

她并没有多说什么，只是嗓音颤抖。

"结婚……挺快呀他。果然找到合适的一切就都很迅速哦？未未，你赶紧去啊，别担心我，这不，还有老季呢。我没伤心，你这种眼神啥意思啊？这么久的事了，你以为我谁啊？"

我知道她不喜欢别人把她看弱，于是我说，我当然知道你没事。那我走了。

走出来我给老季发了条短信。

"那啥，交给你了。"

过了很久老季才回我。

"放心。"

四 历练

咖啡馆里，坐着的西装男吸引了很多女孩儿的目光，正是周晨没错。

下午的时候我才特地百度了一下这个家伙，知道他跟酒字儿关系匪浅，父亲是做葡萄酒行业发家的，此后又沾染上酒吧、酒店，反正跟酒有点关系的，都离不了周家。他也是身份诸多，谁也弄不清哪个是他的主业。

他正优雅地端起咖啡，轻啜一口，抬眼看到我，微微一笑。

"你来了？"

"干吗找我做这个事？"我开门见山。我对他的眼神有些不自在，那种眼神侵略性太强了，温柔得很有目的。我对他本就有防备，口气硬硬的。

"我觉得你可以。"他笑着说，"秦牧不是还想挖你去帮他吗？"

"用挖字，太抬举我了吧。"我坐下来，"别那么看得起我，我只是个实习生而已啊。"

"喝什么？"

"黑咖吧。"我有些困，尤其是跟眼前这个家伙一块儿，我必须打足十二分精神。

"好。"他朝着吧台比了个手势，"一杯美式，再加一块巧克力吧。"

然后他回头，依旧是那个微笑："黑咖啡配巧克力，会没那么苦。"

"你到底……"在我想他到底想干吗的时候，他忽然从旁边掏出笔记本电脑。

"你放心吧。上次跟你说那些，你不想听，就当是我多嘴了。这次纯合作，我没有别的意思。"

"那也不该找我这个新人来做。"我没办法不质疑他。

"是，我是觉得抱歉，所以想跟你道个歉，给你这个案子。当然，如果你拒绝，我也不会强求。"

我犹豫了一下，看向他，有一份私心作祟，我鬼使神差地说："好。我接受你的道歉。"

没有这个案子，我在亦虎的确寸步难行，沈宴珺是铆足劲地想赶我走，我知道。周晨的这一招，倒真的是救我于水火之中。

"你看看这些资料。具体的事项，我们可以慢慢讨论。"

"哦，很多大概的资料我其实都整理了。"我拿出包里的一摞 A4 纸，下午新鲜百度出炉的，已经钉好了。

"百度上毕竟资料有限，你看下吧。未未，大概是初次见面给你的印象太差了。"他笑着说，"真的没有别的意思，我在广告业也没什么熟人，想着刚好你在广告公司，那不如就'成熟人之美'。"

我一面想谁跟你熟了，一面一脸感激地说："那太谢谢你了。不过我要是弄糟了该怎么办啊？我没有经验。"

"光凭你刚才那认真的样子，就觉得，没问题的。"他宽宏大量地笑了笑。

差不多一个小时的交流下来，感觉非常顺畅。

"那么，我回去会跟宴珺姐沟通一下，马上就着手做这个发布会。那我就先回去了。"

"我车停外面。我送你吧。"他起身，拿了桌上的外套，朝我笑了笑，"不会又像上次一样，不让我送你吧？"

上次？是我太冒失，不太礼貌了。于是我说，那行。

果不其然，周晨没有丝毫一点越矩的行为，甚至在我下车的时候，他还礼貌地说了一句：

"姜未，我们也算朋友吧？"

我犹豫了一下，毕竟拿人手短，但是周晨并不算什么十足的大坏蛋。

见我犹豫，他笑了笑说："哈哈哈哈，没事，你不把我当朋友，那更好了。"

什么意思？我没听懂。只见他彬彬有礼地笑了笑：

"别太累了。为了避嫌，我就不送你上楼了。"

不管怎样，这对我来说十足是件好事。就算周晨有坏心思，我想我留个心眼，抽身而退不成问题，不就是保持礼貌和疏离吗？何况，说不定人家真的只是一时想到我，济贫而已呢？我有种只要抓住这次机会，就能更上一层楼的感觉。夜晚是将幻觉夸大的神奇时间，我边走边哼着歌，越来越觉得自己充满了力量，我简直可以看到自己做成这单后何止转正，直接被提拔到中层，日后在广告界蹬着高跟鞋，带领亦虎走向国内一流水准，举着红酒杯在广告精英场上对着甄芙的秦牧说，你以为？

呵，你以为我是好招惹的……啊！

直到一个力道让我瞬间被摁在墙上，我脑子里的所有玛丽苏梦幻情节悉数跑光。黑暗之中，有人温热的手掌一把握住我的胳膊，狠狠摁住。

从梦幻到现实用了三秒钟，我下意识用了全身的力气，一个巴掌挥在来人的脸上。

啪。

楼道的感应灯真该叫巴掌灯，脚步声蹬不亮，倒是这个巴掌，让它突然亮起。

面前的秦牧，似笑非笑地看着我，一只手，捂住自己的脸。

"自我保护能力还是不错的嘛。"

"是……是你……"我有些吃惊。

"不然你以为是谁？"他眼里有怒气。

"对不起。打疼你了？"

"就是因为他放我鸽子？"秦牧重新摁住我的肩膀。

我本来想解释一下是因为工作的事的，但凭什么他能随便放我鸽子我就不可以了？按道理来说，到底还是他在追我呢，我那早就痊愈的公主病登时就又复发了。

"是啊，怎么的了？"

"你！"秦牧恼火地咬牙切齿，"姜未，几天不见，你脾气渐长啊。"

"松开我，你弄疼我了。"我挣扎了一下，"周晨给了亦虎一个单子，沈宴珺派我跟进。"

我没说，是周晨指明找我的，就是怕他误会了。

怎料，秦牧何等聪明啊，一下子就会了意，他松开我，一脸的不屑。

"你到底摊上什么上司？一天到晚就知道把下属给卖了！"

什么叫卖？这不屑让我也恼火起来了，我也瞪他："怎么？难道我该抛弃工作？周晨好歹是我大客户呢！"

"大客户"三个字语气加重，不由自主。

"也对，他的大腿比我粗壮得多，在你眼里，我不过是靠着父亲的关系在一个广告公司里谋一份职的蛀虫，他不一样啊，他是个成功的商人。"他冷哼了一声，"这个家伙也真是厉害，为了泡妞居然这么不择手段，项目随便就给，败家子儿。"

"不过是一个山庄发布会而已，哪个广告公司都搞得定吧？你凭什么就这么说人家。何况，我有什么好图的。满大街漂亮姑娘他不献媚，非得……"我气急败坏地说。

怎么回事？这两个家伙互相说着彼此的坏话，让我做夹心饼干了？怎么都有种分手后过河拆桥的恋人感呢！我倒是对他们的"龃龉"十分感兴趣了呢！

"可能你觉得自己没什么好图的，人家不一定这么想。"秦牧道。

"这世界哪有你想的那么复杂啊。"我白他一眼。

"这世界就是比你想的复杂！你觉得周晨在广告界会没人？这种话你都信？"

我顿时哑口无言。

"好，就算周晨如你所说，是想'泡'我，那他到底图我什么呢？"

"图你好看啊！还能怎样啊！"他终于火大，一把揪住我的胳膊，"你也回去照照镜子，看看要是你长得跟如花似的，看他搭理你不！"

"唔……那你也是图我好看吗？"

难得他夸我好看，竟是吵翻了天的情况下。

那家伙忽然噗嗤一声笑了出来，一脸的无可奈何，他的语气总算软了下来：

"进屋说吧。"

"不要。楼下咖啡馆说吧。"我径直朝楼下走。

"姜未。"他在后头硬邦邦地叫我的名字，拽住我的胳膊，"我在吃醋，你懂吗？我在担心你。"

楼道的灯又暗了，静悄悄的夜晚，秦牧轻柔地将我揽入怀中。

我挣扎了一下。

他将他的下巴顶在我的脑袋上，我闻到了一股幽暗的古龙水香味。

"你一定要接？"

"嗯。"我点点头。

"哎……我是担心你，你那么笨，怕你吃亏。不管怎样，周晨那家伙，要是为难你的话，你一定要告诉我。知道没有？案子你非要做，我不拦你，但是你搞定这件事之后，就跟他保持距离。还有，如果他跟你说了什么，你不要信。"

他的怀抱太过温暖，我放肆地用鼻翼蹭了蹭，真好闻啊。我真的很高兴，他说，我在吃醋。于是我瓮声瓮气地在他怀里说:"你别太担心我,我小时候算过命的,算命大师说我会碰到贵人的……真的,你不用太担心我。"

"不,就算你这个笨蛋能碰到什么贵人,那个贵人,也肯定是我。"

他低头吻了吻我的额头,幽幽地说了一句:"我好像,比之前更喜欢你了一点。"

五 结束

那天晚上,程沧坐在屋里的时候,忽然听到窗户一阵巨响,玻璃碎地。

他跑到窗前,看到楼下有个醉醺醺的女孩儿边哭边喊:"程沧,我操你大爷!"

他突然觉得自己那颗原本以为坚硬的心,被一颗子弹打穿,那些被有意强迫封存起来的过去泪泪流出。

还有他以为,不可能会再落的眼泪。他整个人猛烈地发抖,他憋足了劲儿不让自己哭出声,然后他站起来,无法自控地朝楼下跑去。

他住在四楼,跌跌撞撞地跑下去的时候,楼下哪里还有人。

他颓唐地站在那,捡起一块石头,往自己家的窗户砸。

玻璃又碎了一点。

咣当。

他低声骂了一句。

"程沧,我操你大爷。"

老季连拖带拽地带走了陆羽。

她没有再哭,她忽然说:"老季,我走不动了。我真的走不动了。"

老季说:"那我背你啊。"

那个哭得软绵绵的家伙就这样整个人栽在他的背上,醉醺醺地说着:"好啊,你背我,你背我回家,我真的累了,我走不动了。一切都结束了。我真的太累了。"

她还挺重的,他起身,背着她朝前走去。

其实路上有很多辆空车停下来,他都摇摇头示意他们走吧。

他听到她在身后,轻声地唱:

"有多少爱可以重来,

"有多少人值得等待,

"当爱情已经桑田沧海,

"是否还有勇气去爱?"

他听过太多情歌了,也唱过太多情歌了,其实说实话,作为一个玩音乐的业余歌手,他自己都觉得情感有些冰冻了,但是那一刻,五音不太全的陆羽唱到了他的心里,他忽然觉得心也跟着疼起来。

她的眼泪,就这样,流进了他的心里。

\我想你时

西风止\

第十二章　情非得已

人生哪有那么多新鲜，旧梦，就足够人尝尽了苦头。

楔子

人生哪有那么多新鲜，旧梦，就足够人尝尽了苦头。

一 取暖

转正之后，梅子表现得特别开心，非要请我一顿"升职宴"，当然不能是她请，于是我没辙，不过也没叫别的同事，只叫了阿玟。我不想表现得太过，不就是转正吗？

阿玟自然允约，跟我说"恭喜"。梅子却凑过小脑袋瓜子说："就我们仨吗？未姐你男朋友不来吗？会不会人少了一点儿？玟姐，不如你叫上你们家那口子？"

阿玟想了想说："好啊。"

也是我大意，没留意梅子当时的眼神，她看阿玟的男朋友的眼神，太有侵略性。

这枚定时炸弹，就在这个时候，开始倒计时了。

至于周晨，他并没有过度热络的举动，让我也稍稍放心。或许不过真如他所说，成熟人之美。

但我心里自是怪怪的，毕竟，他和秦牧有过那样大的龃龉。

可是，过去了，跟我又有什么关系。我能做的就是把自己眼下的工作做好，完美谢幕，从此，对周晨这个人，敬而远之。

但事实上，有个词儿叫想得美，形容我这个时候的状态太合适不过了。

我之前做过的几个文案，大多都是些实物，婴儿车花茶之类的，发布会，是第一次接。

毫无经验，无从下手的我就这样盯着PPT坐了一个又一个下午。

我的脑子里想法太多，恨不能把自己知道的，想到的，全部都写上去。

我跟很多现代的青年一样有一种病，叫作白天不懂夜的黑，说白了就是白天简直没办法干活，拖到半夜才能"灵感迸发"。事实上我知道，什么灵感啊，根本就是知道再不弄完就要完蛋。在强迫自己熬夜作业几天之后，我终于把初稿弄完。上交时，还有些沾沾自喜。

我真是，没睡醒。

上交提案的第一个下午，我正悠闲自得地午睡，忽然听到一阵猛烈的摔门声。猛一抬头，沈宴珺就气势汹汹到了我面前。

"姜末，你这案子就这么做？"沈宴珺将我打印好的提案摔在桌上，"你到底知不知道什么叫因人而异、因地制宜啊？敷衍！"

我诚惶诚恐，不知道自己做错了什么。

"姜末。"她叹口气，"这可不是小甜心那个案子，根本是两码事，你照搬照抄是怎么回事？这种发布会，你不是该计较'利润和得失'这种事儿的，这群人都是金主，会在乎你用的材料是什么吗？做出这种穷酸的预算你是想干吗呢？把橙天国际也拉下水上不得台面吗？你知道橙天国际有多厚的本吗？你给我记着两个字，奢华！奢华！奢华！重做！不会做的话，就叫周晨带你出席一些有钱人的场合，你也做回刘姥姥，长长见识！"

我被骂得狗血淋头，坐回位置，心情说不出的差。

尤其听到她闭门前嘀咕的一句："现在的有钱人也不知什么情况，竟喜欢找灰姑娘。"

我并不是第一次做提案，但的的确确沈宴珺说得没错，这是两个完全不同的案子，何况，我反省了一下自己，的确没有太过努力，整个案子，做得漫不经心。

一会儿，她发过来一个视频，是几年前橙天国际的一个上市会。

梅子这个时候递过来一杯咖啡："没事儿吧？"

她作为我组里的成员，自然也是忧心。我没带好头，不忍心给她压力。

于是摇摇头，点开视频。

那是另外一个世界，跟我一点关系都没有的一个世界。

金碧辉煌，奢靡高端。

强压之下，我一向鲜少生病的身子，有些扛不住。低血糖，站起来就晕。若是平时，睡一觉就好了，可眼下时间是最宝贵的，我只能去医院，带着笔记本，一边看资料，一边挂葡萄糖。

分秒必争，我却使不上力。

"姜末？"

抬头看到秦牧在的时候，我倒是惊了一下。他一脸责怪。

"你怎么了？生病了也不告诉我？"

"你怎么在这？"

"我爷爷之前在这个医院,年前他不是出院了嘛。定期复诊,我来拿资料。"他蹲下来,"你怎么了?"他伸出手来摸摸我的脑袋,"发烧了?"

"低血糖。"我皱了下眉头,"没事的。"

"怎么就低血糖了呢?"他的眼神里有责备,"就橙天的事把你折腾的?"

我点点头。

"你能让医生过来一下吗?再帮我拨快一点。"我指指手上的吊针,"有这个在,我不方便打字。"

"干吗这么着急?"他眉头微蹙,表示疑惑,"你都进医院了啊小姐。"

"马上就得交案子了,我请了两天假。得赶紧回去弄。"我叹了口气,"我还是一头雾水。晚上家里停电了,我水电费也还没去缴,打算去24小时的咖啡店弄出来。"

"你是怎么把日子过成这样的?"他满脸的"你怎么会是这种人啊"的嫌弃,大概是看我可怜,他倒是没像往常一样落井下石,我现在可没有力气对付一个锋利的秦牧。

"我都不知道怎么办。"我终于难以自持,表情垮下来,简单地跟他说了一下我的处境。

"哟,这么可怜。"他终于又笑了起来,表情温柔,"要不要我帮你?你把东西给我看看?"

"喂!这可是机密文件。"我嘴上是这么说,其实内心里明白,这种被否掉的初稿,我不愿给秦牧看,更多的还是怕他笑话我吧。

"你要是相信我,就发过来。指不定是沈宴珺瞎,没看出来好呢。亦虎毕竟也没见过什么大世面。"他话虽刻薄,但倒是实在。他拍拍我挂着点滴的手。

"别想那么多了,先把点滴挂完。我陪着你。"

大概是倒春寒,夜里还是极冷的,尤其是冰冷的液体流进身体是一件难熬的事,我打了个寒战。

一般这种情形下,男主角不都该脱下衣服来给女主角穿上吗?

我看了他一眼,才意识到浪漫毕竟还是要分场合的,他穿着一件薄薄的线衫,怎么不见冷?

"你不冷吗?"我问他。

"不冷。"他戳了戳里头,"我穿了秋裤和保暖内衣,哪像你们这些女的……咦……你冷?"

他总算反应过来了啊,但是我总不能让他把保暖内衣脱给我吧。

"我的羽绒服搁车里了。我去拿吧。"

我看了一眼吊瓶,也就是半个小时的事了,对正准备起身的秦牧摇摇头:"不要去啦。"

可能是因为有气无力，这句话有些撒娇恳求的意味儿，我意识到自己脸红了，嗫嚅着说："马上就好了。"

他重新坐回来，忽然说："坐过来一点。"

嗯？我侧头看他，忽见他将手臂伸过来，一把揽住我的肩膀，将我紧紧箍住。

"你干吗……"突如其来的亲密让我有些不适应，脸更红了一些。

秦牧将头靠近我，将我环在臂弯当中。

"取暖啊。"

他笑了笑，靠近我的眉眼里的温存让我心生涟漪。

我肆意地靠在他的怀里，脑子里一片空白，却觉得，很开心。

二 温柔

"你不该先吃点东西？"挂完点滴已经不早了，我催着秦牧往外头走，他诧异地问我。

"不吃不吃！去咖啡店随便吃一点就好了。"

"姜末，我该问一下医生。"他板起脸来，像看怪物一样看着我，"刚给你打的，难不成是鸡血？"

他又开始挤对我，我倒巴不得自己还是气若游丝的，他还能温柔一点。

咖啡店里倒是温暖，我打开笔记本将自己做的方案给他看。

"说句实话，写得是有够差的。"他倒是毫不留情，瞬间把我仅剩的希望秒杀。

"那我该怎么办嘛。"我沮丧地说。

"你喜欢这行吗？"他忽然问了一句。

"广告？"我愣了一下，"现在的广告都是些精致的垃圾。真正的好广告并不多，大多是靠着品牌死撑着，要靠广告把一个普通的东西打响，真的是很难。说说虚话，难道不是必须的吗？不都是交个差而已吗，至于付出生命的热忱吗？"这些话其实违背我的初衷，我开始不是也想要向所有人证明，我是一支潜力股吗？

"我说的，并非是对产品的热爱。但起码你得尊重广告业，而不是你口中的'交差'。专业，热爱，是缺一不可的。"他忽然转了严肃的脸来，让我想起阿玟描述中的传说中的秦总，"你空有点专业知识，毫无热情，我倒是看错了，你还不如辞职去写小说吧，比较符合你的性子。"

他话虽刻薄，却句句在理，我一时也不知怎么反驳，整个人陷进沙发里，一脸的不高兴。

"起来，姜未。你还是有灵气的。"他一把将我拽起来，"打起十二分精神。虽然我挺反感周晨这个人的，但生意归生意，你还是得好好做。"

然后他打开笔记本，指着屏幕上此刻在我眼里已经是狗屁的文案。

"方案你不需要全部推倒重来，很多东西都是可以用的，只要把价格提一下就够了。"

"但是，你这个方案最大的问题是缺乏内核，你铺天盖地地想要表达的东西太多，恨不得把自己知道的全部倾囊相授，反倒显得不太真诚。

"姜未啊，这是不对的。

"这跟你过哪种生活毫无关系。其实广告这种东西和锦衣玉食的生活是一样的，都是往自己身上贴金。

"本质上，都没差。

"做方案，跟做人一样，应当张弛有度。

"有些东西我不能替你做，你必须自己开窍，我只能说，抓住内核，你先弄清楚发布会要向来的人呈现什么，你抓住了，一切就都顺理成章了。"

"我该去跟周晨了解一下他的理念吧。"我想了想说。

"不许。"秦牧的脸一黑，"他能有啥理念。要不我告诉你……"

"嘘。"我竖起一根食指，"那就不是我的方案了，你已经告诉了我方向，就够了。谢谢你。"

他看着我，笑了笑。

"这么要强我倒是挺喜欢，这么客气，就让我有些讨厌了。"

秦牧做事认真起来的样子，跟平时判若两人，我竟有些像青春小说里写的那种，听学长讲课无心做习题的学渣妹子，光顾着看他的聪明严肃样儿了。

"这么看着我干吗？"

"没，就是觉得，你好像被什么东西上身了……对了，你又不是亦虎的人，干吗这么帮我……"

"这不是帮助你成为更好的人吗？到时候履历太难看，进甄芙人家还说你走后门。"他笑着看我。

"好了，我其实是想你快点完工，能早点空下来陪我吃饭，行不行？"

"我没多大信心。"我嘟起嘴来，"我觉得我马上就要被开除了。"

"别闹。姜未。赶紧的，先把方案大纲弄出来，接下来，只要填空就可以了。"他说，

"你在这角落弄，我点一些喝的。你饿不饿？"

"我不饿。"我哪有心思吃饭，满心扑向工作，"你现在别跟我说话了啦。"

秦牧在身后叹了口气："哎，找了个什么妞儿，过河拆桥。"

此刻已是凌晨一点，思路被打通之后，做事果然顺畅太多。

天都蒙蒙亮了，我才发现坐在另外一边的秦牧已经睡着。

我都有些不忍心叫他。

"秦牧？"我叫他的名字，"我写好了。"

他抬起惺忪的睡眼，揉了一揉，有种小男孩的委屈神情。

"哦，写好了啊。"他伸了个懒腰，忽然豁开嘴笑道，"那小姐你能赏脸跟我吃个早饭吗？我快饿死了，昨天没吃晚饭，结果后来到了那个点，厨师也下班了。"他指着前面一盘狼藉的沙拉，"结果我就吃了一盘草。"

"好，我去洗把脸。"

我走到洗手间，看到镜子里的自己熬夜后的憔悴样，心想糟糕。猛拍水让自己清醒一点。

结果该死的是，眼睛进水，我猛地一揉……

于是将日抛隐形眼镜洗掉了，我五百多度的近视，摘掉眼镜简直跟瞎了一样，迟迟疑疑地出门，洗手间外的秦牧看着我，奇怪地问："你干吗这么温柔？"

咦？我看不清人的样子，很温柔吗？

我指指眼睛。

"隐形眼镜掉了。"

"过来。"他忽然拉住我的手，"我牵着你。"

那是一个蒸汽氤氲的黎明，我被一双温暖的手牵着，走过黎明的街道，闻到了不知名的花香。

秦牧头一次那样温柔。

他说："好了，要过马路了。"

其实我没那么瞎，我只是看不清而已，但我不得不说，我很喜欢这种感觉，就好像一个迷路的人，突然找到了方向。

我紧紧地攥住他的手。

那一刻我的脑子里一片空白，大概是太困了吧。

我可以不想赵灵犀，可以不想曾困扰我的一切。

我几乎差一点就说，我们在一起吧。

他回过头来，冲我笑的那一刻，在模糊的世界里，我好像看到了一束光。

过去的终究过去了吧。他……是不是也一样呢?

我并不知道，马路那头一个穿着红色羽绒服，刚从酒吧出来，脸上妆容仍旧精致的女生正冷冷地看着马路这头的我们。

我们都不知道。

此刻赵子骐冷冷地一笑，她从包里摸到了打火机，点了一支烟。

话说，抽烟这件事，还是赵灵犀教她的呢。那个该死的丫头。她总是没来由地想起赵灵犀来，尽管自己已经八年没有见到她了。可哪怕这么多年过去，她却觉得自己还活在那个比自己大一岁的堂姐的阴影里。

她曾为这种阴影叫苦不迭，可是她已经习惯了，突然有人闯进了这片阴影，她如临大敌。

她猛抽了一口，黎明在寥城的南边一点点地扩散。她拿出手机，拨了一个也算烂熟于心的电话号码。

那头接起来，就知道他没睡。

"怎么，想我了?"

周晨的语气依旧是让自己有些气急败坏的轻佻，赵子骐有片刻的失神，她顿了一下，继续说:

"知道我刚看到谁了?……秦牧和你那个未未了。周晨，要不，我们做个交易怎么样?我帮你搞掂她?"

"哟，不愧曾是我的女人。"周晨大笑。

"滚吧。"赵子骐啐了一口，"不过我倒挺想知道，这个姜未，到底有哪里好?"

"呵。"周晨在那头冷笑了一下，"秦牧看上的人，我都觉得挺好的。"

她挂掉电话，站在风中的身子有些微微发抖。

为什么，这些她爱上过的人，都不爱她。以前是赵灵犀，她不得不承认赵灵犀永远比自己光彩动人，可是，如今竟是姜未。

呵，她到底哪里比不上?

三 真相

幸亏那瓶葡萄糖,加上还算年轻,刚好周末,我睡到下午,起来以后又是女汉子一条。

秦牧说得没错,不能这样子瞎转,还是要找准方向。

我立马给周晨打了电话。

"请问,酒庄现在对外开放吗?我能不能……"

那头的人似乎很讶异我会打这个电话,温柔地说:"当然可以,恰好我今天晚上有个私人酒会,你要不要一起过来?"

山庄在寥城城郊的凉羽山上。寥城本就是多山的城市,山庄其实也不少,但凉羽山是最好的观景点。因为交通不够便利,我奢侈地打车上山,一圈树木围绕,呈现在面前的是一座半欧式的古堡建筑,设计清朗,并没有想象中的酒池肉林之感。

我没告诉周晨我已经到了,而是打算自己偷偷摸摸围观一下。

大概是因为尚未开放,门口不过守着一个打盹儿的老人,我轻而易举地钻了进去。

我发现,山庄周围有不少酒瓶的设计,我想,我得进入山庄里头看一看。

听说橙品山庄是会员制,因此面积并不算大,之前看资料,里头配有游泳池和高端棋牌室、美容馆、桑拿房,差不多就是一个俱乐部。我拿着手机四处拍着,没有什么头绪,总要抓住点特别的东西吧。橙品除了奢华,跟别的俱乐部有什么区别?

恰巧后门虚掩着,刚好有个穿着服务生服饰的女孩从里头走了出来,趁她不备,我悄悄溜了进去。

因是古堡的风格,后门竟是通往地下室的,我闻到一股酒香,在逼仄的空间里尤为浓郁。

我顺着楼梯下去,眼前的景致让人吃惊。

这是一个巨大的酒窖,一排排架子上摆放着各色酒瓶,种类繁多,落地的是几只巨大的酒缸,酒香应当就是这几只酒缸里发出来的。

这时候听到人声,我猛地一怔,作为一个不速之客,我一时不知该如何解释自己闯进人家的"后花园"。

"新来的酿酒师傅功力其实一般,这酒香归香,但味道一般,且酒量不足,毫无后劲。"是周晨的声音。

"现在的人懂什么酒?多运一些拉菲过来不就行了?你看你,山庄也没必要搞得跟酒窖子似的,生怕人家不知道你们家是靠葡萄酒发家的?"

"这你就不懂了,现在的人,空了就小酌几杯,现在这么多山庄,说是说休闲放松,但有几个真的能做到放下架子?"

"哈哈,也是,所以周总你也是有想法,咱们里头还安排个脱衣舞俱乐部……"

咦……偷听的我忍不住皱眉,资料里可没说这个。

"总之,酒是个好东西。它可以让人忘记身份,彻底放松,也可以让人原形毕露,丑陋不堪。"

哦,我忽然懂了,醉生梦死。

在这个新物种爆发的黄金时代,这个给创业者给大咖们办的酒庄,不对那些芸芸众生开放,事实上,就是为了给这些忙碌的金钱权益上的"上等人"一个醉生梦死的夜晚。

这个山庄,酒,不是核心,醉生梦死,才是核心。

而所谓的高大上,不过是金钱和价位包装上的。

我正思忖着,不留神手肘就碰到了旁边的葡萄酒架,发出的声响让我吓了一跳,反倒是坏了事地往后一退,身后的酒架摇摇晃晃,一瓶酒咣当一声碎在我的脚边。

"哎!"那说话的其中一个人,立马奔过来,"这谁啊!这可是80年代的葡萄酒!"

我惊慌失措,一时不知该说什么,周晨看到我,露出了笑容。

"你来了怎么不说一声呢?"他一边示意身边那个心疼酒的合伙人不要大惊小怪,一边安慰不知该如何是好的我,"没事的。酒多得是,让人来清理一下。我带你参观一下?"

我头顶一条黑线,真是成事不足败事有余。

"那酒很贵吧?"我过意不去,"我赔得起吗?"

走在前头的周晨回过头来,迟疑地看着我。

"我的意思是,赔得起我就赔,赔不起,我就跑。"我厚颜无耻地解释说。

"哈哈哈哈哈哈,真是可爱。"他眯起眼来看我,"看你都到了酒窖,想来外围已经看得差不多了,怎么样,带你去会员室看看。"

"我倒对脱衣舞俱乐部挺感兴趣。好看吗?"我跟上他。

"怎么不好看,活色生香得很。"

外界传闻周晨会玩儿,还真不是虚的,我了然地抿了抿嘴。

"你们山庄竟然还自己酿酒啊?资料里倒没说。"

"我家世代是做酒的,从祖爷爷辈开始酿酒,到现在,也有近百年的历史了。"周晨说,"虽然后来是葡萄酒生意起来的,但不能忘本。"他笑盈盈地说。

"听说你们这的会员资格审核比高尔夫俱乐部还要严?"

"会员资格审核是有点严,不过也还好啦。"

"有钱人可真是好啊。"我由衷地说。

"这……还不简单?"他笑着说,"不过你找秦牧,似乎……"

"嗯?"

我想周晨是误会了我的意思,不过我不介意他继续说下去。

"你难道不知道,秦牧欠了很大一笔债吗?他老爸是有钱,但是跟他,是没有任何关系的。你不知道他们几年前就断绝关系了吗?"

我只知道秦牧和父亲的关系严峻,但已经到这种地步了吗?

看我皱起眉头来,周晨眯了眯眼:"果然……你对秦牧,还真是不了解啊。"

"你觉得我看上的是他富二代的身份?"

"我并没有别的意思。只是觉得,如果你想过某种生活,选秦牧,可能错了。"

呵,我冷冷一笑。

"姜未,我只是想告诉你。秦牧远比你想象中要复杂,他对赵灵犀的感情也比你想象中要深很多。虽然他们俩是分手了,但当年的事,后遗症还是很厉害的。你是不知道当年发生了什么……他们……"

"周总。"我打断了他,"我知道你对秦牧有意见,但过去的事就是过去了,您揪着不放,我却不想去计较那么多。如果你非觉得我会幼稚到因为你说的这些'陈年旧事'而跟秦牧闹翻,那你就错了。我挺喜欢秦牧的,我相信他也是认真地跟我交往。至于你说的这些,如果我太过计较,只会证明自己没能耐,没自信。毕竟我是相信我男朋友的。"我故意加重了"我男朋友"这几个字,礼貌却锋利地跟他拉开距离,"我们还是谈工作吧。"

秦牧之前跟我说的那句"不管周晨跟你说什么,都不要信",在此刻,让我心中五味杂陈。

到底是因为,他说的是实话,还是……周晨的话确实不能信?但再怎样,我想,我宁可秦牧自己告诉我。

有谁说过,不要有任何的偏见,我怎么会不好奇,只是我知道,每个人都有自己的版本,从周晨口中说出的,不一定是真相。

周晨饶有兴致地看着我:"姜未,你蛮有个性的。"

"不过是性格而已。"我朝他笑了笑,"不过我还是想要问清楚一点,你找我接你的案子，到底跟秦牧有关系吗？"

"没有关系，只是因为，我特别喜欢你。"周晨露出白森森的牙，像看猎物一样看着我。

我心头一凛，也笑着说："我也挺喜欢我自己的，希望不辜负你的厚望。"

呵，周晨，你也选错猎物了。

走出地窖，阳光扑面而来，我深吸一口气，听到周晨跟我说：

"不如你去问一下秦牧，他为什么会在甄芙，以及，他爸爸和他，为什么会断绝父子关系吧。"

尽管周晨让我心生不悦，但工作是工作，我知道沈宴珺看我不爽，我必须抓住这个机会，哪怕是借周晨醉翁之意不在酒的光，也要努力一博。

我尽力不去想"他们"的陈年旧事，谁还没几个故事呢？对前女友念念不忘，也证明了秦牧是个重情重义之人，我努力这样说服自己，可怎么都觉得矛盾。

那之后，一切都还算顺利。四天四夜，我几乎没怎么睡，整个人紧绷，终于在周一前将方案整了出来。

那天早上我踌躇满志地跑去敲沈宴珺的门。

"宴珺姐，我方案发你邮箱了，你有没有看？"

"哦。"她低垂的眼睑抬都没抬一下，脸上也没有任何变化，"方案我外包找了老刘做，跟周晨那边也说过了。毕竟他是老前辈了。"

我傻了眼："可是我……我按时交了啊。何况，之前周晨不是说，要我跟进，让用我的方案的吗？"

"我知道你按时交了。"她有些不耐烦地说，"现在很忙你看不到吗？你功利心不要那么强，你方案就算写了，也不一定能用。别跟我提周晨，虽然是他的公司，但也不能这么瞎胡闹，毕竟亦虎是要名声的。你出去吧。"

"宴珺姐，不如你看一下我做的这个方案……我……"但我还是觉得不甘心，恳求道。

"不必了。我已经安排下去了，就按那个方案来做。"她指了指桌上的文件，"这些是要落实的，你也放了两天假，别再松懈了，接下来可是跟打仗一样。"

我咬住下唇，愣是把委屈咽了回去，沈宴珺的话筒直像是一头冷水浇在我的头顶。

我该感谢她吗？感谢她为我铺好了路，感谢她觉得我一定会失败。

"好，宴珺姐。"

"对了。"她忽然叫住我，"晚上橙天邀我们这边的人去参加酒会，就在他们的酒庄，是私人宴会，你代表我去一下。记得，穿礼服。"

"我?"我指着自己,"我没有礼服。"

她翻了个白眼:"那你去楼下干洗店取一下我的那条华伦天奴的裙子吧。可别弄坏了。"

我讪讪地转身,觉得浑身都没有力气,怀里抱着的方案沉重不已。

就像你用心地孵出了一个蛋,结果人家告诉你里头是个死胎。

其实我知道,在广告公司这种无用功是常有的事,但知道归知道,真的落到自己头上,所有努力付诸东流,还是会让人觉得丧气和悲伤。

四 缘分

那次发布会,还算成功吧。只是我异想天开地想,如果用我的方案,那该多好啊。心里当然还是有遗憾。

结束以后,周晨好几次约我吃饭,我都给推了。有天他突然跑到我公司找我,拎着一个LV的袋子,笑着说:"我托人从巴黎带的,你看看喜欢不喜欢。"

我摆手不要:"无功不受禄。"

"这不发布会,都麻烦你了。"

我皱眉,方案都不是我写的,但又不能说,只能客气地说:"分内的事,真不要。"

"不喜欢奢侈品?"他好奇地问。

"喜欢啊。"我坦言,"但是我知道我的经济水平,我拎着这个包,穿着H&M100多块钱的裤子也不合适。我这个人吧,特别在意搭配。"我开口全是胡说八道,"我就会想着,得买点配的啊!衣服一件,裤子一件,鞋也不能便宜啊!那我哪受得起。"

"那我一套给你备齐。"他笑了笑。

"你怎么不说你做我爹,让我当个富二代呢。"我翻了个白眼。

"那你可以做我女朋友啊。"周晨忽然来了一句,"拿着吧。"

我愣了一下,将那个包推回去给他:"我真的不能要。我上去了,还上班时间呢。"

他只好收回去,笑容依旧熨帖:"你跟她可真像,性格也是。"

我愣了一下。

他接着说:"也算是缘分吧?"

"不过……只是像而已,毕竟大家都是一个鼻子两只眼睛。既不同人,也不同缘分。"

我笑了笑，给了他一个背影。

他又叫我："姜末，你问过秦牧了吗？"

我没有问秦牧，我开不了口，我知道秦牧对我有所保留，但我自以为是地认为那是保护我的一种方式，他不愿意分享那些不开心的事，难道不是为我好吗？免我忧虑，免我麻烦，免我顾忌太多，免我吃太多的醋。

我只能这样想，可是，困扰的毛球却越卷越大。

秦牧和他父亲决裂的事，跟赵灵犀有关吗？

正想着，梅子忽然叫我。

"未未姐，门口有个老人家找你。"

我走出门，一个满头银发的老人站在面前。

患有深度脸盲症的我觉得他有些眼熟，可是却想不起来了，迟疑地问："您是？"

"还记得我吗？"他转过头来，微微眯起眼，一脸的慈祥。

"噢……"我回忆了一下，恍然大悟，"您是……您身体好些了吗？我就说吧。"

"呵，最近身体还不错，没偷跑出来，跟医生请了假。我想着下次我再进医院可能就出不来了，就想着，过来看看你。"

"呸呸呸。"我说，"爷爷少说些不吉利的话。怎么样，刚好午休，我请爷爷吃饭？"

"该是我请你才对。"他哈哈大笑，"爷爷这次啊，想去一个百年老店吃，你陪爷爷去？"

我没想到老人家说的百年老店是巷子深处的一家面馆，一对老夫妻开的，牛肉饱满，冬日店内氤氲的蒸汽，让人心生愉悦。

"活了大半辈子，吃了那么多餐厅，我还是最惦记这儿的面。"老人笑着说，从一进屋开始，他的眼神里就饱含着一种东西。

他总不能是来跟我安利美食餐馆的吧，可我真的想不到这个陌生的老人找我能有什么事。

不过是一碗豆腐脑的钱而已，他怕是犯不着跑过来还这个连恩情都算不上的帮忙吧。

于是我开门见山问道："我有什么可以帮爷爷的吗？"

他看了我一眼，哈哈大笑："先点面先点面。你看你是吃哪个？"

我们各自点了一碗牛肉面，我抬手说要多点香菜时，对面的老人忽然目光如炬地看着我，笑容意味深长。

"小姑娘，我这么冒冒失失地找你，会不会耽误你时间？"

我看眼手表："不会。午休时间嘛。"

"哈哈，那就好。怪只怪年轻时太顾着赚钱，贪图铜臭，现在连个体己人都没有。

我生了三个儿子一个女儿，现在也都混得还成，其实也算不上惦记我那几分薄产。但好歹也算份家业。

"哎，他们能惦记我多久呢？说实话，我一生也算是薄情寡义，跟几个儿女都处不太好，倒是孙辈的几个孩子，跟我隔代亲。钱我给他们分了一份，剩下的一份……"

他笑着说，忽然眼中闪过忧愁，就此，眉头耷拉下来："事实上，这笔钱我想给一个人。"

"我呢，这一辈子说白了，也没有什么太多的遗憾。就这么一桩，跟子女孙辈说也不合适。倒是觉得你这小丫头挺投缘的。你不介意我跟你唠叨两句吧？"

我摇摇头，当然不介意。

\ 我想你时

西风止 \

第十三章　陈年旧爱

　　人啊，都是这样。即便明白"不知道比较好"，还是要让自己的好奇心害死猫。

一 回忆

"这家面馆,我五十年前就来吃过。

"那时候我一无所有,刚从学校里毕业出来,在一家工厂里打工。

"我碰到她的时候是个下雨天,在这里吃了一碗面,才发现口袋被小偷划破了。事实上没多少钱,我一个月工资也就那么几块。年轻的时候自尊心强也是要命的一件事,我知道自己没钱付那碗面,又不想赊账,当时也不知道该怎么办,很紧张,我生怕老板以为我是吃霸王餐的。其实当时多简单的一件事,我也不知道自己怎么回事,就这么手足无措地坐了半个小时。

"在我想溜的时候,我一抬头就看到对面的女孩瞪着一双眼睛看着我。

"我的脸成了绛紫色,磕磕巴巴半天没说出话。她说,你是不是……没带钱包?

"于是,那个女孩子,就从兜里掏出了钱,帮我垫上了。

"就这么认识了。她名字里有个媚字,大伙儿叫她媚姨。

"当时她在纺织厂上班,在最东边,我在最西边。我们偏偏在最北边的面馆里碰到了。一个礼拜后我去纺织厂找她,还钱,顺便请她吃了顿饭。这个女孩子看起来斯斯文文的,酒量非常好,一杯白酒吞下去,面不改色地冲我笑。

"我扯远了,抱歉啊小姑娘。

"我继续说吧,我大概就是那时候爱上她的。我们在城中租了一套房子,四合院那种。现在已经拆了,变成了大商场。她就像一条锦鲤,我遇到她以后,事业忽然有了转机。我们工厂当时是做打印机的,突然有一天,产品就走俏了。我也从一个普通工人混到了区域经理,她还是个纺织厂的女工。

"我越来越忙,越来越知道钱的重要性,我想换个房子,让她住得舒服点,甚至直接让她辞了工作,让她轻松一点……哎,很多事我记不太清了,毕竟太久了,有些细节是最近才想起来的。真是奇怪。我甚至记不清楚当时我们到底为什么吵架,只记得我们吵得很厉害。媚姨是个心气不高,但是非常自尊的女人。如果没记错的话,我们真正分开是那一晚上,我当时老板的侄女,非常喜欢我。哦,你别看我现在老了,年轻的时候,小姑娘都还蛮喜欢我的。那天晚上我跟媚姨又吵架了,我就出去喝酒了。后来我是被我老板侄女扛回去的。我喝得实在太多了……"

说到这，他忽然沉默了，银发在阳光下发着岁月的光，但沧桑还是少年的沧桑。

他似乎努力地回忆了一下。

"我好像说了几句混蛋话，又好像没有，我总是希望没有的。"

成年人说起回忆就是这副样子，带着主观去重新拼凑记忆的碎片，可明明现实是歪歪扭扭的一幅图，完整拼凑之后却总是不让人满意，不该是这样，不该是这样的。

我们避开一些痛苦的，避开一些难堪的，避开一些乏味的，避开一些真实的，以让自己回头看的时候不要鄙夷自己，或者因此而后悔不迭。我们将很多原因推给命运和别人，总忘记，自己才是生活的主谋。

我大致明白了他的故事，在分开这一段尤为支离破碎。

但说白了，就是一个辜负的故事。他放弃了那个只是纺织厂女工的爱人，尽管他十分爱她。

尽管他说，她太了解他，从第一面开始就注定了，太了解不是好事，可以参透他心里的一切小九九。好的，不好的，浪漫的，残酷的。也就是这样才让他不怎么难堪地跟她分开。媚姨主动离开了他，远走高飞，再也没有回过头。他失去了一切关于她的消息，头一次知道了世界原来真的挺大。

然后他自觉惩罚地娶了一个不爱的妻子，生下几个孩子，跟他们的关系怎么都亲厚不起来。

他挣了很多钱，他的妻子一直都很爱他，所以他很长一段岁月都不曾，或者说不敢想起媚姨。

后来他妻子离世了，有关媚姨的记忆又一次滚进他的脑海，大概是惩罚，在他想起那天酒醉时媚姨跟他说的话的第二天，他被查出癌症晚期。幸得有钱，加上医疗技术发达，他撑过了好多岁月。

然后是我，彻底让他记起了自己当初爱的人，是怎么跟他相逢的。

我问，媚姨在离开他那天晚上说了什么？他忽然神秘一笑："这是我俩的秘密。不过小姜未，谢谢你听老头儿说这些话。你看啊，我都不知道该跟谁说。"

然后他低下头说："我想见她。这辈子可能就见她最后一面了。亏欠她的东西，我想趁着还有点命，能还给她一些。"

劝人是那样容易的一件事，置之度外，可以抛开自己所有的主观念头，客观地拿感情说事。

情不知何起，一往而深，说得容易，却只是单方面感受。

至于那个人，他肯不肯接受，肯不肯感动，却都要纳入考虑之中。

爱本就是一岁一枯荣，那50多年的光阴，真的可以了无遗憾地追回吗？

无论是因为看到这个萍水相逢的老人脸上的沧桑的心软，还是我内心里一点小自私的作祟。

别管了，去吧，做不让自己后悔的事。

"想见一个人就该去见啊。一辈子的缘分本来就这么浅。"我想了想，这样说，"说不定，她一直在等。"

是啊，在爱这种高深莫测的事面前，我们就是会为了一个说不定而赴汤蹈火。

二　丢物

那天我回到公司的时候，见梅子一脸要哭的样子，立马问她怎么了。

她憋了一会儿，忽然哭出声。

"怎么办啊，未未姐姐，沈姐的朋友晚上生日嘛，让我帮她去 Tiffany（蒂芙尼）买串项链，我买了……我放在桌上……我刚出去吃个午饭，回来就没有了！"

她哭得梨花带雨的，我皱起眉头，也担心起来。

"怎么贵重的东西你怎么也不放好呢？"

"谁知道呢，午休公司也有同事在，我看阿玟姐今天说不舒服不出去，我也就大意了……好贵的……我该怎么办啊！要是让沈姐知道了……"

我劝了她一会儿，过去问阿玟。

"你不舒服吗？"

"是的，也不知怎么了，怪恶心的。"阿玟的脸色惨白，"中午我也没太留意，我走开过一下……会不会……"

"现在抓贼也不是时候，你熬不住就去医院看看。"

"我没事。"她笑了笑，"那她……"

"我卡里还有点钱，我先陪她再去买一串，先过去了再说。"我想了想说。

公司里丢东西有段时间了，最初只是一些小物什，并不值钱，大家不过抱怨几句也没太当回事。

我自然也没有太放在心上，但这一次，丢的是蛮贵重的东西。

Tiffany专柜前，我替梅子刷了卡，将包装盒交到她手里的时候，她又哭了。

"姐姐，你对我这么好，我都不知道怎么报答你了。钱我会攒着，慢慢还给你的。"

真是个小可怜，我忍不住笑着说："没事，不着急的。"

她嘀咕着说："公司最近真的不太对劲，我丢了好几次东西。要不要上报沈姐啊。"

"贵重么？"

"倒不是很贵重……"

我想了一下，一般同事也不会把重要的东西随便搁置在格子间，所以公司里头是没有监控的，而偷窃事件持续这么久，必定是内部人员所为。我叹了口气，无论是谁，都让我心里有些发毛。

"先别报吧，以后小心点。"

她犹豫了一下，点点头："我听姐的。"

下班以后，我跟陆羽约了以前常去的一家泰式餐厅。

她最近从医药公司辞职了，改行去了一个杂志社，做一些明星八卦周边和心灵鸡汤。

我饥肠辘辘，点了一份菠萝饭吃。一抬头，就看到陆羽……和一个高高的男生。

我惊讶地对她挤眉弄眼。

"谁啊？"

我没记错的话，早上她还哭哭啼啼，现在忽然拉着个小帅哥进来，春风满面。

陆羽含笑坐下，也对我挤眉弄眼，似乎是不方便说，然后介绍道："喏，这个是张宸。"

我没说话，我才不好奇他叫什么名字呢，我是想知道，什么情况啊！

她卡了一下，张宸则温柔地看着她。

"那个……我男朋友。"

我呼出一口气，好事儿啊！一把抓过菜单："那么今天你请客对吧，那个……我多点几个。"

"没事，你喜欢吃什么，都点就好。"小帅哥开口温和地道，这一句话，简直让他的长相又迷人了八个点。

"那个……我忽然觉得，我想要喝香蕉牛奶，你能帮我去隔壁超市买吗？"

陆羽一声要求，小帅哥腾地站起来，出门去了。

"什么时候的事啊？都不早点跟我说。"我皱起眉头，假意嗔怪。

陆羽的脸上却完全没有喜色，只有忧虑。

"姜末，我摊上大事了。"

"啊？"我合上菜单，莫名其妙。

她咬着下唇，十分为难地说："你知道……张宸是谁吗……"她顿了顿，倒吸了一口冷气，"是林简同父异母的哥哥。"

我瞪大眼睛："什么情况啊这是！"

陆羽并非故意招惹张宸的。她和一群新朋友一块儿玩国王游戏。她本就大大咧咧，加上失恋，非常玩得开。张宸在末了深情看着她，一脸的羞涩。毕竟张宸长得帅，而陆羽又是最脆弱的时刻，两人你来我往就牵手了。或许是酒精作用，她决计自甘堕落一回。早上起来，却觉得整个人都要爆炸了。陆羽只交过程沧这么一个男朋友，她所有的一切都和程沧有关，即便分手了，但她一时半会还不能接受这个男生在她生命里横生出的枝节。而最让她觉得难堪的是，张宸的手机响了，他在洗手间里说，帮我接一下好吗？她拿起来一看。

Family 一栏，林简。

女生对于前任的现女友会有多了解呢？不用赘述，陆羽当然知道林简有个哥哥。但她压根没想过，事情会这么巧。就像是被命运的闪电劈中，羞耻感劈头盖脸地砸下来。

末了，她说："酒精真是王八蛋。"

我太了解陆羽，我知道要她去招惹林简身边的人，完全不可能，她的自尊不容许她那么做，但我还是想要劝劝她："那你打算怎么办？其实，你可以不用想那么多，如果张宸好的话，你可以试试。"

她的眉头深锁："本来我想着，只是一时……结果，你知道吗？张宸猛打我电话，非得对我负责任，说过几天他爸爸五十大寿，要带我去。呵呵，我倒是想去。因为张宸说，林简要带男朋友去呢。看他难堪还是我难堪。"话的尾音她咬牙切齿，看我一眼，忽然又没了脾气，"你说我上辈子是不是造过什么孽？"

"陆羽。"我担忧地看着她，"如果你只是想着让程沧难堪的话，你不该利用张宸。"

"我知道。"她低下头来，苦笑了一下，"我是不是很没出息。我知道看到他和别人在一起的感觉，我只是想要他也试试。但是我也想过，要是他根本不在乎呢？我真的，好悲哀。"

这个时候，玻璃移门被推开，张宸走了进来，怀里捧着一箱的香蕉牛奶。

陆羽皱起眉头："你买这么多干吗？"

"那个……"他不好意思地挠挠头，然后拆开包装，"你和你朋友都想喝嘛。我想着，多买一点，让你带回家喝。"

我的心一暖，抬头去看陆羽。

她牵了下嘴角："谢谢。"然后避开他深情的眼神，尴尬地对我说，"喝啊，多喝点，喝完还有。"

她碎碎念着，撇头望着窗外，似乎在强忍着情绪。

我不知陆羽是不是想起很多年前相似的一幕。程沧奉命去买牛奶，结果去了半个多小时才回来，也是端了一箱回来。陆羽正发飙呢，才知道隔壁的便利店已经售罄，他打车去了稍远的沃尔玛才买回来的。程沧说："跑那么远，不容易。省得隔壁没存货，咱存在餐厅里，以后慢慢喝……"

慢慢的岁月里，依旧有一箱子的香蕉牛奶，可是，却不再有程沧了。

她缓缓回头，笑着对张宸说："你妹妹，喜不喜欢喝香蕉牛奶啊？"

"啊？"张宸有些莫名其妙，老老实实回答，"她对牛奶过敏。"

"那就好。"陆羽回转头，轻轻地道。

然后她装作刚才什么都没有发生一样，一脸云淡风轻地跟我说："未未，你可得支持我一把。我们杂志社最近超级缺心灵鸡汤，你有空就给我写一点。"

其实也只有陆羽知道我闲暇有给一些杂志供些散文，像我这种非科班出身的二流写作者，纯粹挣些零花钱。我两手一摊："心灵鸡汤我可写不出，心灵砒霜你们要吗？"

三　叙旧

"不行。这事儿肯定不行。"他皱起眉头在讲电话，"先不说对不对得起奶奶，要找一个失散五十多年的人，这件事，你觉得靠谱吗？我想爷爷也是一时兴起，就说在派人找就是了。好，行，我先挂了。"

我打开副驾驶室那边的门，秦牧放下电话，我看他皱着眉头，问了一句。

"怎么了？"

"没事，家里有点麻烦……"他看着我，将我打量了一番，眉头皱得更深了，朝我不满地道，"姜未，你学不学点好？都说了有局带你去，你穿成这样？"

我低头看了下自己的白衬衫和黑工作服，几乎可以想象上了一天班的自己的脸。

"那个……"

他一把将我拽上车："买衣服去。"

我算是体验了一把韩剧里头被男主角拎起来换装的感受。说实话，一点都不好受。

秦大爷黑着脸看我试了一套又一套出来，一直摇头："看来，换衣服是拯救不了我了，只能换个女朋友了⋯⋯"

最后，总算挑了一套衣服后的我被迫在专柜蹭了个妆，还怪不好意思地打算溜之大吉，见他已经开了单子走向收银台。

"你干吗啊？"

"你总不能每次都蹭人家柜台吧。给你买了一套。"他定睛看着我，笑着说，"哟，果然是化妆变形术。"

我撇撇嘴："看在你给我买东西的分上，我就不跟你计较了。"我抢过单子，一惊，"你买那么多干吗？"

光口红就有四支，我哪里用得了。

他一把夺过单子，白我一眼："我给女朋友买东西，还要经过你同意吗？"

我恨恨地看着他，专柜的姑娘凑过来说："你男朋友对你真好⋯⋯"

我顿时就乐不可支，虽嘴上不承认，但不得不说，男人排在收银台的背影，果然是最帅的背影啊。

之所以弄这么大阵仗，是因为雷阳摆了个局。

其实我经过上一次的偶遇，对他的旧日朋友有些敏感和排斥，但我总不能永远用这种矫情的借口来阻止秦牧正常的交际吧？

而且，这也算秦牧正式公开承认我是他女朋友的契机。

我其实蛮紧张的，生怕自己做错，毕竟，他这些昔日好友，都是从赵灵犀那个时代就跟秦牧勾肩搭背的。我怕他们为难我，哪怕只是一个眼神。

但事实上，我多心了。

这是一次友好的酒局，我跟着秦牧过去的时候，他们朝着我礼貌地笑。

有几个陌生面孔好奇地让秦牧介绍我。

"我女朋友，姜未。"

不知道为何，简单几个字的拼凑，让我觉得脸红心跳，穿着高跟鞋小礼服坐在他旁边，简直灵魂出窍不像自己。

"谁家的千金？"有人忽然这样问了一句，好奇地笑着看看我。

这一句就足够让我尴尬了。

想来也是，这个圈子都是有钱人家的孩子，门当户对也是自然的。可这话还是让我如坐针毡，十分尴尬，不知该如何回答。

秦牧忽然捏了捏我的手，笑着冲那提问的人说："我家的千金呗。"

一句话，让我心头忽生一阵暖意，看向他唇边云淡风轻的笑。其他几个人会了意，不再提问，嘻嘻哈哈地开始叙旧。

其实秦牧的酒量还算不错，但今天大概状态不好，大伙儿又是许久没见他似的，雷阳愣是把酒局灵魂人物的帽子推给了他，几番推杯换盏下来，他的脸色已经变了。

"真喝不下了。"他朝着敬酒的男生无奈推辞，"等一会儿吧。"

"上次你跟我爸喝酒，可真是……啧啧，怎么，我的面儿就不及我爸大了？"开口的那个家伙，是个陌生面孔。旁边的雷阳悄声跟我介绍说，这个是一个跨国公司股东的儿子kevin，他爸最近跟秦牧有合作，上一次秦牧在他家，喝得差点进医院。

我心头一凛，我竟不知这件事。雷阳看出我的诧异了，吐吐舌头："完蛋，又多嘴了。"

"喝喝喝，怎么能不喝呢？"秦牧只好笑着说，"还要替我谢谢你爸给我牵的法国公司的线。"

看来，秦牧真的比我想象中要拼得多，他总是一副吊儿郎当的样子，其实步步都有计划。

我想拦他，想着这样会不礼貌，于是笑着端着酒杯，站出来说："我跟你也喝一杯吧。初次见面，很高兴认识你。"

对方看我毕竟是女生，也还算彬彬有礼："既然姑娘这么洒脱，那我也没有不准的道理了。我干杯，你随意！"

我当然不会那么随意，随着他一口饮尽，我也迅速喝光杯中酒。

雷阳他们吹起口哨："哟哟！媳妇儿站出来了。"

秦牧一脸笑："干吗干吗，羡慕嫉妒恨啊？"然后他忽然一把拽住我的胳膊，轻声说："差不多就行了。"

于是，人家再怎么敬秦牧酒，我都一副奉陪的架势，既捧了对方的面子，对方也不好再灌酒。

几杯威士忌，我还是能够承受的。

酒过半盏，我有些微醺，秦牧不再让我碰酒，我嬉笑着问他："怎么样，今天还满意吗？"

他笑了笑，酒坊里的几盏灯倒映在他的眼眸之中。

"特别满意。"

他的眼神让我脸红心跳，浑身发烫，酒精真是混蛋玩意儿，我现在，很想亲亲他的脸。

"秦牧……我去一下洗手间。"我可不能失控啊，那简直让一晚上的"得体大方"

全部崩盘。

"我陪你去。"他要起身。

"别。"我微蹙眉头,"你看这么多人在呢。我没事。"

可不,这个时候喝得有些大的Kevin摇摇晃晃过来,一屁股坐在我和秦牧之间。

"哥们,我跟你说,我爸他公司啊……"

我无声指了指洗手间,示意我去了。

"那别占人便宜。"他只好轻轻地"嘱咐"我。

拍了些水,我清醒了些。落地镜前的姜未红扑扑着一张脸,我有些陌生,身体有些轻飘飘的。

但说句实话,我很开心。

很开心终于被他的朋友承认,哪怕是他们说的一句"媳妇儿"就能让我偷乐半天,我很开心他时不时地握一下我的手,像是给我某种安慰一样。

我回到卡座的时候,本想绕到后头去给他一个惊喜(我一定是喝多了)。

他和雷阳正说着话。

"哥们,我觉得姜未真是个好姑娘。你可真得好好待她。"雷阳说。

"我知道。"

"还有啊,你跟你爸也别斗了。上一辈的恩怨,你说你要是让你们家姜未知道这事还是因赵灵犀而起,她该多难受啊。"

"这不关她的事。"他一口喝干了杯中的酒。

我的心猛烈跳动,不知道他那句"不关她的事",指的是我,还是赵灵犀。

但这句话,却像是一颗巨大的石子,搅乱了平静的混杂着酒精的心湖。

——

"周诗余?"

门口站着的人,是已经好久不见的周诗余,她怀里抱着一篮水果和一个保温盒。

"秦总让我给你送过来的。"她笑了笑。

我竟有些尴尬,今天是周末,秦牧出差,我在家里百无聊赖,生理期不舒服,他打电话问我吃饭没,我因脾气暴躁说不想吃。

谁料到他竟会派周诗余来给我送餐。

她直接跨过我的门,登堂入室……将保温盒放在了桌上:"我给你买了红豆粥,生理期,还是要补补。你之前总是痛经,现在还痛吗?"

"我吃了……止痛片。"我竟有些尴尬,没来由想起高中的时候,我因为生理痛痛得在课堂上哭得死去活来，周诗余没办法，只能帮我捂着肚子陪我哭。

其实我并非一点都不念旧情，如果她不那么行为古怪的话，我想我跟她还会是朋友。

"不要吃止痛片。"她苦口婆心地说，"会有依赖性的，买点红糖水。你总是那么懒，以前红糖水都是长原哥泡给你喝的……"

看来，是我想多了。她还是会保持古怪的行为。

我刚才还有些感激的脸终于垮下来。

"谢谢你了。那我不送了。"

她听到这话，明白我在赶人，抬起头来，忽然冲我露出一个意味深长的笑。

她的笑总是让我觉得脊背发凉。

"你和秦总在一起，我其实早就知道了，但没想到，你好像认真了。"

我没说话。

"只是未未，有些话我不得不说在前头，你会后悔的。"

"后悔什么？"

"有一天，栗长原会回来找你的。"

"你是算命大师吗？他回来找我又怎样？"我这样冷冰冰恶狠狠的一句，连自己都被吓到了。

提到栗长原，我居然变成了一副铁石心肠的样子。

她有些失望地笑了笑："未未，有些事，你以后就会明白了。至于秦总跟你，我想你本来就讨人喜欢，他对你上心，那是最好的。"

怎么有人有这样的能耐，无论什么话从她嘴里说出来，都像变了滋味呢？

我宁可是赵子骐那种不拐弯抹角的，这样阴阳怪气，让我真的有些手足无措。

"你也别左一口秦总右一口秦总的了，他还只是个总监呢。"我终于忍不住刺她。

"呵呵。早晚秦牧会是秦总的，大秦总只有他一个儿子，早晚这些股份都是给秦牧的。他做这些，不说全为了秦牧也有一半是为了他吧。可是秦牧是为了谁，我们就不知道了。"

"周诗余，你什么意思？"我明明知道她话里有刺，却拔不出来，这让我心里堵得慌。

"你不会不知道吧？"她一脸诧异地看着我。

我没有打断她的话，周诗余认识我那么多年，她知道我的脾气，如果我真的不想听，我一定会堵住自己的耳朵，但此刻，我没有。

是的，我要她说下去。

我虚心请教。

"十年前，甄芙的三大股东都是赵家人。这是业内都知道的事，最大的那个就是赵灵犀的爸爸。他在十年前怎么落马的？又是怎么被逼出棋盘将自己的股份拱手让给秦牧的爸爸的？商业这种事，我们这些小员工也没有太多的发言权，毕竟能想象到的阴暗也是有限的。但秦牧因此跟他爸爸闹翻，也就可想而知当时逼得赵灵犀的爸爸走投无路的人里头必定有秦牧爸爸。至于他为什么最后还是留在了甄芙，跟他爸在一个屋檐底下却还是针锋相对，我是真的不知道。"

其实我并不傻，周晨跟我提及秦牧和他父亲时的眼神我就知道这一定跟赵灵犀有关，只是我一直在回避而已。可是此刻，答案，却终究还是送上门来。

你不去解一道题，不意味着有人不会翻出答案让你看。我只是觉得整个人没有力气，心头翻江倒海。

"你还好吗？"她试探着问我，"如果你觉得你真的喜欢他，你就当我没说过这些话。我跟你说这些，只是不希望你受伤害。"

我没说话，她难道不知道，她本身就是一种伤害的存在吗？

呵呵，覆水难收她不懂吗？但我还是冷冰冰地对她说："没问题。你可以走了。"

她一走，我立马关上门，大口喘着气，拨了秦牧的电话。

"我刚开好会，在开车。你吃了没？"

我看了一眼桌上的粥，还热着，刚知道的消息也热着，我必须让它冷下去，我不能在他开车的时候质问他，显得很没品。

我平静了一下说："你以后别让周诗余给我送东西了。"

"怎么，你们不是同学吗？我想着找别人怕落下话柄，她经常跟我提起你以前的事，我以为……"

有提栗长原吗？我心里一凛，但他的话，让我排除了这个疑虑。

"你们感情不是挺好的？她说，你是她最好的朋友啊。"

我只能笑着说："可不是嘛。她自尊心强，我不想让她觉得自己是个下属。你别派她送东西了。你什么时候回来？"

"要周三。怎么？想我了？"

"嗯，有个问题想问你。到时候，见面说吧。"

人啊，都是这样，即便明白"不知道比较好"，还是要让自己的好奇心害死猫。

怀着"也许并不是那样"的侥幸，即便发现"还真的是那样"的时候，还要跟自己说，兴许他有苦衷。

不知是哪里看来的一句话，有人说真正的爱情背后没有秘密，说这话的人，既不明白爱情，也不明白秘密。

可是，我却太明白，跟过去一刀两断是不可能的，我们所做的每个选择，都会付出相应的代价。

我只是，不知道自己该做什么选择。

我和秦牧保持着这样和平的距离，多好啊。我知道自己越来越喜欢他，他哪怕不说话站在我旁边我也觉得开心。可我要小心翼翼到什么时候。直到他开口跟我说出"抱歉"吗？

而很快，我所忽略的那些危险，都在一点点地现形。

一个个隐形的炸弹会慢慢地开始爆炸。

四 偷窥

阿玟被开除了。

周一下午我去之前花茶客户那拿新的提案，他们打算出一款养身茶。之前秦牧给我提供的方案非常管用，加上广告效应和铺货宣传，在天猫店，花茶销量从惨淡的几百件直逼万件。

而当我回到亦虎自己部门的格子间时，才发现事情不对。

沈宴珺正主持大局，指着阿玟上锁的抽屉说："人赃俱获，你还有什么话好说？"

阿玟脸色惨白，吃惊地望着自己的抽屉，有气无力地说："不是这样的，不是我。"

抽屉里，有一大堆之前不翼而飞的"失物"，包括那条梅子替沈宴珺买的Tiffany项链。还有我的几支无印良品的圆珠笔。

一旁的梅子凑近我，告诉错过"好戏"的我经过。原来格子间又有人丢了最新的水杯，是从日本带过来的，还挺贵，终于忍无可忍，跟沈宴珺汇报，沈宴珺被烦得不行，于是下令搜。

于是，阿玟被搜出来一堆"赃物"。

"什么都不用说了，你走吧。东西也都还在，大家自己领回去。"沈宴珺铁面无私地说。

"宴珺姐，我……"阿玟眼眶里全是眼泪，"我真的没有。我走当然可以，可是我真的没有偷东西。"

我穿过人群，走到沈宴珺面前。

"宴珺姐,如果阿玟真的是小偷,她会傻到把东西都放在办公室这么容易被发现的地方吗?"

"也许是来不及转移呢?"被偷走水杯的同事反驳我道,"或者,最危险的地方就是最安全的地方呢?姜组长你也别护短了,你说如果公司里有这样三只手,我们怎么做事啊?"

我没搭话,而是朝着沈宴珺求情:"这件事情明显是有人栽赃阿玟,拜托您不要这样就下定论……"

沈宴珺不耐烦地看了我一眼:"人赃俱获,还要怎么下定论?你要是想走,可以一起走的。"

我闻言,整个人头皮一紧,还想说什么,阿玟却抓住我的手腕,朝我摇摇头。

她熟知沈宴珺的脾气,她眼神里是在说,姜未,别为我惹麻烦。

沈宴珺没再说话,径直走进了办公室。而令我难过的是,平日里表面上与我们交好的同事,竟没有一个人站出来为阿玟辩驳。

包括……

梅子的眼神里,竟闪过一丝窃喜。我冷冷地看着她。

梅子似乎觉察到我的注视了,她忽然愣了一下,立马换了一张脸。

"我也觉得不会是阿玟姐的……她的人品我们还不知道吗……"

待沈宴珺进了门,她忽然开始朝着满格子间的人放马后炮,然后她跑过来,递纸:"阿玟姐,你还好吧?"

我帮着阿玟一起收着东西,安慰着她说:"你别急着走。宴珺姐那个人就是这样,我回头再劝劝她……"

阿玟摇着头说:"不用了。其实……我今早就交了辞呈,只是没想到……"

她掩住脸。

"这是怎么了?为什么突然要辞职?"我拉住她的手,"什么情况。"

阿玟是个心思单纯的女孩儿,没有太大的野心,她谈恋爱以后,就常常跟我说大龙就是她的全部了,所以她打算辞职跟大龙一起回他生活的小县城。

只是没想到,在这个当口,出了这样的事。

她话音刚落,梅子忽然脸色一变。

"你们要走?"

阿玟努力挤出一个笑容:"是的,我跟大龙要走。姜未,梅子,谢谢你们帮我说话了,我在亦虎也没什么朋友……"

开水间里，梅子手忙脚乱地发着微信。

"你什么意思？你要带她走？你到底什么意思！"

"我告诉你我不会罢休的。你最好给我吱声！"

就在刚才，送阿玫出去的时候，我问了同事，当时说要搜查的人里，梅子，冲在头一个。我悄悄走到她的身后，咳嗽了一下。

她慌慌张张地回转身，见是我，笑道："姐姐，喝水啊。"

"发微信呢。"我冷冷地笑着说，"跟谁发啊？交男朋友了吗？"

"呵呵。"她淡定地走到咖啡机前，"我哪有什么时间交男朋友啦！姐姐你说笑了。"

"也对。"咖啡机发出了咕噜咕噜的排水声，"你忙着演阳奉阴违呢。"

"姐姐你说什么啊！"她失手打翻了咖啡杯，手足无措地看着我。

"别装了，梅子。"我冷冷地看着她。

"姐姐你说什么呀？阿玫姐走了我也很难过。我真的……你真的别误会我……如果你都不相信我，我该怎么办啊。"

"那你把手机给我。"对于这种抵死要无赖的人，我算是心彻底凉了。

"我……"她没那么干，"我不是不敢给你看，我刚才确实在跟大龙哥发微信。但姐，你误会了。我怎么会抢阿玫姐的男朋友呢。我跟大龙哥是老乡，他对我来说就是一个大哥哥而已。在这个公司，我最喜欢的人，除了你就是阿玫姐了。"

她说着眼泪都要掉下来了："你不信我吗？末姐，如果连你都不信我……"

她伸手来抓我的胳膊，我厌恶地甩开，冷冰冰地看着她说："滚。"

\ 我想你时

西风止 \

第十四章 旧爱重提

相爱的人啊,最后不管怎么兜兜转转,都会找到对方的。

一 意外

木已成舟，尽管我知道阿玟是被冤枉的，但毕竟拿不出任何证据。

我从来不是一个爱多管闲事的人，但那天我还是忍不住给大龙打了电话。

我试探着说会不会是梅子干的？大龙在那头十分惊讶。

"怎么会是梅子呢？"

"大龙，你和梅子到底是怎么回事？"我语气冰冷，我期待着他的答复，又唯恐他让我失望。

阿玟将一切赌注压在爱情上，如果知道了，她会多难过啊。

大龙在那边沉默了一下："姜末，我不知道你听梅子说了什么。她其实是个很单纯的小姑娘，一个人在这里无亲无故的。我……"

我打断他："大龙，阿玟去了你的城市，难道不是无亲无故吗？"

或许是我语气里的生硬和恶狠狠让他意识到事态严重，他再度陷入沉默。

"我会好好对阿玟。"

"希望如此。"我在这端咬牙切齿，"我告诉你，你要是再跟梅子扯不清楚，梅子让阿玟受的，我加倍奉还。"

阿玟的办公桌空了出来，梅子没敢再找我说话。

我想起前段日子梅子刚来的时候跟我们那样亲热，我们仨，抱着盒饭在楼梯口吃，我还单纯到以为，自己在陆羽和阿玟之后，又交到了一个朋友。

我真是太蠢，蠢到藏不住自己的蠢，倒不如像阿玟一样，被蒙在鼓里，对梅子说，谢谢你为我说话。

周三，我去沈宴珺的办公室递养生茶的初版文案，正值午休，格子间没什么人。她的门微掩着，正压低声音在打电话。

"你又不是不知道，你老婆怀疑到什么程度，公司都安了隐形摄像头了。你最近在公司也安分点，别老跟我讲话。"

风带动门，发出响动，她猛地一抬头，似乎吓了一跳，看到是我，又略微松了一口气。

我情绪有些激动，满以为找到了证明阿玟清白的真相："宴珺姐，既然公司安了摄像头，那应该可以查明真相。您……"

"既然是隐形摄像头，就没必要让大家知道，难道要公司盛传程总夫人被害妄想强烈这种事？"她坐正，冷冷地看着我，说得振振有词，就好像完全是个替程夫人着想的局外人。

先不论这些，我迟疑地说："可是阿玟是无辜的呀。"

"我知道。"她淡淡地说，"我看过摄像头了，是梅子干的。这种人，我自然不会留，找个理由开了她就行了。"

果然是梅子，心中虽早已有数，我却还是心里一冷。

"那阿玟呢？"我不服气地说。

"既然已经辞退了，也犯不着给她沉冤昭雪了吧？"她用一种无法理解的眼神看着我，"她对公司没有任何价值，是遍地都可以找到的普通职工。"

价值？我闻言，忽然觉得心头猛地一凛。

"对于宴珺姐来说，人只有价值之分吗？没有价值的人，受到诬陷，受到侮辱，都不重要吗？"

她不满地看了我一眼：

"你这些正义感可以收一收，别那么幼稚。这个社会就是这样，你没有价值，别人凭什么为你出头？"

我哑口无言地笑了，然后沉默地将资料放在她的桌上，抬起头来："是啊，程总对您来说，价值一定很高吧。"

这是我头一次，这样明目张胆地讽刺她。

她难以置信地抬头，那一张喜怒不形于色的脸，青筋暴露，怒火冲天。

"你说什么？"

"没什么，只是觉得，你很可怜。这个世界对你来说就是一个标着各种数字的战场，一定很枯燥无味。你放心，你的事，我不会跟别人说，不过你还是小心点，讲电话呢，锁个门吧。其实已经有人在议论你和程总了。希望你永远不东窗事发。"我笑了笑，"那个，我不干了。"

即便我装得再云淡风轻，可从办公大楼里走出来的那一刹那，还是觉得无比委屈，神经终于松懈下来，却觉得非常丧气。

我刚走进这里的时候，刚认识阿玟的时候，哪怕最初总是满脸冰霜的沈宴珺也曾给过我一丝温情。

那时候我初出茅庐，满以为世界是温柔的，满以为只要你不伤害别人，别人也会善待你。

我想得太简单了。

秦牧说好周三回来的，我给他拨了电话。他摁掉了。

我发短信过去："你回来了吗？"

"在开董事会。怎么了？"

"我没事。我在你们公司楼下，我喝杯咖啡，等你开完会。"

甄芙位于市中心，离亦虎并不远。我坐了一站路，就到了那座寥城有名的写字楼底下。

我要了一杯咖啡，坐在露天棚下头。发生了一连串事，我有些后悔自己不能再熬一熬，毕竟这个月只有几天就要发工资了。

现在好了，我失业了。

秦牧就在楼上。

我想起周诗余的话，此刻像是打翻了心里的酱料瓶。

然后，我听到猛地一阵急刹车。

车速虽然不算快，但猛地撞上电瓶车，电瓶车被抛出了一定距离，上头的人倒地不动弹。

此时是正午，车祸发生的路段又是市区，登时急刹车不断，后头几辆车没留神，追了尾。总之……挺惨烈的。

肇事车辆的车主脸色惨白地下来，战战兢兢地走到伤者旁边。

我猛然看到，那伤者有些眼熟，再定睛一看……

人群迅速聚拢，我拨开人群进去时，肇事车主正在试图想将倒地的阿玟扶起来查看伤势。

"别晃她！快打120！"

"是啊！先叫救护车啊！"围观群众已有人拿起电话，"我来打我来打！"

我看着面无人色的阿玟，轻轻叫她名字。

"挺住，挺住，阿玟你还好吗？"

她手上腿上都是血，我不敢翻动她，生怕她伤到了脑袋。

幸好她回答我了。她有气无力地说了声："疼。"

已经有人在指挥交通了，肇事车主是个中年男子，他蹲下来，满脸抱歉地说："姑娘啊，对不住啊，你先坚持一下……救护车马上就来了……"

人群中有人正在喊叫。

"让我进去！让我进去！"

我猛一回头，秦牧？

他看我一切都好地蹲在阿玟旁边，似乎松了一口气，然后怒气冲冲地说："你干吗不接电话！"

哦……我刚才跑得急，电话还放在露天棚的椅子上，但哪里还顾得上这些，我紧紧攥着阿玟的手。

"阿玟，可别睡着了，听我说话……"

谢天谢地，虽然阿玟伤得不轻，流血虽多，但都不是什么致命伤，拍片出来，没伤到骨头。

大龙很快就赶到了医院，肇事的司机也按程序付了医药费，没有任何的不爽。

阿玟看到大龙就露出一脸笑容，大龙一面责怪她骑车莽撞，但口气却满是心疼，声音轻柔地问她要吃点什么，他去买。

也多亏了秦牧，他熟门熟路地帮忙，我问他："你会开完了？"

秦牧皱眉，一脸怪我的样子，"开了一半就跑出来了，你说，要是被公司开了，你可得负责任啊。"

我撅起嘴来："秦总这么低调，好歹也是你秦家的公司。"

我话中虽有调侃，但意在试探，果然见他脸色一变。

"他是他，我是我。"

我见他不悦，只得改口："你不是也有股份嘛。"

"就我那点股份……"他刚要开口，迎面而来的医生挥着报告单："杨阿玟在这吗？"

大龙站定："您好，我们就是。"

医生走进来，皱起眉头："检测报告刚出来，孕酮指数过高，姑娘，你已经怀孕40天了。谢天谢地啊，这么冲撞，孩子居然没事儿，不过你们可得小心了，这都已经算是万幸了，下次可没那么好运了。你也真是，老婆怀孕了还让她骑电瓶车乱跑。"

我们全部惊呆了。

阿玟和大龙，包括肇事司机都觉得自己是最幸运的人。前两者是大难不死，有了孩子，后者是幸亏他们大难不死，不然，他可是摊上大事儿了。

大龙眉开眼笑着，惊险之余，这个消息，显然是再好不过了。

他们俩温情满满，我和秦牧跟阿玟打了声招呼，就准备不打搅人家小两口劫后余生庆祝新生命了。

只是梅子的事让我心里有点疙瘩，我拉拉身边人的袖子。

"你觉得，爱情里，应该有谎言的存在吗？"

"要看撒谎动机了。善意的谎言当然可以。"

"可是……爱情不该完全透明吗？"

"完全坦诚的男人，才是伤害女人最深的。换个角度想一想，一个人的心总是要开一下小差的，要是开小差都要汇报，你还不得被醋酸死。"他无语地笑笑。

"那你会骗我吗？"我站定，问他。

"我说会，你会生气。我说不会，我就是在骗你。"他开玩笑似的刮了下我的鼻子，"你选哪一个？"

也对，如果善意的谎言可以让幸福不被破坏，那我就不说，那我就不问，那我就相信你眼睛里的一切都是温柔的。

"等下！"大龙忽然追出去，叫住我。

秦牧看了我一眼，说："我到门口等你。"

大龙满脸感激："阿玫说今天是你把她送到医院的。谢谢你啊，姜未。那个……姜未，有些事，我想跟你说一下。梅子的事，你能不能不跟阿玫提了？"

我没说话。

"也不能说人家女孩子缠着我吧。是我自己做得不地道，之前阿玫说她跟我是老乡，有一回让她给我捎东西来着……就这么熟了起来。结果……反正都是我的错吧。但我真的，我真的没做对不起阿玫的事。阿玫对我来说很重要，现在肚子里还有我的骨肉，我不会辜负她的。我们打算调养一下就走，你放心，你真的放心。"

大龙诚恳地说："我真的，会对她和孩子好的。你相信我好不好？"

我想，我愿意相信他。

二　旧爱

从医院出来的我，才想起自己刚才跟着阿玫上救护车，压根儿没留意自己的包。

秦牧陪着我回去，咖啡店的人一看到我，立马露出笑容。

"姑娘，你的包我们给你放起来了。还有这个……"

秦牧皱眉看着我的一堆东西："这……"

"哦，我辞职了。"我朝他嫣然一笑，"我现在可是无业游民了，你作为男朋友，可要养我啊……对了……"

我想起下午交通事故发生的惊魂一刻，秦牧拨开人群看到我毫发无损地蹲在阿玟旁边时，脸色惨白又如释重负的样子，忽然心头一暖。

"下午，你是以为我出事了吗？"我凑近他，一脸抑制不住的得逞的笑，"你是不是特别怕失去我啊？"

"没有。"他撇开头，"少嘚瑟了你……"

嘿，不会甜言蜜语的秦少爷，我重新跳到他面前："我都知道了。"

"你知道什么啊。"他一脸嫌弃地看着我。

"你今天急三火四地跑过来的时候，我知道你在乎我，特别特别在乎。"我笑得无比灿烂。

他愣了一下，被我逗笑，忽然深情款款地指着自己的眼睛说："我眼睛里有什么？"

"……眼珠子。"

"还有呢。"

"还有我！"我嘻嘻哈哈地说。

"是的，我眼睛里，有个厚颜无耻的姜未。"

"呸！"我故意装作听不见，一脸嘚瑟地撇过头，"秦牧最喜欢我了，秦牧最喜欢我了！"

我没看到，秦牧一脸羞恼无语的样子，在我的后脑勺对着他三秒钟之后，慢慢转为笑容，他温和地看着我，轻轻地骂了一句。

"真是个笨蛋。"

他忽然过来牵我手。

"笨蛋，过来。"

"啊？"

"过马路不看车，下次我看到你，可不想你和你那个笨蛋同事一样。"

"喂，你没礼貌死了！"我从他手心里将自己的手抽出来。

"牵不牵？"他瞪着我，"不牵就别过马路！"

我挽住了他的胳膊，嘻皮笑脸。

"我比较喜欢这样。"

"笨蛋。"他皱起眉头，唇边的笑却藏不住，"秀什么恩爱啊。想去哪里吃饭？"

"回家，自己做。"

"又要我做？"

"这次我来！"

我成为无业游民的第一天，去楼下超级市场买了一些食材。

山药，八角，猪肉，蒜片，生姜，老抽。

"你行么你？"秦牧一脸怀疑，"你不用手机百度一下？"

我脸一红："我可是会背菜谱了！你别小看我！出去等着吧！"

厨房油烟起，让我总是想起少年时代，企盼着放学那一刻，一路小跑远远看着炊烟升起的那一幕。然后，白日里受尽的一切委屈，都会散尽。那些烟雾会渗入每个毛孔，昏黄的路灯一盏盏渐次亮起，弱肉强食的世界，按下暂停键，对打的怪兽握手言和，大家坐下来，吃一顿晚餐，碰一下杯，天亮了再战。

这一次换作我下厨。他坐在我家的沙发上，沙发弹簧有一根坏掉了，我回头的时候他正倒霉，一屁股坐下去凹陷在里头，狼狈了半天才爬起来，气急败坏的样子像个小孩。

我将肉丢进油锅，油锅发出吱吱的声音，我不自觉地嘴角上扬。

一切都很顺利，炒菜的香味溢满了整个小屋。

我盖上锅盖，走出去的时候，秦牧正在翻我桌上放的书。

是金庸的《倚天屠龙记》，我最近正在重温。

见我走出来，他合上书。

"你看过么？"我坐到旁边，避开凹陷的地方，一张长沙发可利用的空间自然有些挤，我们俩挨得很近。

"没太多印象了，是不是东方不败那个？"

我噗嗤一笑："不是啦。东方不败那个是《笑傲江湖》啊。笨！"

"受不了你们文艺女青年。"他一脸嫌弃，"金庸这老头是挺会写东西的，我高中的时候也算是他的粉丝，不过《倚天屠龙记》倒真没看过。"

"哟。"我笑他，"还以为你只知道狄更斯、马尔克斯呢。"

"可不是，我又惊到你了？我还以为你只知道安妮宝贝呢。"

"你少来。"我揶揄他，"我只知道可爱淘和明晓溪。"

"唔……难怪活得那么玛丽苏。"他忽然伸出手，捏了捏我的鼻子，"少读那些故事，会嫁不出去的。"

夕阳西下，屋里已经暗了，两人陷在沙发里，昏暗的光线之中，夹杂着红烧肉的香气。

我离他那么近，只要头一歪就可以靠在他的肩膀上。

我们有一搭没一搭地说话。

他说："你要是不想上班就休息一阵子，你要是想上班了，把简历给我，来甄芙。"

"要给我走后门吗？"我轻轻地问。

他侧过头，夕阳的余晖照在他脸上，微长的睫毛在眼睑留下了阴影，他的笑容都是慢动作的温柔。

"不是嫌我总没时间陪你吗？给你个机会，天天缠着我。"然后他一副若有所思的样子，"听说办公室地下情很有意思……"

我轻轻踹了他一下，也跟着笑。

"对了，你妈前几天给我打了个电话，问我你的情况呢？"

"我妈怎么会给你打电话啊？"我腾地坐起来。

"你不知道哦。我去你家那次，你妈都有我微信了……还经常给我点赞呢。"他笑得一脸得意，"你妈可喜欢我了。"

我稳住自己情绪，妈，你这是让你闺女情何以堪啊？"可是她要问我的情况，不能直接问我吗……"

"切。"他丢给我一个白眼，"你永远只会说很好。"

"我是很好啊。"我嘴硬地说。

"那也是我的功劳。"他一脸自负，"要是没我，你心虚吗？不过……"

他抽动鼻子，一脸欣慰的笑："看来还是孺子可教的。等一下……"他眉头皱起来，"什么味道？"

红烧肉的香气里，夹杂着一丝焦味，我整个人跳起来。

"啊！我的肉！"

跑到厨房打开锅盖，我整个人都软了，我一时没招时间，秦牧这个"红颜祸水"让我忘了锅中有肉。这可是我苦心想要一改"厨房弱智"印象的第一弹，就此失败，成了"厨房灾难"。

我整个人都蹲在地上，哭丧着脸。

秦牧走过来，眉头皱着，一脸无奈地摇头，过来拽我。

"干吗啊？一碗红烧肉而已啊。"

什么跟什么嘛。我整个人丧气得要命，死活不肯站起来，呜咽着。

"什么一碗红烧肉啊。这是我的心血！我不我不我不！"

说着还真哭了。

就算之前做周晨那个案子，好不容易完工被否掉，我都没有哭。

为了一碗红烧肉，我简直像泄了气的皮球，死活不肯站起来接受残酷的现实。

他只能哭笑不得地蹲下来替我擦眼泪。

"你怎么跟小时候一模一样啊？"

我边哭边说："什么小时候啊！"

"你是不是真的不记得，你以前见过我了？"

"哎，我这么帅，你居然不记得了。"他恨铁不成钢地看着我，"你真不记得，你有一回蹲在老季家小区里哭，有个超级无敌帅的盖世英雄，把你送回去？还……买了羊肉串给你吃？"

我搜肠刮肚地回忆，而他似乎情景再现，一屁股坐到地上。

"哈哈哈哈，我到现在还记得，你一脸鼻涕眼泪，边吃羊肉串边哭……哈哈哈哈……"

我……我想起来了，停了哭声，指着他难以置信地说："是你！"

"不是我还是谁？算起来，我也救了你好几次了……你居然，不记得我。你是不是瞎啊？"

"主要是你跟小时候太不一样了嘛。那时候你多帅啊。"我努努嘴说。

"姜末，我最后给你一次机会。"他凶巴巴地逼近我的脸。

"现在，居然还能更帅，简直天理难容。"是的，我就是那个贫贱不能移，富贵不能淫，威武尽情屈的姜末。

他满意一笑，继而盯着我，我脸一红："你看着我干吗？"

"没有。"他轻轻地说，"就是觉得，你和平时有点不太一样。让人觉得，特别想保护你。"

他捏了捏我的脸："起来吧，肉是不能吃了，烧焦的吃了会致癌。还有什么，我来做吧。"

一闻到红烧肉的焦味，我嘴巴又忍不住一瘪："唉，你看我，什么都不会。"

"怎么会呢？"他嘴角一斜，"你起码……还会吃啊。过去等着吧。"

我老老实实站起来，为自己作了一把而羞耻难当，退出厨房这个本就不属于我的舞台，默默地到一边看他撸起袖子，一副大厨架势。

我觉得满心甜蜜，秦牧不会知道的是，那天我第一次去老季新家，天黑了，我却迷路了，他的出现简直是救命稻草。我好长一段时间还跟老季说我要嫁给那个小哥哥。

虽然，这个心愿在我遇到栗长原之后，就彻底给忘了。

但幸好，兜兜转转，命运巧合，在很多很多年之后，我可以看着这个小哥哥，亲手给我下厨做饭。

"秦牧，你手机响了！"我在客厅里看到手机亮起来，朝着厨房喊道。

"帮我拿过来。"

我噔噔噔跑过去，上头的号码显示未知，大概是国外打来的，兴许是鹤童。

听筒里传来的声音让秦牧猛地一震，手里还在翻炒的锅铲停了下来。

他听到一个熟悉得不能再熟悉，却又陌生得不能再陌生的声音。

"秦牧，我是赵灵犀。"

他没说话，他是说不出来话，他心里有些窝火，他很想装作冷冰冰地说点什么。

"你打错了"或者"你有什么事"都好，可是他一句都说不出来。

"那个……我过段时间就要回国了。你一切都好吗？"

他过了三秒钟，手臂开始机械地翻炒包心菜，再不炒，就要粘锅了，像姜未那样，煮出一锅锅巴出来。

他缓慢地，翻炒着。

然后说："很好。"

他不能多说几个字，怕自己会失控，厨房真是个隐蔽情绪的好地方，他才能按捺得住自己的内心。

"那就好。回头见。"

她挂掉了电话，他听到的忙音让他有片刻的空白，她是什么意思？她像是什么都没有发生过一样，问他过得好不好？托她的福，他好得厉害。

冒出的油星子溅到手上，他猛地丢掉锅铲，姜未忽然跑上前来，问他手怎样。他的右手被她抓在手里，刚才她一直站在自己身后吗？

"没事吧？"瞧她紧张的样子，然后她呆住了。

哦，他差点忘了，刚才做饭难得才把表和佛珠摘了，他的右手手腕有一条长长的疤痕。

"这是什么？"姜未抬起头来问。

秦牧有些不耐烦地抽回了自己的手。

"以前不小心割伤的。"

割伤自己的手腕，还是大动脉？秦牧知道自己这个谎撒得太不高级。

可是偏偏姜未没再问，她只是笑了笑："刚才是鹤童打来的吗？你怎么不让我接一下？"

秦牧犹豫了一下："是他姨妈打来的。没什么事。那个……你按了煮饭开关吗？"

——

我知道秦牧有事瞒着我，那条疤痕我到现在才发现，但是他不说，我也不会逼问。

我不想做那种打破砂锅问到底的女朋友，会很烦。

那餐饭吃得格外沉闷，他的心情好像变得很不好。

临走的时候，他拿走了那本《倚天屠龙记》。

"书我带走了。起了个头，还挺有意思。"他终于笑了一笑，忽然过来吻了一下我的额头。

似乎，在奖励我的不追问，或者安慰我受挫的好奇心。

三　错过

我成了无业游民，终于改掉了每天早上比闹钟醒得早的病，西宁姐表示很高兴，她最近上班了，李念念常常被丢在家。念念同学在鹤童这个好朋友离开之后显得特别寂寞，虽然还是对我横声横气的，但还是看得出，她蛮缠我的。

我去看了阿玫，她的伤不重，但是毕竟刚怀孕，需要调理。大龙悉心照顾着她，两个人规划着未来的小日子，大龙决定，等段日子，三个月稳定期过后再搬家。

我想，梅子，在他们之间，只是个小插曲吧。

得知我失业后的陆羽同学直接就来了一句，姜未，来写一碗鸡汤，送给职场上的混蛋们。最近不是很流行旅行吗？要不我做个你的专访？就说你是为了出去看世界辞掉高薪工作？

我说啊呸，首先我那根本不算高薪工作，其次我是因为跟老板杠上，不潇洒走人不得被小鞋绊死？不过我还是很没骨气地接了她的鸡汤约稿，总得……有经济来源吧。

至于张宸，陆羽同学很迅速地跟他分了手，那次家庭聚餐，她也没有去。分手的事还得赖老季，陆羽带上张宸去老季的酒吧玩，乐队的哥们自然是知道内情的，但又知道不能捅破那层纸，只能拼了命地灌张宸。张宸毕竟也是被惯坏了的小帅哥，三下两下喝了，红了脸死活不肯再喝。老季说你这是不给我面子是吧？张宸大概也是喝高了，直接来一句，我干吗要给你面子啊。陆羽一拍桌子说，分手吧。

尽管张宸酒醒之后苦苦挽回，但不被爱就是这种下场。分手不是欲拒还迎，不是若即若离，分手，就是我不想再见到你。

老季跟我说："我挺担心她的，她这样惦记着那个王八蛋，我这么好的男人她拿来当兄弟，多浪费啊。"

我说："那你跟她说啊。"

他说："你就欺负我怂是不？我再等等吧，等她好了，等她彻底过了这个坎儿，我再说，我不想成为炮灰。"

就这样过了几天，周晨忽然打电话来找我，问我为什么离开亦虎，是不是打算去甄芙？

我找了个理由搪塞过去，并表示我暂时没有去甄芙的打算，我想闲一段日子。

他说，那有没有空？我和几个朋友新开了一家餐厅，你来尝尝？

我原想拒绝，但是忽然想起有些事，可能只有他能给我答案，于是说好。

临出门的时候陆羽打来了电话，她在那头说："姜未啊，我在杭州出差，刚好在跟一个旅行社谈合作。他们打算出钱让人去玩儿，最后给点稿子和图片就可以了。有两个名额，你要么？"

"免费的午餐谁不要？文字有什么要求啊？我可写不了好的……"我吐吐舌头，"去哪？"

"去泰国，好了，就这么定了啦……"她欲言又止，"其实，我想跟你说，程沧也在杭州，他们公司刚巧在这边有个活动要做。你说巧不巧，就在那个旅行社附近。所以今天下午，我碰到他了。"

虽然在寥城，他俩也曾碰到过一次，但不过匆匆一瞥，共处一室却没有说过一句话。

而在杭州这意外相遇，才是真正意义上的"再次面对"吧。

"你放心，姜未，他约我吃饭。我一会儿就下去。但你放心，我非常非常平静。都过去了。我知道他是要结婚的人，我有分寸。"

陆羽挂掉了电话，她撒了一半的谎，幸好姜未没有问下去。她只是需要有个人分享一下她的此时此刻。

其实下午她见到程沧的时候表现得非常狼狈。他叫她的名字，她过了半分钟才回过神来。

他也有些尴尬，笑容里看得出来，他每次不好意思的时候，都是这种笑。

他说，你怎么也在这啊？好巧啊。

是啊。在寥城，除了那几个被刻意避开的坐标之外，他们没有遇到过任何一次，谁能料到，会在杭州碰面。

她紧张得有些局促，都有些不像自己了，她也挤出一个笑容。

"是啊。那个……我先走了。"她指指旅行社，"约了谈工作。"

"那个……"他叫住她，"你晚上还没走吧？我听说有个馆子不错，你不是喜欢串串吗？我昨天去尝过，应该是你喜欢的味道。"

她脑子一片空白，回头说："好啊，那晚上说吧。哦，你没我电话了吧……"

程沧忽然笑了，这一次是个真心实意的笑，带点无奈："你的号码我都能倒背如流。"

还有你的 QQ 号，银行卡号，家里的地址，你的生日，你的一切。

半个小时过去，陆羽坐在梳妆台前一动不动。

她不想化妆，那样会显得自己太过殷勤。可是她更不能接受这副鬼样子去见他，那简直会破坏掉最后一丝美感，她在所有社交软件上的努力营造，就全都白费了。

她就这样，颓然地坐着。最后做了一个决定，发了一条信息："我不来了，我还有事。"

在短信发出的那一瞬间，她关掉手机，生怕自己后悔一般地，扑到床上埋住自己的脑袋，眼泪一颗颗地往下砸。

怎么会，怎么会到这个地步。明明就把这个人删掉了，为什么他重新出现的时候，会轻易地踢掉她苦心埋上去的灰尘，一步一个脚印地，走回那些岁月？

太可怕了，真的太可怕了。就像被有意之徒按了一下她生人勿近地保护着的开关，于是她苦心经营的平和就这样崩塌。

她为何不能坦然一点，像个成熟的成年人，走过去，吃一餐，然后一笑而过，举手投足都是洒脱？

做不到，真的做不到。

也许不是每个人都有不敢面对的人。但几乎每个人，都有一段无法面对的岁月吧。贪嗔痴狂，悉数用尽，然后，在长大后的岁月回忆起来，变得那样可笑。

我运气多好，在以为耗尽一切好运之后仍能遇上秦牧，而陆羽，在经历一个错的人之后，遇上了一个又一个错误。其实错的并不是那些错误本身，而是陆羽心里的那个模型。

他有棱有角，就是程沧。

电话响了，是一条短信。

他说："点了好多，真的。都是你喜欢吃的……黄喉，鸭肠，我还买了香蕉牛奶。"

那一刹那陆羽的眼泪就掉了出来，她抱着手机往酒店外面冲。

她那一刻的念头就是"程沧我管不了那么多了，你不要结婚不要结婚，你不要娶别人不要娶别人！你不就是觉得我脾气差吗？我改我改我全都改……"

喀嚓，电梯门口，穿高跟鞋的她因走得太快而崴了脚，整个人扑在大理石地板上。

巨大的一声，震碎了她的一时冲动。

电梯门哐当打开，一个老外看到扑在地上的她吓了一跳，一边问她 Are you OK（你还好吗），一边给酒店打电话让叫 120。

她忍着痛，摇着头。

我不 ok，我一点都不 ok！

吓得老外手足无措。

程沧喝掉了一排的香蕉牛奶，满桌的串串没动。杭州白沙泉美女真多啊，烟火气息熏得他有些晕。

陆羽没有来。凌晨两点了，她还是没有来。

他知道她的性格的，她性子那么犟。

他站起来，买了单，服务员指着那些还没下锅的串串说，这些可以退。

他说，不用了。

就当她来了，吃下去了，跟他说，哇，这家串串真好吃，下次你还要带我来知道没有！

他知道自己这样的行为很渣，所以他不敢接林简接二连三打来的电话。

他想，陆羽是 move on（继续前进）了吧。

那也好，那挺好的。

老季接到陆羽电话的时候正在演出的间隙，今天生意爆好，他打算待会上台唱一首嗨爆全场的歌。他的心情也还不错，直到听到陆羽的哭声。

他以闪电般的速度冲到略微安静的仓库，他听到陆羽边哭边说："老季我崴到脚了，你快骂骂我，我差点干蠢事。"

他只问了一句："你现在在哪里？"

她呜呜地哭着说："我在医院啊，一个老外把我送过来的。"

他说："我一会儿到！"

她呜呜地继续哭："你怎么到啊，我在杭州啊……"

他愣了一下，然后说："那你等着，我要好一会儿，才能到。"

然后，他撇下乐队，幸好还有一班飞机，凌晨就能到萧山机场。

——

周晨还是一个很有格调的人，这家餐馆规模不大，在一个小巷子深处，却是门庭若市。

他找了个临院的小包厢给我，点的菜色，都极其精致。

我没多少胃口，开门见山。

"周晨，我是有事想要问问你。"

他抬起头："又是关于秦牧吗？我又不是他的监护人……"

"我想知道秦牧手上的疤是怎么回事。"我直接劈进主题。

在周晨面前，我不需要伪装，不需要清高，不需要装作漠不关心毫不在意。

"这么隐私的事，你该问他自己吧？"他苦笑一声，"不过也是，他怎么会告诉你。来，先尝尝这酒，酒庄新出的，我一般都不拿出来，我一会儿跟你说。"

——

我去了一趟学校附近的软陶店。

曾经在这里，陆羽亲手砸碎了程沧准备送给她的生日礼物，我是这样猜测的，那时候程沧的确犹豫了，但他还是想要和陆羽走下去，但是陆羽那一砸，砸碎了他最后一份爱情希望。

我之所以回到这里，是想做一对软陶人送给秦牧。

我不知道自己为什么有这个念头，或许，是因为心里不安吧，总要做出一点事来安慰自己。

软陶店是我大二的时候开的，店主是一个云南的女生，跟周诗余关系不错，跟我们只是点头之交。但我还是蛮喜欢她的，听说她是为了在寥城的男朋友放弃了去英国留学的机会来到这里，然后分手。反倒是男友出了国，她则留在了寥城。她的店设计很清淡，但手艺颇有匠人风范。她说陶艺这种东西，本身就是需要耐心和时间的，火候也要对，才能出精品。爱情，也是一样。

"你最近恋爱了。"她说。

"咦？"她怎么看出来的？我一脸讶异。

"你眼睛里有火苗啊。"她笑着说，"看得出，对方一定是个很好的人吧。"

周诗余曾在这里打过一段时间的工，以她的八卦程度，一定跟老板娘说过我的故事吧。

"诗余也好久没来看我了。对了，程沧和你好朋友怎么样了？"

上次那么一闹，她还是记忆犹新吧，突然问起来，我心里竟有种过尽千帆的感觉。

真是一转眼，程沧都要结婚了，在这里，时间就像停止流逝了一样。

我淡淡地说："散了。"

"爱情里没有对错。"她笑着跟我说，"姜末，你相信吗？相爱的人啊，最后不管怎么兜兜转转，都会找到对方的。"

我们都是迷路在地球的孩子，出现就是为了找到对方。

软陶店时常只有我们两人。揉土是软陶制作的第一道工序，要将未经加工的材料揉制均匀，使得密度极大，减少裂痕与气泡。然后是造型，因为我是生手，这一道工序，费了很长的时间。

幸得老板娘一直陪着我，她的性子就像温水，大概是职业练就的。

她跟我聊起以前爱的人，听说他在国外，念了博士学位。提起这个人的时候，她眉眼间一点都没有怨怼。

"你还在等他吗？"我忍不住问。

"不是等，而是守候。"她笑着跟我说，"当然不排除我会爱上别人。姜末，如果碰上值得守候的人,那就用点耐心。"她笑着说,"人啊,就是这样,把握是很难的一件事。爱情若是太用力,也不好,容易崩塌。"

好像,是这样子。

"有个谚语叫守得云开见月明,守啊,是要耐得住性子,耐得住嫉妒,耐得住寂寞的。你懂吗?"老板娘微笑着将那对软陶人送进了烘烤箱。

——

那天,在那个胡同口的深处,一杯酒下肚,周晨缓缓开口。

"那条疤,是三年前,赵灵犀试图自杀的时候,秦牧自己割的。"他看向一脸震惊的我,"幸亏被发现,两个人送到医院,才被救了回来。姜末,他可以为她去死。一而再,再而三。"

\我想你时

西风止\

第十五章 许个愿吧

我想他不要离开我,不要以任何的理由离开我。

一 谎言

"你也没有爸爸。对不对？"

李念念这么问我的时候，我真的不知道该怎么回答。

"我有爸爸，只是我很久没有见过他了。"我想了想，努力想让这个回答听起来不那么悲伤，"你也有爸爸的，只不过……他变成了天上的星星。"

"鹤童也没有爸爸，他比我更不幸福，起码我还有妈妈。"她蜷缩成一小团，靠近了我一点，"秦牧哥哥有爸爸吗？"

"有啊。"

"可是他好像很不喜欢自己的爸爸。"她皱起眉头，"你喜欢你爸爸吗？"

让我想一想，时间倒退到十年前，他离开我的那个下午。

记忆老早就起了毛球，但我还记得他说过的那句话。

他说，未未，爸爸会一直爱你的。不管在不在你身边。

"姜未，我其实不想我爸爸的。"她说，"我从来没有见过他。我怎么想他呢？"

"你说，如果有一天，我死掉了，我到了天堂，他会认得我吗？"

我说："首先，你要呸掉这段不吉利的话。"

她不情愿，却只能呸了一下。

我这才不板着脸，笑着说："你爸爸会认出你的。不管他们是出于什么原因离开我们，我们都是他的孩子，他一定、一定会认得我们的。"

可是，他还爱我吗？他还能认出我的样子吗？那些不管出于什么原因离开我的人，到底过得好不好，还有没有想起我呢？

——

事业空窗期半个月之后，泰国签证下来，旅行社定了酒店，机票是月底的，自助游。然后便是我的生日。其实我对生日从来都没有什么执念，除了打电话慰问我妈母难日辛苦之外，以前都只是和陆羽他们出门开个小灶就算过了。

张叔叔每年都会给我卡里打一笔钱，我没办法不收，只能用这笔钱来给瑶瑶买些礼物，逢年过节寄回去，导致张叔叔每回都跟他家人夸我懂事孝顺，搞得我怪不好意思的。

让我想想，我爸走之前，我的生日是怎样的？

我爸会跟我玩一个游戏，他会把礼物藏在家里的角落，每回生日，我默契地不用他说，一回家就翻箱倒柜，有几回找不着，就耍赖皮地在地上哭。他没辙，只能来哄我，变戏法似的从身后将礼物变出来，哄得我破涕为笑。

后来，再也没有人跟我玩过这个游戏。

我想他是送了我礼物的吧，只是我找不到它藏在哪。

一藏，就是十年。

十年，竟只是弹指一挥间。

"这么丑的东西，哪买的？"秦牧指着那一对软陶人，满脸嫌弃地问。

我早就预料到了他会是这个反应，红着脸拿出一个盒子。盒子里是一对深蓝色的袖扣，他平时穿正装的时候可以用上。

"买袖扣的时候顺道买的。"我说，"不喜欢的话……"

他一把夺过，凶巴巴地说："谁说我不喜欢？"

秦牧将那对小陶人抱在怀里，一副我要抢他洋娃娃的幼儿园女孩的架势，我忍不住笑了。

"不过，干吗送我礼物啊？"他伸出手来，

三天两头见不到你，所以希望这袖口能始终伴你左右。

可是我哪里说得出这样矫情的话，只能笑着说："看到了，就买了。"

"对了，过几天是我生日，"

"我当然知道。"他神秘地笑笑，"不是喜欢吃火锅吗？然后定个包厢？要多大的蛋糕？几个人？"

我有些受宠若惊，"不用这么麻烦啦。我不怎么过生日的……"

"这可不行。"我想起他生日的排场，想来他是不想委屈了我吧，非要给我过个铺张的生日，"把想陪你过生日的全叫上。"

——

"秦牧，我回来了，17号午夜的飞机到北京，你来接我吗？"接到赵灵犀电话的时候，秦牧正在柜台给姜未选着礼物。

Tiffany专柜的那个笑容甜美的小姐，拿出几款来，推荐说，这款泪滴卖得最好，先生……先生？

他愣了一下，说等一下。

"我挺忙的。"

"我最近伤到了脚，还没有好，不是很方便……你也知道我在国内没有什么朋友。"赵灵犀的声音像是从很远的地方传过来，"我听子骐说你交了女朋友，但是……"

她说的话让他怔住了，他定了定神，回了一句："别说了，我来接你就是。"

他的注意力回到柜台上，整个人像回了魂，那位小姐依旧保持着得体的笑容。

"先生，你看这一款可以吗？"

"替我包起来吧。"他皱了下眉头。

17号，正是姜未的生日。

偏偏这么巧，也是她回国的日子？她消失的两年时间，一点痕迹都不给他留下，连句话都不曾留。现在她又出现了，语气不咸不淡，就像她昨天还在他旁边似的。

她说，我听子骐说你交了女朋友，但是秦牧，你别忘了，我们都还没有正式分手吧。

他觉得心烦意乱，手里的 Tiffany 蓝色小礼袋太轻。

可是心头却像有颗大石头一样压着，好沉。

他不得不承认，他还是想要关心她，他用了好大的忍耐力才没问她的脚怎么了，他想要见到她，他想要问一问她到底是什么意思！

可是姜未呢？他焦躁地走在街上，没注意红灯，一辆车急刹车在他面前停下，司机探出脑袋来说，小伙子你走路看着点啊！

他礼貌地跟人家道歉。

17号，就是明天。

他拿出手机想打姜未的电话，但是号码拨到一半又停了下来。

他怕自己会心软，于是他改成发微信。

"姜未，对不起，明天我要飞一趟北京，公司临时安排的出差。"

他觉得说不过去，又加了一句。

"我也是刚被通知，很要紧。"

那头很久都没有回音，直到他到家的时候，她才发来："你有事就去忙吧，没关系，生日每年都有一个。"

他不知道该回些什么，她为什么总是这么懂事？懂事得让他觉得愧疚不已，如果她跟他撒撒娇，跟他发发脾气，他也许没有那么愧疚，愧疚到，又给她发了一个。

"对不起。"

"不过我今年要许个愿，明年生日，你必须得陪我过。"她发了个笑脸的表情。

他沉默地坐在沙发前，整个人陷在黑夜里。

赵灵犀，真是个魔障。

是从什么时候开始，我对好事，不敢有太大的期望？总收敛着自己的热情，生怕兜头冷水浇下来会太惨。但我还是没能控制住，在收到秦牧短信说他临时要出差的时候，整个人都被失望的情绪包围。

生日，对于呼朋唤友的交际能手来说是多么热闹的事，可我姜未，翻遍通讯录除了陆羽和老季也找不出别的什么关系密切的朋友。

电脑的屏幕亮着，我看到周诗余的QQ头像，犹豫了一下，还是点开了。

从去找周晨的那一刹那开始，就已经注定了我会在不信任秦牧这件事上停不下来。

"北京？"那头的她回了一个大大的问号，"没有听说公司派他出差去北京啊。"

我的手停在键盘上，不知该摁哪一个键，我大口地喘了喘气。

他在骗我，我甚至不知道他为什么要骗我。只是为了不陪我过生日吗？还是因为别的事要编造出差的谎言来搪塞我。

那么，别的事，到底是……什么事呢？

整夜未眠，到黎明的时候才昏昏沉沉睡着，我头一次梦见了赵灵犀。

其实我并不知道她长什么样子，尽管老季有一张她小时候的照片，初见端倪的美丽，秦牧的平板电脑里也有并不清晰的远照，但我就是知道，梦里那个瘦高，穿白裙子，面目模糊的女人就是赵灵犀。

我做了个非常可耻的梦，梦见我和秦牧在过着马路，突然走到面前来的赵灵犀，伸出手来，跟我说，姜未，你可以走了。

我死活不肯撒手，梦里夸张百倍的情绪让我变成了一个泼妇，秦牧死命挣扎着，他的脸也是模糊的，他说，你松开啊！你干吗不松开啊！

我多可耻，在梦里边哭边抱着他的胳膊说，不要啊，我不要啊，你陪我过完生日再走啊！

秦牧看了一眼那个面目模糊的女人，然后对我说，对不起。

我腾地从床上坐起来的时候，已经是11点多了，阳光从窗帘外漏了进来，胸口胀胀的，幸好我的脸上没有眼泪，但是羞耻感却如影随形。

幸好世界还要白天，就像是超强力的涂改液，掩盖你在黑夜里暴露的一切脆弱。

我跟自己说，姜未，你给我记着，赵灵犀已经离开那么久了，他手上的疤也已经陈旧，只是你自卑作祟……就算……就算，梦是真的，我也不会允许你像里头的自己一样没用。

我只邀请了老季、陆羽，本来不想惊动阿玫的，毕竟她腿伤也没好，结果她说我生日必须得来，基于上次车祸，我还是有些心惊胆战，直到大龙说，她总不能不出门吧。

放心吧，我们会小心的。

火锅店里，陆羽一听到秦牧不来，就板着脸替我鸣不平了。

"再大的事非要凑今天！男人都是骗子，答应的事老做不到！"

老季和大龙在旁边膝盖中枪，一脸无奈，阿玟含着笑，一脸温柔。

看到阿玟和大龙，暂时冲淡了秦牧给我带来的失落，生命真是一种神奇的事，虽然阿玟以前就挺温和的，但总觉得比我才大不到两岁的她明明还是个小女孩，现在，她脸上却有了属于母亲才有的神态。因为她不能吃辛辣食物，我们特地选了小包厢，清淡的锅底，大龙还去隔壁拎了排骨粥给她。

阿玟并不知我离开亦虎的事，我怕她觉得是自己的事儿连累了我，一直瞒着，所以她忽然问了句："梅子怎么没来？"

我一愣，不自觉看了一眼大龙，他尴尬地一笑。

"哦，梅子啊。"我撒谎说，"梅子今天加班。"

她信了，笑了一下，低头尝了口排骨粥，皱了下眉头对大龙说："还是你做的好吃。"

陆羽和我对视一眼，吐了下舌头，不免被这温馨的秀恩爱行为给深深虐到。

我却不免心中有些酸涩，所有的幸福背后，是不是都有这些不为人知的隐衷，不过，幸好过去了，都过去了，在几个月之后，她和大龙会迎来一个小生命，那是劫后余生的珍贵礼物。

然而秦牧和我之间的隐衷，到底是什么呢。

天气预报忽然发来预警，说寥城会迎来一场大面积暴雨。

我想了想，给秦牧发了条短信。

"记得带伞，听说要下雨。"

到了KTV，报了之前秦牧给我的预定号，才知道竟是豪华包。

简直无语了，我们清清淡淡几个人过去，服务员问了好几遍，确定就这几个人吗？那我现在去拿蛋糕。

哦？还有蛋糕？这算是小小的安慰了吧。

结果推进来的三层高的蛋糕让我们都惊呆了。

统共五个人，顿时显得风萧萧兮易水寒的清冷，偌大的包厢里，陆羽打开一瓶酒，冲我说："秦牧也还算厚道！酒水签他的单是吧？老季！我们不醉不归！"

"喂喂喂！"老季皱眉，"你的脚还没好全呢，站稳点，别滑倒了。"

大龙给阿玟倒了杯白水，自己开了瓶酒，阿玟笑着说："未未，以水代酒，生日快乐。"

我拦住大龙："你也不许喝多，最多一瓶。待会儿，你还得护送我们的准妈妈回去呢。"

可不能累着。"

老季和陆羽抢着麦克风，陆羽总是能把调带到天上去，老季努力地给她揪回来，恨铁不成钢地看她。

陆羽嘻嘻哈哈的样子像没有任何心事，老季的眼神里像是没有任何故事。

成年人，学得最好的一招，就是隐藏。

尽管偌大的包厢略显清冷，但我是习惯了寂寞的人，又有老季和陆羽两个活宝在，一个三层高的蛋糕还不够用，除了阿玫是重点保护对象不敢乱碰之外，其他几个人满脸满身的蛋糕。

陆羽还舔了一口。

"真讨厌，好浪费哦！蛮好吃的……"

老季忽然伸过脸去："我脸上还有，你要不尝尝？"

挨了陆羽一个回旋踢，他"哎哟"一声，见陆羽脸上一副吃疼的表情，立马慌了。

"脚没事儿吧？"

简直是另一个翻版的程沧，我的心一寒。

我去洗手间弄掉身上的蛋糕，走出门的一刹那觉得自己装出来的笑容还是有些绷不住，寥城已经开始下雨了。我的脸因为喝了一些酒有些发红，脑子嗡嗡作响。把垮掉的笑容努力撑回去，我就这样保持着干巴巴的笑容回到包厢门口。

然后，我看到了门口等着一个人，浓妆艳抹的赵小姐穿着一条抹胸裙，拎着她的香奈儿2.55，自然吸引了楼道处的一众过客和服务生。

我想起梦里那个模糊脸的女人，听说赵子骐跟赵灵犀有三分相似，毕竟是堂姐妹，但所有人都说，她不及赵灵犀十分之一漂亮。

但是我不得不说，赵子骐已经足够漂亮，尽管她高抬的下巴以及过分知道自己漂亮的神态让人心生不爽，但我还是没办法想象乘以十的赵灵犀是什么样子。

她已经看到我了，这个时候，朝我讳莫如深地说了句："生日快乐。"

"你怎么来了？"

赵子骐的出现就是个灾难，我好不容易伪装好的笑容还是垮了下来。

"我不能来吗？秦牧还是用我的会员卡给你定的包厢呢。"她柳眉忽然一皱，阴阳怪气道，"不过秦牧怎么没来呢？"

我没回答。

她自问自答地恍然大悟："哦……他去北京了！那你知道他去北京干吗吗？你那么聪明，应该不会不知道吧。他啊……"

我整个人紧紧绷着,我预感我快要杀人了。

赵子骐,你给我闭嘴,你来砸场子是不是?好啊,我让你砸。但你休想毫发无损地出去,你的新发型蛮好看啊?我给你换一个吧!

可是就在这个时候,她得意的笑容忽然垮掉,目光从我脸上移到我的身后,一脸震惊:"你不是去机场了吗?"

"谁说我去北京了?"

身后秦牧的声音响起,我吃惊地回头,他浑身湿漉漉地站在我身后。我皱着眉头无奈地指着他湿透的衣服,"外头好大的雨啊。"

二 惊喜

一个小时前,安检门口踌躇着的男人,握着登机牌眉头紧锁。

前头的人催他:"小伙子,往前挪啊?"

他反应过来,忽然下意识地从队伍里抽身出来。

他拿出手机,发了一条短信。

"抱歉,临时有事,来不了了。"

然后,径直走向机场出口。

——

"你怎么会来!"我朝他惊喜地问道,"等一下。服务员,帮我拿几条干毛巾。"

"傻瓜,你生日,再大的事也要推掉啊。"他点了下我的鼻子,"想给你个惊喜而已。走吧,进去吧。"

全程被忽视的赵子骐此刻竖起了浑身的刺,整个人杏眼圆睁地看着我。

"一起吧?"我冲她露出了一个不怎么善意的笑容,她来了,不就是想糗我吗?

是的,我是故意的,我就想看看赵子骐那张脸怎么灰下去,就想秀恩爱给她看,把自己积蓄已久的委屈,全部都还给她。

"既然来了,进来坐坐吧。"

"别闹了。"

秦牧抓着我的手往里头走。

陆羽和老季发出一声尖叫，哇！男主角来了！你这是干吗呢？刚游过泳啊？

服务员送来了干净的毛巾，他随便擦了擦，忽然停了下来，盯着桌上的还剩下一层的蛋糕："你买了蛋糕了？我刚打电话去21cake，他们说再过一会儿会送来。"

"啊？"那蛋糕是谁送来的？我还没从他从天而降的惊喜里出来，忽然反应过来。

这时，身后的门被推开，方才还气急败坏的赵子骐此刻脸上又有了让人讨厌的笑，而旁边站着的周晨，一身西装笔挺："姜未，我送的蛋糕，还喜欢吗？"

——

周晨看到秦牧的时候，电光石火间，两人都默契地冷笑了一下。

我有些尴尬，刚想开口，周晨非常知趣地说："我就不打搅了，就是知道你生日，过来祝贺你一句。"

我忙不迭地说谢谢谢谢，巴不得他快点走。

周晨和秦牧的龃龉，不用多说，他们俩共处一室绝对会是灾难。

赵子骐却一副总算扳回一局的架势，径直走进来。

陆羽在我耳边问，这谁啊？你认识？穿成这样，她以为她小公主啊？

老季认得赵子骐，他朝我努了努嘴，似乎在问，她怎么来了？

我耸耸肩，赵子骐已经径直坐在了长沙发上，掏出包里的烟来，姿态优雅地点上。

"喂。"陆羽敲了敲桌子，横眉竖眼，"这里有孕妇，请勿抽烟。"

赵子骐愣了一下，忽然奇怪地看着我："哟，姜未，没想到你怀孕了啊？谁的啊？"

陆羽差点就炸，我好不容易稳住了她。

阿玟尴尬地一笑："不好意思，不是姜未，是我。"

"太可惜了。"赵子骐一副夸张的样子，"还以为姜未中奖了呢。"

我面红耳赤，方才就闷声不吭的秦牧，终于开口。

"赵子骐，你要不把烟掐了然后闭嘴，要不给我滚出去。"

赵子骐闻言，翻了个白眼，气呼呼地，却神奇般地乖乖噤声，并且掐了烟。

老季过来打了个圆场，朝着总算把自己沥干的秦牧道："老大在这，该轮不到我唱吧。"

"咦，秦牧唱歌很好听吗？"

"可不是。当年高中的时候，老大是十佳歌手呢。"

"我想听。"我笑着说，"还没听过你唱歌。"

"要听什么？"他只能无奈地朝我笑着说。

"《甜蜜蜜》吧。"我歪着脑袋点了一首。

他皱了下眉头，凶巴巴地道："别以为你今天生日就可以乱来了。换！"

老季却已经兴致勃勃地点了歌了，他笑着说："老大，你高中时候的成名曲！"

屏幕上，出现一行字，陈小春——《独家记忆》。

秦牧脸上有犹豫的神色，可话筒已经到了嘴边。他的声音充盈偌大的包厢，他的确有极好的声线，微微带点沙哑的磁性，在场的大伙儿，都呆了。

音乐是一种奇妙的东西，将杂念从大脑里排除，世界只余旋律，平日里总是漫不经心的秦牧在唱歌的时候眼里会有种愁绪，他的声音就像一个故事，而流淌着的却是……

"谁也不行，从我这个身体中拉走你，在我感情的封锁区……"

"有关于你，绝口不提……"

赵子骐不知道是什么时候坐到我旁边来的。

"姜未，当年他参加高中的歌手大赛，是赵灵犀给他选的歌。很好听吧？还有，不管为什么秦牧没去北京，我只想告诉你一件事。"她在我的耳朵边，轻声地说。

"我姐啊，要回来了。"

赵灵犀，要回来了。

我的心，像被一双手猛地一捏。

这个时候，秦牧的声音忽然轻下去，眉头一皱："太久没唱，有点不太找得着调。"

可是，那余调就像一阵冷风，吹进了我的心里。

他的声音就像一个故事，流淌着的却是别人的名字。

今天是我的生日。

陆羽看出端倪来，狠狠踹了一脚老季，暗骂道："你是不是有病啊？"

然后她笑着说："这个时候唱什么《独家记忆》啊，该唱《恋爱ing》啊！"

——

赵子骐说完，像是完成了她今天的任务一样，站起来扭着腰肢出去了。

差点跟送蛋糕进来的人撞个满怀，她回头，脸上有胜利者的笑容。

"生日快乐。"

陆羽骂了句，问："她到底什么来头啊？"

"赵灵犀的妹妹。"我朝她笑了笑，有气无力。

"什么？"她瞪大眼睛。

三 许愿

21cake 的蛋糕姗姗来迟,送货的人不好意思地直说抱歉,大雨阻扰了送货进程。

秦牧指着蛋糕冲我笑着说:"过来过来,刚才那个蛋糕可不算数,是那个神经病的。"

我走过去,觉得自己整个人都有些轻飘飘,我一定是喝多了。

他插上蜡烛。

"要先许愿。"

阿玟也笑着说:"未未,刚才都没许愿,记得要许三个愿望。"

愿望说出来就不灵了。

我许的第一个愿望是家人一切顺利。

第二个愿望是阿玟肚里的孩子平安。

第三个,我睁开眼睛看了一眼老季和陆羽,抱歉,我要自私一次,将第三个愿望用在,我对面这个男人身上。

他温柔地看着我,头发还有些湿,他不知道的是,我刚随手翻到一条新闻,说寥城大雨,机场的飞机停飞了。

是这个原因,他才会出现在我眼前吗?

而不是什么惊喜,不是什么我的生日作为男朋友的他必须在场。

今天晚上,或者说很长一段时间,他都没有提过赵灵犀的名字,可我怎么会觉得,此刻他的眼睛里,全是她的影子?

我想我小时候大概是太贪心了,我每次许愿的时候都特别奢侈,因此没有一个兑现的。

我曾许过,让我中一百万,拥有一座都是糖果的房子,最后我连家都没有了。

我曾许过,我爸快点回来,我妈不要结婚,我们一家三口早日团圆,最后我爸十年未见,我妈嫁给了张叔叔。

我曾许过,外婆活过来,时光倒流,我失去的那些人都还在我的身边,可是他们连我的梦,都很少来。

那么,我现在还是要许一个奢侈的愿望。

我想要和他走下去,因为我心里猛烈的疼痛告诉我,我好像真的爱上他了,尽管我步步小心保守着这份爱。

我想他不要离开我。

不要以任何的理由。

赵灵犀要回来了，那个阴魂不散的前女友，那个他们口中的女神，那个秦牧的所有过去，那个他避而不谈的人，那个在周晨口中秦牧不可能忘记的人要回来了。

灯光退场，有些人一出现，就会拿走所有舞台。

对面的秦牧看着我的表情，脸色一滞。

"姜未……你干吗哭啊？"

他们都慌了，这个包厢里有我这个城市里最好的朋友，充斥着酒精的味道，背景音乐还在放着范晓萱的《猪你生日快乐》。

不太适合悲伤。

门口的雨已经停了，马路上湿漉漉的，赵子骐走到门口，跟周晨相逢。

"你干吗不进去？"

"我不想弄得她生日不开心。"周晨微微愠怒，"你不是说，秦牧去北京了吗？"

"去北京的飞机停飞了，我想他是因为这个原因才回来的吧。"

"你别给姜未添堵了。"周晨丢掉烟蒂，语气严肃地说。

"哟。"赵子骐惊讶地看着周晨，一副难以置信的样子，"怎么，花花公子转性了？你这是真喜欢上她了啊？"

周晨不置可否："反正，你别去找她麻烦，我也不需要你帮我忙了。"

"放心吧。等赵灵犀回来，姜未……姜未哪去了都不知道。我找她麻烦干吗？"赵子骐一脸的不屑，"她对我来说，根本连个对手都算不上。"

周晨不解地看着她："我就是有些不懂。你这是什么心态啊？你明明那么讨厌赵灵犀……"

赵子骐没说话，神秘一笑："大少爷，女人的世界很复杂的，说了，你也不会懂。祝你早日接盘。估计姜未很快就要成弃妇了。"

——

我吹灭了蜡烛，微光消失，连带着一脸诧异的秦牧也消失了。

我哇地哭了出来。

大龙跑去开了灯，老季慌手慌脚地去拿纸巾，发现没有，递给陆羽一条秦牧擦过头发的毛巾，陆羽压低声音骂他。

"你是不是猪啊。"

秦牧从桌子那头绕到我面前来，他握住我的肩膀，发现我在不停地发抖。

"怎么了怎么了？"

我看着他的眼睛，边哭边说："我想我爸，想我妈。以前我爸……"

我上气不接下气，我撒了谎，但是也没有完全撒谎。

我真的，好想他。

秦牧将我抱进怀里，任由我号啕大哭，他轻轻地拍着我的背，听到我呜咽着说。

"我以为你不来了，像他一样，不来了。"

他轻轻地吻了吻我沾满眼泪的睫毛，他轻声说："傻瓜。我错了，对不起。"

"我不要对不起……"

陆羽从门口抱着一盒纸巾出来，她也哭，她说姜未你丫的别哭啊，大喜日子啊。你哭什么啊。你看秦牧不是来了吗？挺好的。你想想我生日啊。我生日那天……我生日那天……

老季愣住了，他眼巴巴地看着陆羽哭得上气不接下气，他左手右手扯着纸巾，喊着："祖宗们……我的天哪……"

大龙怀疑这哭是场重度传染病，紧张兮兮地跟阿玫说："你可别哭啊……哭容易动胎气……"

——

秦牧听着姜未哭，这跟上回她为一碗红烧肉哭，那是完全不一样的事。他的心里百爪挠心，他后悔不迭。

他就不该动任何的念头，他怎么能这么对她？哪怕他最后到了这里，他也是对不起她！

他反复说着对不起，想要将内心里的愧疚感挪点出去。

可是姜未一点都不给他机会，她哭着说，我不要我不要我不要对不起，我要你对得起我。

他只能说，好好好。她蜷在他怀里是小小的，跟平时那个老是跟他横的姜未那样不一样。

他感觉到心疼了，那种疼是带一点甜蜜，缝补着愧疚的。他是在那一瞬间，在她在他怀里哭成一个泪人的时候确定自己的心意的。

他比自己想象中，要在乎她的多。

她哭着哭着，蹭到他怀里的一个包装袋，抽噎着抬起头来，什么东西。

他想起来了，那是他给她买的 Tiffany 的项链，当时导购小姐说什么来着？泪滴？他怎么能在这个时候送泪滴给她呢？她哭得还不够吗？

秦牧刚想轻轻擦掉她的眼泪，她已经腾地站了起来，像什么都没有发生过一样地对陆羽说："哭什么呀，我生日呢，太不够意思啦！不许哭啦！老季你别趁机占她便宜。我要切蛋糕啦。"她又回头，抹一把眼泪，眼睛清明地冲大龙说，"孕妇可以吃奶油吗？21cake 的蛋糕特别好吃呢！"

她一副女超人的样子，开始切蛋糕，秦牧知道她身边的朋友很少，但她会把每一个人都考虑得很周到，她一甩头就把刚才的悲伤甩到了身后，一脸的笑。

姜未笑起来真好看。

他从来都没有觉得，她这么好看过。

——

我生日那天的那场暴雨，让我家遭殃了。

一回到家里就看到屋顶漏水，我立马醒了酒，冲过去拿脸盆接，然后跑到厨房里拿拖把。

秦牧一脸的无奈，冲着满屋子跑的我喊："姜未……姜未……你换套房子住好不好？"

我一边拖一边说："不用了。又不是满屋子漏，就这么一点点而已。"

"要么你搬来跟我住？"秦牧这句话一出，我惊得抬头，他居然脸红了。

"那个……"我放下拖把，我也脸红，不过可以赖给酒，"我……我觉得，真的……呵呵呵呵，我喜欢一个人住，而且你的公寓一点都没有家的味道啦……"

秦牧手里拎着一小串钥匙，递到我面前。

"这……什么？"

他似乎对我的反应非常无语，恶狠狠地说："我也不知道这是什么，兴许是棒棒糖吧，要不你尝尝？"

"不是不是，"我立马解释，红了脸，"你给我钥匙……"

美剧里不都这么演吗？给公寓钥匙，难免会造成"我们又往前迈了一大步"的幻觉。

"生日礼物。"他凑近我的脸，"你不搬来可以，但是，不可以诬赖我家没有家的味道。拿着，以后，适当过来给我点家的味道，好不好？"

\ 我想你时

西风止 \

第十六章 逃之夭夭

我以为我已经学会了粉饰太平，我以为我可以装作什么都没有发生，在从前的歇斯底里的背弃里，我以为我已经有了一层盔甲。

一　旧情

　　去泰国之前的日子，寥城一直在下雨，不是绵绵的，也不是轰动的，就那么不疾不徐地下着。

　　不是淅淅沥沥，也不是哗哗啦啦，就是那种让人心里有点不痛快的下法。

　　没完没了。

　　尽管那串钥匙是短暂的安心剂，我却还是没办法停止自己做梦。

　　作息开始混乱，我也一点都不想去上班。

　　我不安心，也为自己生日那天的失控而感到后悔。

　　但是秦牧却变了一些，以往他总是神龙见首不见尾。用陆羽来说我们俩的恋爱简直不太正常，情侣交往，不该每天都打个电话说晚安的吗？而如今，可能是我俩都空了下来。秦牧找我的时间，逐渐多了起来。

　　那段日子我晚上总是睡不着，写完陆羽布置的心灵鸡汤，百无聊赖地刷着朋友圈，点了个赞以后，秦牧的电话响了起来。

　　"姜未，你知不知道半夜不睡觉会变笨的。"他语气里微有埋怨，然后说，"我也刚忙好，你要不要见我？"

　　我们去电影院看了午夜场电影，刚好是张艺谋的《归来》，改编自我很喜欢的作家的《陆犯焉识》。

　　借着《归来》，我终于鼓足勇气，尽量让自己的声音听起来漫不经心。

　　"我听说，赵灵犀要回来了啊。"

　　他微微侧过头，电影的光束打在脸上，婉瑜认不出归来的陆焉识了，她茫然地，客套地，生硬地打招呼。

　　"赵子骐跟你说的吧？"他的目光重新回到荧幕上，"是吧。"

　　"她没有联系过你吗？"

　　我侧过头看着他，细微的神色变化，他的目光一凛，然后松软下来。

　　"没有，我也只是听说而已。"

　　"可不许骗我。"我压低声音认真地说。

他似乎想了想，然后抓住了我放在靠椅上的手，朝我温软一笑。

"不骗你。"

电影散场，人流并不多，秦牧紧紧扣住我手掌的力度让我心安。

"饿不饿？要吃点东西吗？"他低头问我。

"不要了，我还要回去收拾行李呢，后天不是就要走了吗。"

"不要带太多贵重东西，要是遇上什么事，打电话给我。后天早上的飞机吗？我送你去机场。"侧门出去，他揽住了我的肩膀。

"好啊。不过你明天得陪我去趟商场，我行李箱的滑轮坏了。"

"不用。"他想了想说，"我那有好几个行李箱，我明天可能下班晚，下了班我再给你带回来，或者你过去取吧。"

走出电影院，空荡荡的午夜街道上没有人，他车停得有些远，我跟在他身后，踩着他的影子。

我忽然觉得，我有些害怕几天的分离，如果赵灵犀回来了，而我又刚好不在，秦牧会怎么做？

他真的没有骗我吗？赵灵犀没有联系过他，保持着前女友该有的距离和本分。

"秦牧！"我的心又不安起来，在身后叫他的名字。

他转过身来，那张脸是年轻女孩子都挺喜欢的脸，因为晚上有工作的原因，他还来不及换掉难得在我面前穿的正装，我一直都知道他好看，但是时间越久，却觉得他更好看了些。

"秦牧啊，等你不那么忙了，我们一起出去玩吧。"我想起过年的时候他跟我同学周青歌提起的北海道，大声说。

"好啊。"他站在那等我，微微笑，"想去哪里？"

"都好。"

我跑过去，走到他面前，仰起头来看他。

他也看着我。

这姿势，远远地看上去，一定是我像在等一个吻。

我认真地看着他，想看他眼睛里是不是也有这份认真，我知道我这样的状态非常不好，我保守地爱他，总觉得会失去他。

他噗嗤地笑场了，然后以飞快的速度吻了我。

秦牧的嘴唇真软，轻轻抱住我的后脑勺的手也软。

我有些喘不过气，他松开手。

"你的嘴唇真软。"

"当然，嘴唇软的人，心也软。"

我白他一眼："少来啦。一般都是刀子嘴豆腐心。"

嘴上硬气，可心里是甜的，奢侈地希望这时光走得慢一点。

身后那个人，让我开始有了奢望。

——

先将姜未送回去，秦牧回到家楼下已经是深夜两点了，到楼下的时候，忽然接到她电话："你之前从我那拿走的书，看完了吗？"

"哦，还没呢。"

"看到哪了？"

"赵敏。"他似乎回忆了一下，"就是张无忌和赵敏勾搭上了。"

"秦牧，你觉得张无忌……爱赵敏多一点还是周芷若多一点？"

秦牧是聪明的，他还是意识到姜未的神经质了，他在那头无奈地笑了笑："反正，我看到的阶段，周芷若是过去，赵敏是现在和未来。"

"赵敏很厉害哦。"这个傻妞估计是意识到自己被戳穿，有些尴尬地掩饰，"你说她会不会问张无忌，周芷若和她同时掉进水里他救谁？金庸要是写到这个，一定很好笑……"

"好了，真的觉得你越来越蠢了。要早点睡觉，别胡思乱想。老是晚睡，真的会变笨的。不过……"他拉长声调，"姜未已经够笨了。"

他挂掉电话，电梯门打开，忍不住想笑，姜未真的太可爱了。猛一抬头，家门口站着的人，让他呆住了。

赵灵犀缓缓地抬起头来："我等你好久了。"

她的笑容扩散开来，依旧跟记忆里一样漂亮，迷人。

好久不见，她开口一句话就将他击垮，就好像他们从来没有分开过一样。

"你这么晚才回来啊。"她温柔地说，"我没别的事，就是想过来跟你打声招呼，告诉你一下我回来了，还有，我也住这一层，你……不介意吧？"

她起身，动作轻柔得像猫。她忽然回过头来，对从始至终没能开口不知该说什么的秦牧说了声："早点睡吧，总是这么晚不睡觉，会变笨的。"

——

二 争吵

秦牧租住的单身公寓，一半是酒店，我走进大堂，忽然看到赵子骐坐在那。我是过来拿行李箱的，顺便在宜家买了一堆东西。

家的味道嘛，总要有几个毛绒玩具什么的，软软的，让人觉得多温馨啊。我还顺道买了几朵百合，他家不是有个花瓶吗，放点花，总多点生机。

酒店大堂里，我看到赵子骐坐在长沙发上，一脸狐疑地看着我，然后站起来。

"你……你……"

我先发制人："哦，我给我男朋友买了点东西，给他送过来。"

对赵子骐，我讲话故意带着宣誓般的狠劲，我自己都觉得怪怪的。

她皱了下眉头："他在？"

"我有钥匙。"

我看到她脸色一变，心里有莫名的得意，我上去了，你慢慢等。

"等一下。"她叫住我，忽然捂住肚子，"我肚子有些不舒服，可以借秦牧的洗手间一用吗？"

洗手间酒店就有，我只是好奇，她想要干吗。

于是我像个大方的女主人，说好啊。

我当时并不知道，赵子骐当时在酒店楼下等谁。也不知道赵子骐用了几秒钟又想到了一个新的歪招对付我。

我自以为，我能够全力击退这个攻上门来的敌人。

可是我忘记了，赵子骐当然可以小觑，她的姐姐，才是我最大的隐患。

"秦牧家还是跟以前一样啊。"我用钥匙打开房门，赵子骐露出了一个了然于胸的笑容，打量着并不算大的客厅。

"你不是肚子不舒服吗？"我讨厌她那一副好像她才是秦牧前女友的架势，我知道她一肚子坏水，但我真的不太明白她到底想要干吗。

"哦，"她果然笑了笑，"又不疼了。其实就是很久没来了，想来怀怀旧而已。"

她的意思是，她以前来过？再怎么样看不上赵子骐，我心里必定还是有些不舒服，将手里的东西搁在沙发上。

"你不问问我上次为什么会来?"她却很不满我居然不刨根问底,索性自问自答,"上次他喝多了,把我当成我姐了。"

赵子骐必然是知道,她姐姐的名字就是我和秦牧爱情的软肋,一句话,就让我回想起那个秦牧喊赵灵犀名字的晚上,手一抖,心里迅速安慰自己,今时不同往日,都过去那么久了,你看,我都能在秦牧住的地方来去自由了。

但是我还是在意,如果当时的我心生失望落荒而逃,那么一直都对秦牧死缠烂打的赵子骐……

我回头看了她一眼。

"哦,你别误会,什么都没发生。"她笑着说,"我跟你一样,我也不希望沾我姐的光。"

她径直坐在了沙发上,看我剪掉百合过长的枝干,将柜子里的花瓶拿出来。这是秦牧并不多的物件里我挺喜欢的一样。

瓶身是克利姆特的画,这色彩,让我觉得放玫瑰更加合适。

她一直盯着我手里的花瓶,直到我不自在地将插好花的花瓶放在茶几上,抬起头问她:"你既然来了,要喝点什么吗?"

我尽量让自己的声音听起来平和,不被她看似平淡但具有攻击性的话语所影响,幸亏我对赵子骐本来就留了一手。

"可乐吧。哦,我忘记了秦牧好像不喝可乐。我姐说喝可乐对身体不好。他就不喝了。"

我没搭理她,打开冰箱门,拿了一瓶水给她。

我需要过滤掉她左一口右一口的"我姐",她能用的武器只有赵灵犀了吗?太弱。

"姜末,其实我并不讨厌你。"她忽然笑着来了一句。

"哦,这个我倒没看出来。"我回。

"我喜欢秦牧十多年了,你知道吗?"赵子骐忽然来了这么一句,"结果,他之前一直喜欢我姐,等到他们散了,又跑出来一个你。"她自嘲般地说,"我知道,要不是我爸的关系,他可能理都不会理我一下。你知道他为什么这么讨厌我吗?"

难道不是因为你讨厌吗?但是此刻我对她说不出这样的话。

赵子骐的眼睛里闪烁着一点忧伤,让我有些同情她,于是像安慰她一样说了一句。

"他也不是讨厌你。他只是……"我也找不出别的理由。

她忽然笑了笑,拿起沙发上她的挎包。

"那我就先走了。"

包带猛地一甩,桌上的花瓶咣当碎地,一地的水。

我吓了一跳，她也是花容失色。

"啊，我不是故意的。"她抬起头来，"怎么办，姜未，我真不是故意的，要是秦牧知道了我来这，还打碎他的东西，他一定非得弄死我不可。"

我就知道让她上来没有什么好结果，但不过是一个花瓶，至于吗？

"没事，就一个花瓶嘛。你别碰碎片，小心割着了。我找扫把去。"

"可是……要是他知道我打碎了……"她一副欲哭无泪的样子，"要么你就说被风吹的？或者……他应该不会怪你吧。"

好吧好吧，我只能硬着头皮说："我不会跟他说你来过。放心吧。"

"那就好。"她的笑容一秒钟就回到了脸上，"那我就走了。"

瘟神走后，我蹲在地上一片一片将碎片捡起来。

真可惜啊，多好看的花瓶。

门在这个时候打开，秦牧知道我在，声音欣喜："姜未我跟你说，我刚有个好消息……我……"

我回转身，看到他的笑容凝滞，盯着我手里的碎片。

我意识到不对，解释说："那个……对不起，我刚插花来着，我不小心……"

他的声音突然变得冷冷的。

"你干吗碰柜子里的东西？"

他的声音吓了我一跳，手里的碎片划破掌心，我疼得回头瞪他。

"不就是一个花瓶吗？"

"不就是一个花瓶？"他重复了我的话，站在那，似乎在极力克制自己的情绪。

他的表情让人陌生，我愣在那，忽然意识到赵子骐大惊失色的原因。

这个花瓶……很重要吗？

他并不是一个计较芝麻绿豆的人，哪怕我有次蹭破他的车，他眉头都没皱一下，说又没什么大不了。可是他此刻却像是我侵犯到他的底线一样愠怒。

我的掌心流了血，可此刻已经顾不上这些了，我站了起来，赌气般说："我赔你一个。哪儿买的，很贵吗？赔不起我就分期付款，我……"

我忍住委屈，秦牧似乎也缓过来情绪，走过来，一把抓住我的手。

"划破了？疼吗？"

他的语气软下来，我撇过头去，不肯理他。

他只能过去，翻了抽屉，找了创可贴给我。

"好了好了。抱歉，刚才吼你。"他看了一眼地上的碎片，"没事的。"

可我明明听得出他语气里的遗憾和心疼。

他一把将我拉起来:"你别碰了,我来扫。"

"花瓶很重要吗?"我还是一脸委屈地看着他,"是不是很贵重?"

"没有啦。"他努力笑了笑,"就是一个花瓶。"

我只好抱着胳膊坐回沙发上,想说点什么缓和一下气氛,可是一句话都说不出。

这个时候,电话响了,一个陌生的号码,我接起来。

"姜未吗?我是赵子骐。我刚下楼的时候看到秦牧的车了,那个……他有没有怪你啊。"

我看着他一点点地将碎片扫掉的背影,答道:"没有。"

"啊?"她似乎很惊讶,"那可真是万幸了。你知道吗?那个花瓶是他和我姐一起去迪拜的时候买的。这算是赵灵犀跟他的最后一样东西,回来之后,他们就分手了。秦牧回国也没带别的,就把花瓶带回来了。他一直可宝贝了,以前碰都不让我碰一下……"

我的脸色惨白,挂掉电话,看来,赵子骐的所谓不是故意的,根本就是谎话。而秦牧所谓的"没事的",也是谎话。

我看得出他对这个花瓶的珍视程度,也就此看出了赵灵犀在他心里的分量。

我不自量力,以为自己赔得起。

我抬眼看柜子里的东西,有几个锡兰铁盒,里头,是不是也装着,他和赵灵犀的回忆?心里翻江倒海,手上疼得厉害。他扫完碎片,回过头来冲我说:"手上伤着了,记得去泰国的时候别碰水。知道么?"

我没搭话,我难以形容自己当时的感觉,那个电话就像弥漫性的毒药,一点点地吞掉了我的理智。

秦牧你这个骗子。

心里的怒火和委屈让我板起脸来,硬邦邦地说话。

"我知道。你放心吧,以后你的东西我不会乱碰的。钥匙我还给你。"我从包里掏出那串之前让我心安的钥匙,丢在桌上,动静很大,他的脸色也变得不好了。

"你发什么神经?"

"是的,我发神经。你管得着吗?"我当时一定是失控了,我整个人就像只刺猬。

"你到底想怎样?我已经跟你道过歉了。"他的眉头拧起来。

"我要和你分手。"我冲他咆哮着。

花瓶是吗?赵灵犀是吗?你和她过吧,她不是回来了吗?挺好的挺好的,反正我也受够了!

秦牧脸上的温度抵达冰点，狠狠地看着我的眼睛："姜未，我给你一次机会收回这句话。"

"我、不、收。"

那是我们第一次吵架，我竟轻而易举地说出了"分手"两个字。几秒钟后，我在自己哭出来之前跑出了他的公寓，顺道还气急败坏地抱走了刚给他买的毛绒玩具。

——

秦牧看着她跑出去的背影，始终没有动。

分手，她这么轻而易举就说出分手两个字？

是的，刚走进来看到地上的碎片的时候，他真的是被气坏了，那个花瓶，是他的宝贝。

很贵重，非常贵重，是阿联酋的一个艺术馆里，他爸妈花高价拍过来的结婚礼物。

不过，那一个早就碎了，在他们吵得不可开交的时候，他爸怒气冲冲地砸掉了它。这个是他和赵灵犀去迪拜看到的赝品，不过是一百多迪拉姆而已。

所以，他看到满地的碎片，一个恍惚，就好像回到了那硝烟四起的岁月。

他父亲秦丰凯，其实不是一个脾气暴躁的男人，他非常冷静，大部分吵架，都是由着他的妻子歇斯底里地闹，那一次，他彻底发飙了，他砸掉了花瓶以后，冷冷地说："离了吧。"

当时自己几岁？其实年纪已经不小了，他一直都装作对他们俩的婚姻破裂漠不关心，但那是头一次，觉得自己已经是个男子汉的秦牧第一次哭，他扑到那些碎片上，哭着说，别啊，你们俩别啊，我把它拼起来……

其实他们早就不可能再在一起了，他知道的。但这个花瓶作为一个回忆留了下来，假冒伪劣的还原，所以，他在看到姜未手上的血的时候，又镇定了下来。

他的脾气一半像他妈妈，有点情绪化，不太好。但是，又有一半像他爸，理智起来，也算是冷血无情的。

他想，也不该这么吼姜未，是他的错，他道歉。

看到桌上的钥匙，他又窝火起来，一拳砸在墙上。哇，好痛啊。

她凭什么就得寸进尺不接受了？她凭什么就轻易说出分手两个字？她是谁啊她？

他有些窝火，随她去吧，爱咋咋的，他本来还想告诉她，难得公司允了个假期，他可以陪她一起去泰国。他才不要陪这么无理取闹的女人去呢，她居然还记着拿走她买的毛绒玩具！

他稀罕吗？稀罕那些幼稚的毛绒玩具吗？刚才那是只熊？好，他明天就去买十只放家里。

门铃响了，他从愤怒中反应过来。

好，你这个丫头总算还有点分寸，后悔了吧？这下我可要好好教育教育你，说出分手两个字是要付出代价的！

然后秦牧打开门，猛地一愣，门口站着的人，是还穿着睡衣的赵灵犀。

"我听到声响。"赵灵犀有一双狭长的弯月一样的眼睛，非常清亮，就好像没有任何杂质一样。

哪怕经历再多的事，她都有本领表现得不受影响，她看着他的样子一脸温柔。

"没事吧？吵架了？她人呢？"

"走了。"他淡淡地说。

"哦，这样子。为什么事？"她抬头看着他，问得一脸天真无邪。

没多大事。他面对她，总是不知道该说些什么，他甚至不知道自己该用什么态度来对她。

她比他大一岁，从小到大他什么都听她的，如果他是刚，那她就是柔。他是火，她就是水。

姜未呢？这个时候，他竟找不出词来比喻姜未。

"没想到你的新女友也是个烈性子。"她笑了笑，"你呀，脾气那么急，该找个让着你的。"

他没说话，也没放开门，就这么虚掩着。

"好像不太方便让我进去。"她领会到了，"可是，我回来以后，我们俩都没有好好聊聊。"

他抽身出来，走到走道上："有什么，就在这里说吧。你到底想怎么样？"

她还是保持着得体的笑容，她看着秦牧，两年没见，他成熟了很多，他为什么不问问她当时为什么离开他？他不再好奇了吗？

"你说，我们俩现在算什么关系？我们认识那么多年，我以为……就算分手了我们也该是朋友的。何况……"

"算什么关系？"他看向她的眼睛，目光里闪过一丝自嘲。

"不管怎样，我现在回来了。"她淡淡地说，"我们连分手都还没说呢，你这样背着我就和别人在一起，不太好吧？"

刚才还保持沉稳的秦牧，终于难以自持地咬牙切齿，他压低声音，一把将赵灵犀摁在墙上。

"你到底想要怎样？"

"疼。"她皱起眉头来。

他立马就松开了,他心里知道,无论如何,无论她怎么样,他都不会伤害她的。

但是她居然说了一句让他脸色大变彻底呆立的话。

"秦牧,我爱你。"

——

三 闹剧

我没想到我和赵灵犀的第一次见面是这样的。

我在楼下抱着熊,哭了一小会儿,眼妆全花了,蹲在那只大毛熊身上。哭完,才意识到自己刚才的行为简直就像个小泼妇。

我怎么就轻而易举地说出分手两个字呢?可是我难过啊,他凭什么为了赵灵犀的一个花瓶就朝我凶。但是再怎样,我说出分手两个字,就置自己于死地了。

我为什么不跟秦牧好好聊一聊,不管怎样,我心里的那些结,就这样一个一个越打越死,此刻绞在一起。

我凭什么要着了赵子骐的道,正中她的下怀。

心,散出刚才失去理智的恼怒,是微微的绞痛。

我明明那么喜欢他。

我明天就要飞泰国了,如果我不上楼去跟他道个歉的话,这么一冷落,他会不会……真的就不要我了。

我越想越卑微,一边骂自己这么多年一点长进都没有,一边跑回去,摁电梯。

可是,电梯门打开的时候,走道里的两个人,让我彻底后悔死了自己的"回头是岸"。

那个穿着睡衣的女孩,就是赵灵犀吗?

她果然好漂亮,尽管未施粉黛,皮肤白皙得就像是画里走出来的人,有一点点憔悴,染成酒红色的长发披在胸前,秦牧,离她好近。

是她先看到我的,她迅速地推开了她面前的秦牧,就像是掩饰着什么似的,她一脸祥和地跟我说:"你就是姜未吧?我是灵犀。"

她的声音真好听,温软得要命,却狠狠戳在我的心上。她没说别的,但她脸上的笑,就像在跟我说,谢谢你这段时间对秦牧的照顾了,现在我回来了,你一路走好。

我简直还该心领神会地说声不用客气。

这个时候,秦牧回过头来,一脸愕然地看着我。

"那个……姜未你听我说。"

"不用不用,我们已经分手了。"我该说些什么呢?我极力控制住自己的情绪,"只是我落了东西。你们聊,你们聊就好。我马上走。"

我装作云淡风轻地走进去,胸口闷闷的,心脏刺痛,然后拿上了那失去花瓶躺在茶几上的百合花。

我恨死了这束百合花。

它跟赵灵犀一样漂亮,又跟赵灵犀一样,是这场闹剧之源。

——

飞机载着我到了曼谷,行程挺赶的,劳碌奔波让我来不及抚慰伤口。临走前,陆羽给我送来了行李箱,看我核桃一样的眼睛问我怎么了,我撒谎说,麦粒肿揉的。她将信将疑,凶巴巴地让我别揉了,不然可丑了。顺道说她的行李箱是日默瓦的,千叮咛万嘱咐我小心别磕着,贵得很。我说那我们还是给它买个保险吧。她见我还开得起玩笑,信了麦粒肿的谎言,问要不要送我,我又骗她说,秦牧会送我的,她便没再怀疑。

我不知道为什么没有跟陆羽摊牌,并不是还残存一丝什么希望,或许是觉得丢脸。

我不知道陆羽在看到程沧和林简在一起的时候有多难过,但是我就是这么没出息。

赵灵犀一出场,我就忽然意识到自己变成了女配角,就像前面一段戏的铺垫,就是为了渲染女主角的出现。我不想表现得太过在乎,可是我现在没办法装出云淡风轻,只能等我缓一缓,再装作没事地说。

分手了啊。没什么啊,多大点事儿。以及,我也没有很喜欢他。

因为之后是要交稿子的,除了几个必须要写到的景点,我还要拜访几个当地比较有特色的人,陆羽说,之后还要做个人物专访。在普吉岛的最后一天,我去拜访的那个英文名叫Max的泰国小伙子很热情,他会说几句中文,英语是典型的泰式英语,但他性子欢脱,倒是聊得挺顺畅的。

下午的时候他带我去海滩边骑海上摩托艇,虽然很刺激,但我还是觉得心事重重,意兴阑珊。

"Do you have any worries?"(你有心事吗?)

他问我。

人在异乡,那些本会隐藏的情绪不需要隐藏,大家都是萍水相逢的陌生人,所以我大方地承认。

"Yes,I broke up with a guy.（是的，我和男朋友分手了。）"

他一脸惊讶："Oh,My god,you are so pretty!（啊，你那么美丽！）"

看，多讨人喜欢的一个小伙子啊！

可是，另外那个人，要比我漂亮得多。

于是 Max 提出要带我去酒吧街玩儿，我住在芭东海岸，附近的酒吧街是不夜城，烧烤海鲜大排档和一桶桶的扎啤，脱衣舞女郎个个都性感而火辣，虽然，你不一定知道他们到底是男是女。

秦牧并没有打过电话。

什么都没有。

我为自己的失魂落魄的期待感到可耻。

人家根本不在意你的误会。

我也有无数次对自己说，姜未你干吗那么作，你问他啊！你问啊！

开不了口，怕彼此的场面更加尴尬，仅此而已吗？

我以为我已经学会了粉饰太平，我以为我可以装作什么都没有发生，在从前的歇斯底里的背弃里，我以为我已经有了一层盔甲。

哈，姜未，你错了。

每段爱情都有一个必经的过程，你脱掉盔甲才能爱，但你脱掉盔甲，就必须受伤。

我用五年时间来穿上一层厚厚的盔甲，脱掉的时间很长，要重新穿起来，也没有那么容易。

它太重了。

扎啤一杯杯下肚，与心事起了化学作用，平日里我的酒量不错，但今天我很快就觉得醉了。

Max 的手搁在我的肩膀上，我忽然意识到，他的手已下滑到我的腰上。

我整个人不自在起来，我挣扎了一下。

几乎弄不清楚他怎么就将我揽进怀里，我整个人酒就全醒了，将一杯扎啤泼到他脸上。

Max 用泰语骂骂咧咧，我听不懂，但夹杂着的几个英文单词里有肮脏词汇。

若不是旁边的脱衣舞女郎叫了人，顺道跟我说了一句，Go Go Go（走走走）。

我不知道会发生什么。

走在街上，一辆突突车停在面前，我坐上去，边坐边哭。车夫不会说英文，只能尴尬地总是回头冲我笑。

到了酒店，他摆摆手不肯要我的车费。

我站在酒店楼下，椰树倒影在月光之下，海滩上吹来的海风让我觉得孤单极了。

手机还有3%的电，我的坚强却已经用尽了，我坐在台阶上，打秦牧的电话。

响了很久，他没有接。我再打，还是没有接。我就像跟自己怄气一样地打，直到屏幕一暗，心里一冷。

他，不会接的。

我们已经，结束了。

——

手机充不进电，始终没法开机。普吉岛昨夜下了暴雨，因为街道构造的问题，积水很深，我淌水前进才到的市场，店员跟我说是充电口出了问题，大概是下午骑摩托艇的时候进了水。修起来需要半天时间，而我是中午飞清迈的飞机，并且当天的行程直接就是从清迈坐最晚的一班车去拜县。

我望着黑屏的手机，黯淡一想，这样也是好事，起码不用为起来的时候，看到空空如也的未接来电和短信而绝望。

现代人对网络和通信设备的依赖度，几乎是可怕的。手机除了睡觉几乎都不离手，比命还重要。所有的感情都压缩在一个微型机器上，一个月不上网，直接就成了山顶洞人。

但是，一旦真的没办法了，我反而觉得清净，幸好所有的行程我之前都有打出来，包括酒店地址和交通线路。手机和银行卡和护照比起来，真的不算什么。

小清新之乡拜县比起清迈还要安静和漂亮。

住的酒店叫"拜之心脏"，独栋的别墅，海岛风格的装修，琉璃窗在灯光之下发出的颜色绚丽，有个小露台，夜里虽然蚊虫诸多，但也相伴着热带的风。

我深呼吸，想要用热带的空气填满腹腔，将那些繁杂的伤感都挤出去。

可是越这么做，我觉得越难过。

这些天我都无法控制自己的脑袋不去想秦牧和赵灵犀的画面，其实我早就想过是这样的结局，周晨和赵子骐都提醒过我的。

他们不是什么好人，但他们说得对。

我只是觉得不甘心，为什么，我可以放下栗长原，他就不可以放下赵灵犀呢？

我只是悲哀地想，如果，他们破镜重圆是早晚的事的话，我为什么要去放任自己爱上他。如果他注定给我的是一场空的话，那我为什么不……不珍惜跟他在一起的有限的时间。

是我不够努力，没有能力让他爱上我吧。

我想起张无忌来，赵敏之所以能让张无忌爱上她而放下了苦苦恋着的周芷若，是因为她无论从哪一点来说，都不比周芷若差。

而我见到赵灵犀的那一刻，从她天生的气质和容貌上就看出，我没办法跟她匹敌。

何况，还有那些岁月。

她若是女神，我只是个普通女生而已。

我陷在阳台上的软椅子上，忽然觉得鼻子酸溜溜的。我简直不想回去，不想面对他们或许已经重修于好的现实，兴许他们还会来看看老季，老季一定会笑我的，边笑边心疼地骂我，姜末你是不是傻哦。

清风夹带着植物的绿色香气拂着面庞，眼泪一颗颗砸落，天空上一轮月，还有清晰的星座。

他的声音在耳边回放，每一个字都很清晰。

"它是赤道带星座之一，北部沉浸银河之中。四颗亮星组成一个大四边形，就是那，看到没……它的象征物是猎人奥瑞恩，拉丁名是Orion。你看，双子座，麒麟座，大犬小犬座，金牛座，天兔座，波江座……每年10月17日到25日，会有流星雨……"

"这可是泡妞必备……尤其是泡你这种笨的，特别管用……"

"你哭什么啊？姜末！"

这是什么声音？好像并非来自回忆……而是……

——

四 和好

当我腾地从座椅上跳起来，看到隔壁阳台上双手插袋一脸无语的秦牧时，整个人，就像做梦一样。

我几乎忘记了我们之前发生的事儿，整个人如梦初醒："你……你怎么在这？"

"是哦，好巧哦。"他摸了摸后脑勺，露出两颗虎牙来，"怎么你这么阴魂不散呢？"

"你跟踪我？"

"什么跟踪你。"秦牧一脸的不高兴，"我先到的好吗？你自己去楼下看客房登记，我！先！来！的！"

　　莫不是他来这里等我？其实我不是明知故问吗？显然是他问陆羽要了酒店的联系方式，然后……

　　可是他怎么会来？他为什么会来？我微微发抖，脑子里有一万句为什么。

　　"你来干吗？"我别扭地这么说了一句，"赵灵犀呢？"

　　他板着脸说："我来度假，我失恋了，不行吗？"

　　打开门，他正黑着脸看着我。

　　"手机呢？"

　　"坏了。"我淡淡地说，"你有事吗？有事明天再说。"

　　秦牧歪嘴一笑："脾气还挺大。明天你几点……"

　　"你跟我道歉。"

　　其实我的心跳到了嗓子眼，但还是板着脸这么说。

　　"该是你跟我道歉吧？"他眉头一拧。

　　我啪一声将他的声音关在门外，靠在门上，听着他在门口气急败坏的声音。

　　"姜未你是不是脑子有泡啊？"

　　——

　　女人真是世界上最麻烦的生物。秦牧站在门口，气得想狠狠踹一脚门。

　　她随便跟他提分手，还不听解释，直接打了他几个电话，然后关机让他担心地跑到泰国来，她该道歉不是吗？

　　她凭什么哭？该哭的明明是他好不好？

　　她那天扬长而去的时候，有没有想过他的感受？他可是想名正言顺带她到赵灵犀面前说，喂，这个是我女朋友。

　　结果却惨不忍睹。

　　她究竟要他怎么做？告诉她，他根本不在意赵灵犀吗？不，她说过不能骗她。

　　秦牧知道，自己不可能不在意赵灵犀，她的出现再次证实了这个女人就是他的魔障。

　　但是他想跟姜未好好的，他真的想，他一个人没有办法对待这个魔障，他解释不清楚这种纠结的感情到底是怎样，他的心里乱糟糟的，一想起赵灵犀那了然于胸意味深长的表情，他便觉得头痛。

　　他在门口站了一会儿，然后回到了自己的房间。

　　给点时间吧，他需要点时间。

　　——

第二天太阳太大，到下午我才去租了摩托车，沿着1095公路出发。

我走马观花地欣赏这一路的风景。有一对情侣，穿着婚纱西服，用三脚架和快门线给自己拍婚纱照。

我看得呆了一下，新娘礼貌地朝我笑，眼里眉间都是甜蜜。

新郎递过来相机，问我能不能跟他们合一张影，说虽然是婚纱照，但因为是旅拍，还是很希望将碰到的人，一起收进回忆。

我有些讶异，却很快点头说好，站在新娘旁边，冲着镜头笑。

新娘闲聊一般地说，我和他13岁认识，到现在，十二年了，所以，就打算结婚。

13岁，12年，这两个数字在我的心里猛地一叩。

羡慕地看着他们在彼此的岁月里更加熨帖，不能分离。

年少的时候我们总是这样单纯以为身边陪伴的人就该是终生，而这一对萍水相逢的新婚夫妻，却是这场没有硝烟的青春战里，少得不能再少的赢家。

真好。

天色逐渐昏暗下来，我知道我身后跟着个人，他也是明目张胆地跟，我停他也停，我走他也走，我开快他也开快，保持着怄气的默契，就是不肯离我再近一步。这个骄傲的家伙就连道歉的方式都这么犟，似乎就在等我忍无可忍地回头跟他说，喂，一起走吧。

你想得美。

我心里怄着气，因此想要给他点颜色看看，偏不走正道，往岔道上开。

最好能甩掉他！

热带雨季的暴雨，来势汹汹，先是山雨欲来风满楼，然后顷刻之间洒下来。

雨势太大，倾盆而下，我只能停下摩托车，将车子拖到旁边搭的休息棚下，大颗的雨水被溅起来，地上瞬间就积起水注。

我紧紧盯着路上的过客，可秦牧的身影，迟迟没来。

心里不安起来，不会出什么事了吧？

雨势稍收，我的心里却下起骤雨，立马骑上摩托车，掉头开去。

铺天盖地的黑云低压下来，太阳光早已跑得无影无踪，天已浑然黑下来，来历不明的恐慌让我越发心急，寂寥的街道上只有雨水纷纷落下，我觉得害怕。

就这么一路开，喉咙嘶哑地念叨着那人的名字。

越念，越心慌。

雨水之中，模糊的黑夜里，我看到前方有人正推着一辆摩托车，用手机照路，我猛地一个急刹，轮胎打滑，就这么直直地摔在了原地。

膝盖好痛,那人丢了摩托车冲过来,狐疑地喊我的名字。

"姜未?"

潮水一般的委屈瞬间涌上,我朝着他歇斯底里地吼道:"秦牧你有病啊!谁要你扶我啦!"

——

回到酒店,两个人都已被淋成了落汤鸡,狼狈不堪。

他车子没油了,暂且丢在了原地。我坐在他身后一直哭,像个丢了糖果的孩子,手却不自觉地紧紧抱住他的腰。

大风大雨里,幸好我找到你了。

"疼吗?"他去问酒店要了急救箱,给我被石子硌破流血的膝盖上药水,"跑回去找我,以为我丢了?"一抬起头,脸上有得逞的温存笑意。

"我可是跟了你一路,你一路都没回头。"他越发笑,我伸腿踹他一下,面红耳赤。

"好了好了。"他皱起眉头,"和好吧,别闹了。"

"我不要。"我底气不足地说,"我还生着气。"

"气什么?还气那个花瓶?"

明知故问,他总是这样,死活不解释,非要我问出那个让我难以启齿的疑问。

"赵灵犀是怎么回事?"

他微皱眉头:"她回国了,就这样。"

伤口疼得我一涩,我继续赌气:"那你干吗来找我,好好陪人家嘛。"

话音一落,我自己都觉得酸得可以,真讨厌自己这种架势。

他一把搵住我的胳膊,瞪我:"得了便宜还卖乖,你这种女人,真是不知道我喜欢你什么。我现在就走,好么?"

"走走走!"我气急败坏地踢他。

他挨了我重重一脚,却没生气,回过头来,认真地看着我:"姜未,我跑到这里来,还不够证明我的心意吗?我心里,很在乎你。我没及时接到你电话,是我不对。回给你你却一直关机,那天晚上我看到新闻,泰国军演,其实好像也没多大事。可是我就是有种不好的预感,所以马上去问了陆羽要了你的行程单,打电话去你酒店,酒店说你已经退房。好,那我就来拜县等你。看到你没事,我就放心了。"

我咬住嘴唇,听到他在耳边说:"姜未,你爱不爱我?"

我愣了一下,窗外雨水砸在玻璃窗上噼里啪啦,异国他乡一场惊魂,在他的眼神里定了下来,懊恼和不堪如潮水退去,几乎是顷刻之间。

我点了点头:"嗯。"

"那就好。"他重新蹲在我的面前,脸上写着的是我猜不透的欣喜还是安心。

"那么……你呢?"

一个温柔而炽热的吻,迎上了我那因表白而有些自觉厚颜无耻羞涩发烫的嘴唇。

他没有说爱我,他用这个吻来做了答案。

伤口被压到,微微的疼,可我竟舍不得放开他。

——

那是一个缠绵而用力的吻,秦牧觉得时光仿佛停了下来,唇齿相依间他听到姜未的心跳声。他的手指微微解开她身前的扣子,微微睁开眼,她却紧闭着,害怕而拘谨着。

第一次的时候,他就知道她并不是一个很放得开的女孩,她这方面的经历看起来并不多。

他其实并不是一个用经历来衡量女孩好坏的男生,但不得不说,当他看到她小女孩儿一样像是做了某件坏事委屈的表情时,心里还是会隐隐疼一下。

姜未是需要自己保护的,她只是看起来坚强。

他下意识地温柔一点,怕弄疼她,手指轻轻地解开她胸前的扣子,耳边的雨声听不清了,世界变得混沌,只有彼此是清晰的。

他看着她,她却不敢看他,只是轻轻地咬住自己的唇。

拜托,他忍不住嘴角上扬,她知不知道她这个表情……让他非常想继续吻她?

他轻轻地捧住她的脸,再次吻了下去。

拜县的雨忽然停了,一场大风裹挟着水蒸气温柔地覆盖。

云雨密布之后,是一场酣畅的欢愉。

抛下一切成见,抛下一切后顾,抛下一切忧虑,只等一句"我爱你而你也爱我"的融合……

——

电话声响起来的时候,我仿佛从一场迷梦里惊醒过来。

"秦牧。"我推开他,像是一脚离开悬崖,整个人面红耳赤。

那头的海市蜃楼让我意乱情迷,几乎忘记了自己是谁,渴望令人羞耻,那个电话就是警报,我嘟囔着:

"接电话。"

他看了我一眼,轻轻笑了一下。

"一会儿,再收拾你。"

接完电话，他却从露台一脸凝重地回来。

"爷爷下了病危通知。"

我脑子轰了一下。

他一边穿衣，一边指着电脑，"快去，订两张最早的机票。我们马上走。"

"两张？"我指着自己。

"不然呢？把你丢在这里？"

"有10点半的。"我看了一眼时间，"可是这里去清迈机场，最快也要三四个小时。"

他沉默了一下。

"不管怎样，都得去。"

订好机票我回过头去，关切问道。

"秦牧，你不害怕吗？"

"大大小小的病危通知书，已经下了好几次了。我……"他指了指自己的心脏，"习惯了。"

话虽说得轻松，可表情分明是凝重的。

我握紧了他的手，就像那次，他拍拍我的手背一样。

他的手冰凉的，分明是格外恐惧，却还要装出一副逞强的样子。

"秦牧……"

我知道，秦牧跟爸妈关系不好，但光从他对小表弟的疼爱，就知道并非真的亲情淡薄。何况，我也知道，爷爷对他来说，有何等重要。

\ 我想你时

　　　　　西风止 \

第十七章　小美人鱼

无论什么时候，得知被所爱的人背叛，哪怕那爱已成往事，都不会太好过的。

一　秘密

次日凌晨，我们抵达了医院。他急匆匆地往病房跑，我放慢了脚步，决定在医院走廊等他。

下飞机的时候，接到电话，说是再次度过了危险期，秦牧这才松了口气。

他掩饰得很好，紧张是埋在骨子里的，但是我知道。

他悬着的一颗心，终于，跟飞机一样落地了。

我们到病房的门口，听到压低声音的争吵声。

我知道秦牧的爷爷有四个子女，除了小女儿去世了之外，还有一个女儿和两个儿子，最大的那个就是秦牧的爸爸，秦丰凯。

从遗传学角度判断，那个黑着脸对着身边珠光宝气的女子说"绝对不行"的，就是秦丰凯。而下一秒，他抬起头来，看向秦牧的眼神，让我立马证实了这个论断。

我知道他们关系不好，但那目光里微有寒意，让我不由地心里一凛。

他还看了我一眼，然后冲着秦牧吼道："你还知道回来？这种节骨眼在国外旅行，你有没有点分寸？"

他的声音威严，此刻怒气冲冲，秦牧却充耳不闻，像是看都没有看到秦丰凯一样，径直走向旁边的女子。

"大姑，医生怎么说？"

那个女人皱着眉头说了几句，我不太敢过去，局促地站得老远。秦丰凯很凶地看了我一眼，似乎我就是那个红颜祸水，然后朝着秦牧继续愤愤地说："是你在派人找那个女人？"

秦牧依旧不理，秦丰凯怒极："你给我说话！"

"哥！"秦牧的大姑一直都没太多的表情，她此刻是站在秦牧这边的，"爸这病差不多也到时候了，这也算他的遗愿，妈过世那么多年，他一直都惦记着，我觉得小牧这次也没做错。"

"绝对不行！"他打断了她的话，咆哮着说，"让他见那个女人，对得起妈吗？"

秦牧缓缓回过头来，终于和他的父亲有了一次目光的对接，他冷冷的眼神让我觉得陌生："你有资格说'对得起'这三个字吗？我告诉你，这件事，我做定了。"

秦丰凯被气得说不出话来，声音刚要放大，人群中走出一位医生来。

"秦先生，这样会吵到病人休息的。您来一下我的办公室吧，跟您说一下您父亲的情况。"

秦丰凯余怒未消，但也没有办法，他看秦牧的样子是又心痛又愤怒，我不知道他们之间到底发生了什么，以至于父子之间犹如隔着冰火。

他走后，秦牧朝着我叫了一声。

"姜未，过来。"

这是秦牧的家事，我想我还是不要进去好了。

秦牧的大姑打量了我一眼，依旧没有太多的表情，让我想起了那个不苟言笑的沈宴珺。

"女朋友？"

"嗯。"

我红着脸，有些不知所措。

"那带她进去看看你爷爷吧。我刚跟医生聊过了，这次已经是极限了，癌细胞估计控制不住，时候可能到了。"

秦牧的身子一僵，大姑像是看淡生死一样，好似她所说的人不是她的血肉至亲，就连我这个局外人，都觉得心里一揪。

"进去看看吧。"扶着墙的秦牧回过头来，强撑出一个笑容来，"爷爷很喜欢你的。"

——

我们总误以为世界很大，我们总误以为，有些人只不过是萍水相逢，擦肩而过，就像当年的秦牧和我，不过是寥城里两个偶遇的小孩子，谁也料不到，很多年以后，我们会成为彼此身边的人。

就像我也没想过，那个跟我说过一段故事的老人，和现在躺在呼吸器下闭着眼睛一脸安详，只有心电图昭示着他还活着的秦牧的爷爷，是同一个人。

原来秦牧都知道。

他轻轻地握着老人的手，坐了下来。

"姜未，你说，我们该怎么做？"

其实秦牧跟奶奶的关系算不上不好，只是她在他比较年幼的时候就去世了。爷爷的脾气一直都很暴躁，并不是我印象中的那种爽朗老人，他对儿女极其严厉，导致子女一辈对他又怕又敬，但唯独对秦牧和鹤童，他才会有足够的耐心。鹤童是他的一个遗憾，将他送到国外，一来是为了鹤童的成长环境，二来，他知道自己时日不多，他不想鹤童再经历一次失去。他跟秦牧交代过，如果他死了，也要等鹤童长大一点再告诉他。另外一个，就是我所听过的故事了。其实很多年前在发妻病逝之后，他就有萌生过这个想法。但当时遭到了大儿子和小女儿的极力反对，说这样对不起黄泉之下的母亲，他也只好作罢。但真的到生死边缘，时日无多的时候，兴许就像他跟我说的那样，他只想做个任性的老头了吧。

"找不到媚姨吗？"

他摇摇头："一直没什么消息。毕竟是五十多年前的人了，其实我们都不知道她是否还活着。但我真的不想他有遗憾。"

他叹了口气。

老人的手微微抽搐了一下，他整个人的神经绷起来，声音小心翼翼，像是在守护一样很珍贵的东西。

"爷爷？"

秦牧平日里总是一副薄情寡义的样子，但那眼神，我只在他对着鹤童，对着爷爷的时候有过。

我知道这对于他很重要。

老人醒了，我凑过去，看他厚重的满是褶皱的眼皮被微弱地撑开，似乎看清楚了我的面庞。

他声音虚弱，叫了一声："小姜未啊……"

我不知为何心中一颤，随即有些哽咽。

"嗯。"

"我好像快死了……但是，我还没有见到媚姨……媚姨呢……"

他似乎意识有些迷糊，很快又陷入了沉睡，一双枯朽的手，被我和秦牧一人一只握着，我们都握得小心翼翼却又郑重其事，心提着，仿佛害怕它们一不留神就会垂落。

——

黎明，我们才从医院回家。我知道秦牧撑着，他是男子汉，不该在我面前落泪。而生死这事儿，毕竟不由人。他强撑出来的笑容让我觉得心疼，他跟我说。

"姜未，你陪我回家吧。"

我说，好。

我知道他需要一个人在身边，我感谢那是我。

可是一到家门口，我们都看到了赵灵犀。

她一脸疲惫，像是等待了一整夜，看到秦牧时一脸惊喜，再看到身后的我，惊喜化为尴尬，一秒钟，她又笑着说："未未啊。"然后她转向秦牧，"我听子骐说了，爷爷还好么？"

秦牧侧过头，看了我一眼，声音沙哑："他没事。"

赵灵犀那双狭长的眼睛真好看，像是含着水，黎明的微光漏进走道上，我站在阴影里，从这个角度，那道光像是他们两人联接的纽带。

"我没去医院，我挺怕看到你爸的。不过你放心吧，都过去了，真的。"

他们像在用我听不懂的密码交流，站在旁边的我尴尬得像个错误。

两人无话了，我知道这个时候我不该多想，秦牧能来找我，就已经做得够多了。

赵灵犀和秦牧沉默了一分钟，他咳嗽了一下。

"那个，不介意的话，可以让一下吗。我们很累，我们想休息了。"

"我们"两个字，像是投进她那双漂亮眼睛的石子，她有些慌乱地挪开身子。

"哦，挡着你们了。"她很快就整理好自己的笑容，所有做的一切似乎都是常事，反倒显得我不开心，是我的问题了。

"别太担心你爷爷。吉人自有天相。"她说。

——

陆羽得知我提早回来，后头的景点并没有去，可发了好大的脾气，不过在得知是秦牧的爷爷病危的原因后，只能原谅我了。但是很快，她看到日默瓦行李箱被蹭出一大块黑色以后又板起脸来。

"姜未！你赔！稿费归我了！你想都别想了！"

看她张牙舞爪的样子，我紧绷的神经终于松了一点，我叹了口气问道。

"陆羽，你说，如果……你发现你的男朋友跟他的前任住一起……"

"什么？"她瞪大眼睛，"他们同居？他不是把钥匙给你了吗？"

"不是。"我苦笑着说，"当然不是同居，我今天才发现赵灵犀搬到秦牧家隔壁住了。"

我没提之前的事，也没提今天早上赵灵犀等了秦牧一晚上而且还用密码交流最后还悲情晕倒的事。

但是陆羽的反应已经足够了。

"只有两个办法，一个是，叫秦牧搬走！另一个是，让赵灵犀搬走！"她一脸不爽，"你看前女友做到这份上也真是够了，你看我……我多厚道。"

她的声音小下去。

"我听人说，程沧要求婚了。"

我猛一抬头。

她笑着说："我没事啦。知道挺久了，早就做好心理准备了。我没告诉你吧，那天老季还陪着我去砸了他家的玻璃。也不知道他知不知道是我砸的。估计他结婚那天还得砸一次……谁知道呢。"

　　我满以为陆羽会怂恿我借机跟秦牧大闹一场，让他跟赵灵犀断绝来往，我明明知道，这是不可能的事。陆羽沉思了一下，却跟我说："我觉得你现在，要做的就是宽宏大度，但是不能过分。你记着，这种情况下，你可以表达介意，但千万别矫情得跟他怄气，最后他觉得你姜未太不识大体了……多不对。"

　　我讶异地看着她的变化，陆羽一笑，会了我的意："好了，你别这么看着我了。其实我都懂的，吃一堑总要长那么点智慧吧，程沧当时跟我关系那样，林简算是趁虚而入，但也是给了虚，我其实并不是不懂那些个道理，只是那时候我还是太高估了程沧对我的爱……以为，我再怎么折腾，他都不会离开我。"

　　没有谁会离不开谁，或者永远离不开谁的，记着这些，兴许，才能在越长越孤单的人生里，不再那么惧怕孤单吧。

　　我们都长大了，明白了爱情终究是要一些算计和权衡的，美其名曰，经营。

　　我们终究不能像小时候那样为了一个人抛头颅洒热血，以爱之名上刀山下火海，我们必须更好地爱自己，才配得上更好的爱。

　　而这些爱情观上的得到，都是青春里的失去换来的礼物。

——

　　咖啡店坐着的那个优雅的女人，我当然见过她，还是在秦牧的生日宴会上。

　　她打电话邀我见面的时候，我整个人都惊呆了，刚想挂掉电话问秦牧到底该怎么办时，她忽然又补充了一句。

　　"这个事，你别跟秦牧那小子说。"

　　所以我单枪匹马，惴惴不安地赴约。

　　"您好，阿姨。"我好不容易才没蠢到称呼她为"秦太太"。

　　"你就是姜未吧。"她招呼我坐，并不热情。

　　我有些害怕，毕竟觉得这是一场鸿门宴，不知道她到底要用什么方式劝我离开她儿子。

　　"你在想，我一定是要你离开秦牧吧？"

　　我愣了一下，这女人简直火眼金睛。

　　"那你就弄错了，丫头。秦牧是怎样的小孩我知道，他要是对你认真了，我们撑你，他简直会跟我们拼命。我跟他爸爸呢。"提到秦牧的爸爸，她皱了下眉头，忍不住一啐，"那个挨千刀。哦，你别介意，我跟他爸关系不太好，秦牧应该跟你说过吧？"

我没答，似乎怎么回答都不太对。妥帖微笑，保持沉默，才是上策。

"我啊，是这么想的。你呢，也不是什么大小姐，但我觉得人还是可以培养的。你加把劲也行。我出钱送你去美国读书怎样？想念什么大学，除了最好的那几个哈佛啊斯坦福啊，其他大部分的学校我可以给你找。你修个学位再回来。那样也好看。"

"阿姨，您的好意我心领了。但我现在对念书没有太多兴趣。"

"那我投资你点钱，让你开个公司什么的？总要体面点吧……"

我一头黑线。

"阿姨，我吧，其实真的挺没出息的。我也想成为阿姨这样有气质的成功女强人啊，可是我也很知道自己有几斤几两。对您这样的精英女性，只有羡慕的份了。难得秦牧这样不嫌我，也是阿姨教育得好。秦牧不浅薄，重情义，学的是阿姨。"

呵呵，马屁要拍足，这可是跟陆羽学的。而且，谁不知道秦牧她妈，平生最好的就是跟前夫对着干？

果然见她一脸的高兴："可不是嘛。他爸啊，就知道让他选什么名门大家闺秀。切，浅薄！你说是不是？"

我点头如捣蒜。

我知她出身平常人家，完全是靠着自己的本事打拼出一片江山，至于人脉就不深究了。

"未未啊，阿姨喜欢你，有眼力见儿，不俗。以后他爸要是委屈你了，你跟阿姨说，看阿姨不教训那挨千刀的。你别怕。"

我一脸的感激涕零，就差没抱着她的大腿哭了。

"好姑娘，对了，你缺包不？阿姨刚看上一个包，款式超级好看，不过颜色太粉嫩了，给你买吧！"

"阿姨……真不用……"我不知该如何拒绝是好。

"这怎么行？女孩子啊，要对自己好一点。你别巴望着男人，男人指望不上的！"她压低声音，忽然面色一变，"秦牧跟你说过我和他爸爸为什么离婚么？"

"我知道一点点。"我老实地说。

"那他一定没跟你说过，那个女人是谁吧。"她竭力让自己的声音平静一些，"那个人，就是赵灵犀的妈妈。"

我的脑子里轰了一下。

她冷冷一笑："秦丰凯也是疯子，把人家老公搞得破产了，结果人还不是嫁鸡随鸡，逃难去了美国，最后……呵，还落得什么下场。

"但是你知道，秦牧根他爹，但毕竟是亲爹。我告诉你，赵灵犀这丫头现在就算回来了，那又怎样，我不能让她妈祸害了我前夫还让她来祸害我儿子。这场仗，你不能输。"

她回过头来，冲着脸色苍白的我来了一句：

"记着，阿姨挺你。赵灵犀那丫头要跟你玩阴的，你就跟她玩，阿姨做你军师，你以为我白吃这么多年饭啊。"

可是，爱这种事，哪里是过招就有用的。

而我终于知道了秦牧和赵灵犀之间的第一个密码。

二 游戏

世界上最可怕的不是针锋相对的敌人，而是表面无害其实存在就是个灾难的前女友。

何况，她如今还住在男朋友的隔壁。

这意味着我会隔三岔五地跟她打照面，如果我够厚颜无耻的话。

秦牧是不可能赶她走的，从他虽然刻意淡漠的语气里我就听得出。

我不知道自己该做什么，或者就是那句最无力的顺其自然。

但我必须保证自己在秦牧生活里的出现频率，比如这一次，跟他来雷阳他们办的Party。

因为，赵灵犀也会来。

Party在雷阳家在郊区的别墅，有个挺大的院子挨着泳池。烧烤架子旁边的台上摆满了各色香槟，长脚桌上铺着白纱布，椅子上摆满了各种名牌包包。除了我见过的一群男生之外，还有几个女生我并不认识。赵灵犀坐在角落里，穿一条白色裙子，看起来有些格格不入。

秦牧一到就被他们扯了过去寒暄，我被晾在一旁，完全搭不上话。

倒是她在身后叫我。

"姜未，你来啦。"

几个女生意味深长地打量我，看得我有些不好意思。

"这就是秦牧女朋友。"其中一个，上次雷阳他们喝酒的时候我见过，叫Ada，Ada不是很漂亮的那种女生，一身的珠光宝气，妆很浓，但人挺好。

"哟。"她旁边的一个很漂亮的浑身香奈儿的女孩儿轻蔑地笑了笑。让我有些不自在。

她转向赵灵犀，指着她的包问。

"灵犀，你这包……是什么牌子，我怎么没见过？"

"不是什么牌子货，只要60欧。"赵灵犀笑了笑，"二手店淘的。"然后她抬起头，"未未，坐呀。不要拘谨。"

我只好坐下来，幸好还有手机这项伟大发明，以解现代人特别浓重的尴尬。

几个男生在弄烧烤，一派其乐融融。

这头的女生们讨论着哪家美容店比较靠谱，约着什么时候一起去趟巴黎买最新的包。

"灵犀啊，你要一起去吗？"

"啊，"她抬起头来，"可以吗？"

"哦，我差点忘了你家的事。抱歉抱歉。""香奈儿"一脸故作抱歉的笑。

"没事，去巴黎的钱我还是出得起。"她笑着耸耸肩，朝着烧烤的男生喊，"雷阳，你家厨房在哪里？我去给你们做几个家常小菜吧？"

雷阳他们自然是惊喜得要命，由雷阳引路，带着赵灵犀进了别墅。

"香奈儿"骂了一句。

"就她会装。"

秦牧这个时候坐到我身边来，捏了捏我的脸。

"会不会无聊，要不要我们待会儿早点走？"

"没事。"我摇摇头。

尤其是在看到赵灵犀在人群里，如同一朵孤傲玫瑰，而这朵玫瑰，正幽幽地看着我们入场的时候，我特别不舒服。

说句实话，我并不是一个特别容易自卑的家伙，这大概得益于我很识相地避开不同世界的人，但在秦牧这事上，成了例外。我莫名其妙地被卷入了他的世界，非常不自在地出现在这露天的高级宴会上，跟这群平时随时就能去趟巴黎买包的家伙们狭路相逢。

当看到她身边的几个女生冲我露出的轻蔑眼神时，我还是觉得非常不舒服。

只有和公主在一块儿的时候，我身上那股子属于平民的傲气，会变得非常敏感。

——

露天太热，雷阳招呼我们进餐厅吃饭，他从里头拿了一瓶拉菲，"香奈儿"忽然兴致勃勃地说起了周晨。

赵灵犀敏感地回头看了她一眼。

雷阳忽然厉声道："董薇，用不着泡着了周总就这么嘚瑟吧。"

"哟，你酸什么呀。"原来"香奈儿"叫董薇，"我就觉得周晨挺好，不过可别说泡这种词,我跟人家只是朋友,子骐跟我说,周晨看上个妹子了,据说还是真爱。"

"真假啊?"Ada 八卦地跳起来,"是谁啊?"

"那我可没打听。"她耸耸肩,"可能是哪个灰姑娘,周晨不最喜欢灰姑娘了吗?"

秦牧看了我一眼,我有些莫名的冤屈,幸好没人知道个中缘由。

周晨与我的确有些微妙,但我和他关系毕竟淡薄,怎么可能对号入座。

场面有些尴尬,董薇显然就是另一个赵子骐,看得出她针锋相对着雷阳和赵灵犀,我也看得出雷阳对赵灵犀的格外关切的眼神。

还真是信息量庞大,豪门恩怨错综复杂。

但是,我没太大兴趣,我所有的注意力都集中在秦牧和赵灵犀的微妙上,自始至终,他们没说过一句话,甚至眼神,都没有对视过。

我不知这避讳,该担心还是该安心。

雷阳没跟董薇继续掰下去,他脾气本就好,这个时候笑着打开拉菲。

"那好啊,下次让周总带点酒过来,顺便带那个灰姑娘来参加舞会,指不定能有水晶鞋捡。"

秦牧掐了一下我的手,我疼得哎哟一下,瞪他。

这时赵灵犀端着几盘精致小菜进来,雷阳等人不禁惊叹。

"灵犀的厨艺几年没尝,看上去又长进了啊。"

"就是,现在有几个姑娘会做菜啊。"

"我就会啊!"董薇不悦地说。

"你做的那能叫菜?"老川嘻嘻哈哈,拿起筷子夹起一块鱼片,"那是毒药!"他微微咀嚼,眉头微蹙,然后瞬间松开,"我的天,灵犀这厨艺简直是可以去当大厨了。"

"你知道吗?灵犀回来,我们可是有口福了呢!"

她的厨艺精湛,大伙儿是赞不绝口的,我吃着,想要辨别出些跟秦牧纤毫的区别。

放差不多的糖和差不多的盐,差不多的口味缔造的爱情如今分坐在桌子的对角线,刻意划开的距离,在我口中却化为唇齿相依。

我心里堵得慌。

大抵不会有人在意我的堵得慌。

所有人都喜欢赵灵犀,你看男生们殷勤的脸,你看那些自己都光鲜亮丽的女孩儿们,看她艳羡嫉妒的眼神,她似乎早就习惯了这些眼神的簇拥。

酒过半巡,一群人便开始玩起了游戏。秦牧大致跟我讲了下游戏规则,差不多就是萝卜蹲的改良版和真心话的结合。

赵灵犀第一个叫错了拍子，由上家老川问她一个问题。

她笑着等待着，老川想了想，大概是为了活跃气氛，道："女神现在有男朋友了吗？可以追你不？"

尽管是一句略带玩笑的话，雷阳的反应还是让我心中有些不安。老川似乎挨了他一脚，然后，雷阳瞥了瞥秦牧的反应。

我当时觉得自己简直是个透明人，很想敲雷阳的脑袋。

我在这啊！

而赵灵犀，浅浅一笑，端起酒杯的手指真白，真好看。

她露出两枚梨涡，吐出四个字："心有所属。"

一句含糊其辞的答案，但似乎所有人都心知肚明，老川还想说什么，被雷阳摁住，打断说："继续继续！"

连续几番下来，赵灵犀又报错了，她不好意思地叹了口气，这次，轮到问问题的人，是我身边的秦牧。

大家似乎屏息凝神等待着一场好戏的到来，秦牧眉头微皱："我没有问题。"

所有人愣住了，赵灵犀的眼睛里写满了期待。

"真的没有问题吗？"

秦牧的手指微微一动。

"没有。"

"你再想想，不急。"

"真的没有。"

所有人的眼神交换了一下，我忽然心思一动，想要化解这场令人尴尬的对话。

"我来问好吗？"

赵灵犀诧异了一下，但她温和地笑着看我。

"好啊。"

"好的，灵犀，我想问的是……"

"哎哟。"雷阳说，"妹子，你该管人家叫姐姐。"

这时，旁边董薇冷笑了一下："雷阳，你哪那么多话呢。按规矩，姜妹妹该叫灵犀叫前辈吧……"

这个并不太善意的玩笑，惹得众人一愣，她身边的几个姑娘率先笑了起来。

我尴尬地僵了一下嘴角，秦牧眼角微有愠色，我在他发火之前，开口说。

"我的问题是，灵犀小时候的梦想是什么？"

秦牧没想到姜未会问出这么小清新的问题，他其实早就觉得她的不自在了，正如他一样。

他其实在想办法，他知道以后是难以避免要跟赵灵犀出现在同一个场合。他们在一起太久了，往常的朋友圈，甚至包括在美国的朋友圈，都是重叠的。再加上之前发生的太多事，他明白，他没办法避开她。

他只能想着一回生二回熟，他总会习惯的。

但是，这还是很难，尤其是姜未，她被自己硬塞进这个圈子，她会受得了吗？

她表现得非常淡定，哪怕有人开起那些暧昧不清的玩笑，她也没有露出一丝不悦。

他当然知道她是装的，他也知道她介意得不得了。

他这才抬起头来，瞥了一眼被问题难住的赵灵犀。

她并不是一个玩不起的人，但再难的问题也会有高明的答案。

他怎么会没有问题？只是他知道，她想说的话，不用问也会说，不然，再怎么样借游戏之名，她都会含糊其辞地将自己搪塞过去。

何况，那些事早就过去了，曾经让他辗转反侧，揪心至死的谜团，在这个时候，已经不那么重要了。

姜未却在这个时候，抢过他的问题权，问了一个无伤大雅的问题。

他知道她小时候的梦想是什么。

他们认识太久了，又太好了，每年她过生日，都会悄悄告诉他她许过的愿望。

赵灵犀看上去什么都有，但其实她是一个非常有野心的姑娘，她小时候，就是他爸和几个合伙人刚弄出甄芙这个公司的时候，她对那些广告非常有兴趣，她说，秦牧，我们以后一起弄个广告公司吧，她指着手里的冰糖棒冰说，你看，这棒冰多好吃啊，可是只有我们知道，这怎么行，以后，我们把自己喜欢的东西，全部都包装成世界名牌，好不好？

他最后进了广告公司，虽然也有父亲的原因，但大多数，是因为赵灵犀。

此刻，她做出思忖状，却说了一句。

"小时候太远了，想不起来了。"

是啊，太远了，远到她看着对面的秦牧，都觉得过尽千帆，远到挤在这个昔日亲密的圈子里，都觉得格格不入。

老川叫停了这个游戏，他说："哎，也太没劲了，要不，我们来玩个新的吧。我前段日子跟一个剧组的人玩这个……特别容易爆料。"他狡黠地冲在座的男生笑："你们小心咯。"

那几个女生也纷纷好奇地问是什么游戏。

老川神秘兮兮地说:"折手指,来吧,伸出手掌,每个人提一个问题,中招得折起一根,折完喝完这三杯,怎么样?这可是个良心游戏,撒谎的人永远得不到真爱啊!记得啊!那个……我先来,第一个问题……我带个好头吧。"

"请有跟在场的异性,算了包括同性发生过关系的请折一根手指……"

真是要命,老川第一个问题就火力十足,要怎么玩?

这个圈子,都是老朋友,交往过的情侣,却只有赵灵犀和他而已,他皱皱眉,和赵灵犀一起折了一根手指,这个没办法也没必要跟姜未撒谎,只是,心里还是有些不痛快。

然后,他看到雷阳也折下一根手指,他的脸色有些不太好看,尴尬地避开了眼睛。

赵灵犀的心里其实忐忑了一下的,直到坐在另一头的女生之一,也折下一根手指来。

秦牧看了她一眼,淡淡的,不知意味的,然后,她看到他的另一只手,轻轻地握住了姜未的。那个女孩儿笑了一下,她是那种不动声色的好看的姑娘,乍看之下并不起眼的那一种,但阳光刚好打在她身上,那一笑,让她想起一个词,邻家妹妹。

她想起一个人来,在美国的时候,有个女孩不就是追着秦牧跑吗?跟姜未是一个类型的,笑起来非常可爱。可是秦牧不爱她,那他会爱姜未吗?她的心猛地一沉。

还是,真如子骐所说,不过是做给自己看?

而很久之后,她才会知道,姜未和美国的那个女孩是不一样的,就像她和赵子骐五官相似,却是完全不一样的,所有的相似,不过是看上去而已。

这种游戏最怕就是局内人。

他们掌握着你内心里最恐惧的东西,所有的秘密,都无处躲藏。共享的岁月全部成了子弹,可是最可笑的一点是,当时光明正大的太多事,怎么到现在,就成了秘密。

雷阳提了一个问题,真是要命。

他忽然凝着眉头说:"在场的,这辈子只爱过一个人的,请折一根手指。"

然后,他自己,折下了一根手指。

像是某种宣誓,让人看呆了一下。

赵灵犀的身子微微一动,她看向雷阳的手指,她跟着,轻轻地,也弯起了一根,然后,她看向秦牧,淡淡的眼神,含着笑,含着岁月。

似乎在期待,他的动作。

他没有动。

姜未,也没有动。

赵灵犀的心猛地沉了一下，她明白，这是秦牧在告诉她，他爱姜未！他爱上姜未了！

这个时候，董薇大笑着说："哟，还真有两痴情种！"然后她恨恨地看着雷阳，呵，真让人觉得，有趣。

秦牧感到姜未握紧他的手掌的手力度加大，她贴近了他一点。

他也回握她的。

姜未知道，这细微的力度就是属于秦牧和她的密码，这让她鼻子有些发酸。

她压低声音说。

"其实我不知道，我该不该折一根。"

秦牧抬头，看着她，等待她的下文，她没有说下去，他有些忧心，等一等，她是什么意思？

——

我不知道我该不该折那根手指。

因为我不知道，那时候我对栗长原的感情，算不算爱。

或者，只是浓烈的喜欢和一场重大的幻觉。

以前我当然会觉得那就是爱，但我从未跟栗长原有过唇齿相依的经历，那种迷恋，到底算不算爱。

以前栗长原身边的人，我对各个都醋意十足，只要是个雌性，都让我百爪挠心，情绪化十足。而如今，这样一个重磅炸弹赵灵犀在身边，我却明白自己该压抑本性，忍受一切。

哪怕再心不甘，情却愿。

男孩子似乎永远都长不大，游戏结束，又是下一个游戏。雷阳家三楼弄了个小网吧，几个家伙打团队 lol，秦牧倒不是个游戏迷，但雷阳说起来，秦牧似乎游戏水平还颇高。

"那你要么……跟我一块上去？"

秦牧站起来，征询我的意见。

"不要。"我这样缠着他看起来多不大气，"不用管我。你好好打，别给我丢脸。"

这个时候董薇提议，要不，我们去雷阳家后头的泳池吧。你们带泳衣了吗？灵犀，你去不去？

也不问我，不过我已经习惯了董薇直接忽略我这件事。

"好啊，不过我不下水了。"她笑着说，"未未，一块去坐坐吧？"

三 落水

到了别墅后头,房屋刚好挡去一半的太阳,郊外夏日空气清新,泳池的蓝色瓷砖让人心旷神怡,水波微漾,几个女生已换好比基尼出场,香艳十足,那群男生一定要后悔死了。

"你不去吗?"身边的赵灵犀带出来两杯橙汁,递给我一杯。

"我不去了。又不熟,赤裸相待怪不好意思的。何况我没带泳衣。你呢?"

"我不会游泳。"

哦,这样啊,我一时也不知道该说什么,大口啜着果汁。

她却神秘兮兮凑过来:"或者,是不喜欢我?"

话音刚落,她咧嘴笑起来,漂亮的几颗牙齿,不得不说,她笑起来真好看,我都要被她迷住了。

"我没有不喜欢你。"

"我总觉得,如果没有秦牧这层关系,我们俩倒会说得来,你很有灵气,性子也挺好的。我看过你写的东西。"

我有些受宠若惊了,"我的……东西……?"

"是的,我有看过你的微博,挺文艺的。其实我知道你的时候,就在想,秦牧找了个什么样的女孩儿做女朋友呢?挺好奇的。"她微微笑。

我心里怪怪的,忽然巴不得赵灵犀是个魔鬼心机婊,那样,我起码有个理由讨厌她。

"对了,我听雷阳说,秦牧最近在托关系找人。他在找谁?"

"哦,是他爷爷的……初恋吧。"我尽量简单地说了一下,到一半,看着赵灵犀耐心却毫无好奇的眼神,忽然反应过来,有些丧气地道。

"对哦,你都知道的。"

她笑了笑:"知道。前些年就闹过一阵子,后来老人家想想罢了。没想到……"她耸耸肩,"爱情的力量还真是强大。"

是啊,对于秦牧的过去她了若指掌,而我却傻乎乎地跟她说着那些她根本早就知道的事。

她继续说着:"我看过媚姨年轻时候的照片,很漂亮。不过凭着一个名字和年轻时的照片找一个失散五十年的人,不知行得通不。"她朝我笑了笑,"不过秦牧有这份心,他和他爷爷关系好,从小,他不听他爸妈的,就听他爷爷的。有一年啊,他爷爷从楼道摔下来了,摔折了腿,秦牧一接到电话急得连鞋都不换就跑去机场了,之前还板上钉钉地跟他爸赌气说再也不回国……哎……我好像说得有些多了,你不会生气吧?"

当然不会,心里有些酸而已。

伸手不打笑脸人,何况这个笑脸还长得那样漂亮,我望着她弯月形的,一看就让人沉迷的眼睛,觉得上天真是不公平。

"你很漂亮。"我忍不住说了句。

"漂亮,有时候不是好事。"她淡淡道,下意识地瞥了一眼泳池里跃上来的董薇。

她今天针对赵灵犀已经够明确了,此番过来,脸色也不太好,我大感不好,赵灵犀却淡定自若地跟她打招呼。

"这身很美啊。"

"美吧?"她冷冷一笑,"雷阳买的。当然美了,他眼光多好啊。"

董薇淡淡看了我一眼:"姜未是吧?你是在和赵灵犀探讨经验吗?"

这一句上来就火药味十足的话,让我愣住了。她径直过来,嘴角微斜,满脸轻蔑。

"我就想问你一句,你打算装到什么时候?"

"我没有装。"

"我就想问你,刚才玩折手指的时候,我问到劈腿,你凭什么不折。玩不起吗?"

"我没有劈腿。"

"呵,那雷阳算是什么?你当他是玩具吗?也是,赵小姐从小就是女神,有几条忠犬是自然的。但你不会觉得,你现在,还有什么资格?"

现在的地理位置对于我来说十分不利,她们俩分坐在我的两边,说着我有些云里雾里的话。

我犹豫了一下,想着要不我还是站起来走人吧,我刚要起身,董薇却腾地站起来,拿起我喝到一半的橙汁,泼到了赵灵犀的脸上。

我脸色惨白,赵灵犀却神态自若,像是被泼惯了似的。

"我告诉你赵灵犀,你落得现在的下场全部就是活该。你现在什么都没有,你别想拉着雷阳!"

我的心跳到嗓子眼,那头的几个女生,熟视无睹这边的风暴,但我知道,她们全部竖着耳朵听着呢。

Ada甚至向我抛来了一个"快跑"的眼神。

可是赵灵犀并不是小白兔，她有很好的修养和脾气，但不证明，她会被这么指着鼻子骂。我把旁边的纸巾盒递过去，她擦掉脸上的果肉和甜腻，还礼貌地跟我说了声谢谢。

"不被人爱，就是这样乱咬人吗？"她淡淡地回应了董薇的"攻击"。

"你！"

我们所坐的躺椅，其实离泳池并不算近，此刻三人站立的位置，离边缘也有一米多的距离。但董薇扑上来，用力地将她猛推，赵灵犀尖叫一声，抓住我的胳膊，眼神惊恐。

我们一齐落入水中。

我少年时代就识水性，很快就浮了起来，看见赵灵犀惊恐挣扎，几近崩溃的表情。

其实泳池不深，但我也看出她对水极为恐惧，心里一紧，要游过去救她时，只听猛地一溅，有人已先我一步，将她紧紧地箍在怀里。

秦牧将她拖到了岸上，这个时候那岸上原先还冷眼旁观的几个白富美终于脸上挂起了关怀的表情，纷纷追问着"没事吧"，只有董薇，站在岸边，像个失意的胜利者，傲然鄙视着眼前的场景。赵灵犀紧咬住嘴唇，浑身发抖，雷阳让老川去拿毛巾，老川战战兢兢地跑去。

我依旧待在水里，见秦牧回转身来，朝我伸出手来。

"你没事吧？"

我反应过来，游过去，对他伸的手视而不见，奋力攀住泳池，径直跳上岸来。

湿透的衣服紧紧裹住皮肤的感觉让人沉甸甸的，但比不过心中的沉重。

他那样下意识的动作，让我觉得心寒。

他从始至终，都没有看我一眼，直到将他的女神救上了岸。

"未未。"

秦牧觉察到了我的冷漠，靠近了我一点。老川已经拿了毯子出来，几个男生围作一圈，几个女生撇开脸一副咬牙切齿，为首一个迅速换上温柔笑脸，替她裹上。

秦牧骂了一句："喂，就拿一条？"他迅速拖掉自己的衬衫，一把将我揽进怀里，用力地裹住我，我不情愿地挣扎，他却紧紧地锁住我的胳膊。

我的眼泪在眼眶里打转。

这场聚会里，我根本就是个被忽略的局外人。她们根本看不上跟我作对，她们从头到尾，针对的人，就只有赵灵犀一个。就连男主角都是戏尾才想起来我的存在，才记得我才是他带来的人。

赵灵犀朝着他，露出一个悲伤的眼神，她的身子还在发抖，她是真的怕，不是装，她是真的需要他。

我压低声音："你别管我，大夏天的，我也冻不死。你赶紧的，该干吗干吗去。"

我又挣扎了一下，他却一把将我的脸摁到他的胸前。

"对不起……"

"秦牧，她需要你在旁边。"我推他过去，"真的，我没事。"

我挤出一个笑容："我不吃醋。"

"怎么回事？"雷阳担忧地看着赵灵犀。

她似乎缓过来一点神，摇着头说："没事，没事……"

息事宁人的态度，却让罪魁祸首又炸了，董薇冷冷地说："是我推她下去的。"

雷阳整个人跳起来："董薇你别太过分！你明明知道……"

"是啊，我就是知道，我就是过分！好过你！雷阳，你看看她需要你吗？她只需要秦牧，你就是个备胎！备胎！我替你可悲！"

雷阳被老川架住，他整个人濒临崩溃，董薇嘴角一抹冷笑。

"雷阳，你这样就炸了？心理素质这么差啊。秦牧，你还真是伉俪情深啊，你女朋友不先救，先救前女友？哈……果然全世界都围着一朵白莲花转呢。我今天也是直接说了，雷阳，我也瞒得挺委屈的，那年你和赵灵犀那点破事，秦牧还不知道吧？你们都当她是不会劈腿的小美人鱼呢。"

赵灵犀的肩膀微微抖动，她看起来的样子格外狼狈，但她自始至终，都没有抬起头来。

秦牧眉头微皱，似乎在极力克制自己的情绪。

雷阳的眼角有七分羞愧。

"哥们……我……"

"没事，过去的事了还提什么。没事。你照顾下她，我带姜未先走了。"他回转身，拉住我的手。

董薇似乎是没有达到自己想要的目的，她无奈地笑了笑："呵，真是有趣。Ada，这里不好玩，都是圣母，我们走吧。"

语罢，拿着她的包就起身，Ada 尴尬不已："那我换下衣服。"

"换什么换！"她瞪她的小跟班一眼，"这身挺好看的。走！"

刚才被一下拖进泳池的时候，我的左脚一个趔趄，崴了一下。

当时还没觉得太疼，现在才发现脚踝肿了，一瘸一拐的。

但我现在顾不上这些，一个欢庆 Party 就这样以闹剧收场，我也算是快速掌握了那群人的内部矛盾，可我并不在意那些，我只担心秦牧。

"你还好吗？"

他缓缓回过头来，看着我，笑了笑："该是我问你吧。"

"其实刚才我看到你了，你在水里，没事，我当时也是心急……但不代表什么，但总觉得还是要跟你解释一下。"他皱紧眉头，"你知道赵灵犀妈妈怎么去世的吗？"

我抬起头来，等他的答案。

"几年前，在纽约，她妈妈开车带她，掉到了河里。赵灵犀也算是九死一生。她对落水的恐惧，是很深的。我……"他叹了口气，"董薇就是那个炸脾气，从小到大就是这样。她从小喜欢雷阳，雷阳呢，从小喜欢赵灵犀。她讨厌灵犀也是有原因的，不过……也太过分了。"

他决口没提"劈腿"那档子事，但眼睛灰灰的，似乎很丧气。

无论是什么时候，得知被所爱的人背叛，哪怕那爱已成往事，都不会太好过的。

我只想伸出手，给他一个拥抱。

秦牧躲开，一脸苦笑地看着我。

"怎么，这氛围营造得，跟我失恋了似的。"

我不管，我抱紧他，抬起头，一个表示鼓励的眼神。

"不许难过，知道吗？"

他无奈地笑了笑，吻了下我的眼睫毛。

"你为什么这么好。走吧，我们，今天害你落水了，要带你吃点好吃的去。咦，你脚怎么了？"

"刚才不小心崴了一下，脚踝有点疼。"

电话这个时候响了起来，他接电话的表情慢慢有了变化，挂掉时激动地跟我说。

"姜未，刚才老川给我打了电话，说他朋友有了媚姨的消息。但是因为那边他也不熟，我打算亲自去一趟。我先陪你去把腿看一下。"

"我陪你一块去。腿没事，就是崴了一下。有多远？"

"我刚查了地图，要开五六个小时的车吧，也不算太远。你脚真没事？"

"真没有！你好烦啊。我们快出发吧！"

他跑去开车，紧接着的好消息，让他暂时没有了刚才的落寞。

秦牧，你的过去我无法参与，我只能保持自己的耐心，尽量多参与你现在的人生。

不然，我真的没有底气，走进你的未来。

所以，不管你去哪，我都想陪着你。

\ 我想你时

西风止 \

第十八章 重新开始

你知道吗，我做了个好长好长的梦。我梦见我迷路了，然后看到了你。你跟我说，秦牧，你该醒了。然后，我就醒来了。

一 故人

六个小时的车程，傍晚的余晖变成了无边际的黑色高速路，倒退的路灯和树木，忽然开始下雨。

他的手机响了起来，他将它递给我。

"帮我回一下。可能是公司有事。"

我想，他是在用这种方式来表达信任吧。

微信头像，让我一愣。

"是赵灵犀的……要么等会儿再看吧。"

"是文字你就念出来，是语音你就放出来。"他有些愠怒，道，"我又没有什么见不得人的。"

好吧。

我打开内容，一字一句地念道。

"秦牧，今天董薇说的话，一半属实，一半虚假。你这么多年，是最了解我的一个人，我知道你相信我。秦牧我希望……"

我念不下去了。

直到他问我："希望什么。"

我缓缓开口，想要调整一个更加放松点的姿势。

"她说，秦牧，我们重新开始吧。"

——

"我们，重新开始吧。"

陆羽虽从没亲口承认，但她午夜梦回的时候，曾有无数次脆弱地等待着这句话。

它终于，来了。

程沧出现在午夜微醺的空气里，她打开门的时候，整个人都呆住了。

他似乎喝了一点酒，他说，陆羽，我今天去买戒指……我……我以为我们俩过去那么久了，我终于该是放下了。但是，在买戒指的时候我才意识到，我根本就不可能放下你。

他从怀里掏出那枚钻戒，陆羽，这辈子我想要的女人只有你一个，对不起，我才意识到，对不起……

他说，陆羽，你嫁给我吧。

陆羽脑子里有片刻的空白，眼前的人是她曾经爱过很多年，以为会共度一生的人，但她已经快一年没有好好看他的样子了。

程沧其实没有变，换掉工作装依旧是以前她熟悉的样子，可是她却觉得他那样陌生。

陆羽知道，她不是在介意他身上有了别人的味道和痕迹，不是在介意林简，她曾以为她会很在意，如果……如果程沧回来，她要怎么接受和消化这一段横生枝节？

可是这一刻，她知道没有必要了。

因为她知道，他们俩，回不去了。

"程沧。"她避开了他的眼睛，"我们回不去了。"

"那就重新开始吧。我们，重新开始吧。"

她在这句话音落下时，还是落了泪，那些曾经对于她来说雷霆万钧的誓言终究没有作数，这一年多她一直反省着自己是怎么把程沧给吓跑的，但是此刻，她的心不是在为程沧而疼，而是为自己那些回不去的岁月。

她哭着掩着面："如果我明天醒来16岁，我们就重新开始。可是那是不可能的，我不可能是16岁，我们，也再也回不去了。"

程沧走后，她关上门的那一刻，觉得自己腿软了下去。

她颓然地坐到了地上，低声地哭泣。

她发誓，这是她最后一次为那些破事儿哭，人们总说伤痛不过百日长，可他们毕竟在一起那么多年。

终究……终究还是走散了啊。

就算再在路上碰见，再也不可能牵手了。

再也，回不去了。

——

抵达的时候已是半夜了，我们临时找了个小旅社住下。

秦牧一向对住所有着高度要求，但满城也没有他想要的五星级酒店，于是只能找个小旅社住下。

我们俩早就是饥肠辘辘，大半夜的又不是在寥城，也不知道哪里还有店开着。只能牵着手下去碰运气，结果，满以为只能吃到安徽料理的我俩，还真运气很好地找到一家火锅店，名字简直太接地气，居然叫"帅哥火锅店"。

秦牧笑着指着招牌说："你的最爱。"

"对嘛，我最爱帅哥了。"我逗他，他一把把我捞到胳膊底下，威胁道："只许我和火锅排在一起。知道么？白天周晨的事我还没跟你算账呢。"

"喂！什么事儿啊！"

"反正我不管，以后除了我，不许跟别的男人讲话。"

"……讲点道理。"

"那我让一步吧，不许跟男人单独吃饭。"

"老季呢……"

"老季也不行！"

"老季算什么男人，老季充其量就是个卡通人物……"

"卡通人物也不行，蜡笔小新还会偷看女人洗澡呢，你别小瞧了卡通人物！"他做出一脸杀无赦的表情。

火锅店人并不多，伙计一点也不帅，但庆幸的是，食材新鲜，酱料足够，并且因为客人不多，我们又显然是外地人，得到了非常周到的招待。

在问了伙计可否知道县城里一个叫媚姨的老人家时，他摇摇头。

"我们也是十年前搬到这的，没听说过这号人物……"

只得作罢，先吃饱喝足，明天可是个体力活。

我和秦牧打算挨家挨户去问，因为公安局的档案里并没有媚姨的名字，秦牧怀疑要么就是媚姨中途改过名字，或者是根本就没上过户口。

伙计礼貌地端上食材，一面盯着我看："帅哥，你女朋友很漂亮。"

我差点喷出一口水，秦牧难得不呛我，笑容满面地说："有眼光，我要多点几个菜。"

"养你也是省力。"他不屑地说，"你看吧，根本不需要什么厨艺，放点水放点盐，所有东西丢进去煮就是了。"

"什么鬼。"我翻了个白眼，"一个好汤底对于火锅来说，就像是对的时间遇到对的人，否则再新鲜的食材，都不算美味。"

"……你说……我们俩算不算对的时间遇到对的人？"

我甜蜜一笑。

"算是吧，不过……"

"不过什么？"他皱起眉头。

"不过我爱吃香菜，你不爱吃。这点上，我们俩还是不算般配啊……"我夹起盘子里的香菜，冲他抛了个媚眼，"你要不，尝尝？"

"我才不要……"他一张口，我已将香菜塞进他的嘴里，他瞪大眼睛怒气冲冲地看着我,一脸恶心却已是无路可退,只能硬生生地吞下去,吐吐舌头。

"臭死了!臭死了!"

眼前的秦牧分明是个幼稚的小孩儿,我却很庆幸,他愿意在我面前展现他的孩子气。

我想起那一对在泰国旅行碰到的新婚夫妇。

我想,其实并没有所谓的对的时间,只有对的人。

只要人对了,任何时间,都能化腐朽为神奇吧。

只是,那份对,需要太多上天给的运气,我不知道,其实我和秦牧遇见之后,除了赵灵犀,并没有碰到太多的阻碍,我知道,以后兴许,还会碰到困难,但是我想,我会努力,坚定地离他近一点。

不要去猜忌,不要去误会,不要去试探。

只要我努力过了,你没爱上我,也不是我的错。

就像此刻,你吐着舌头仍旧不喜欢香菜,不是香菜的错,也不是你的错。

有些事,兴许是命中注定,我们要做的,不过是顺其自然而已。

一年了。我想秦牧应该忘记了这个日子,今天是我们正式相遇一周年的纪念日。

我根本没有想到,我会和他在一个陌生的小县城里,吃着我最爱的火锅。

我们走了那么多路,我们绕过了彼此的青春才在一起,未来,我希望有很长的岁月要相伴。

我们都爱过别人,都有忘不了的事。

但有时候记得不是因为难忘,而是为了从一件不那么快乐的事上吸取教训,提醒自己怎样和过去的错误背道而驰,然后,少走重复的弯路,不再受一样的伤害,走得更加顺利,更加容易得到快乐和满足。

我举起杯中的凉茶。

"来,我们庆祝一下。"

"庆祝什么?"

"庆祝……"我想了想说,"我们离媚姨,越来越近了。"

也庆祝,我们离那些不属于彼此的过去,越来越远了。

——

那并不是很大的县城,我们用了一个下午的时候挨家挨户,终于得知了媚姨的消息。

令人遗憾的是,媚姨似乎过得并不顺利,她早年嫁给一个县城里的男人,男人英年早逝,她一直守寡,膝下无子,领养了一个男孩,男孩长大以后,却因工厂作业时的事故而瘫痪,前些年刚去世。据说那之后她就搬到了山上去住,但具体地址不明。

那人跟我们说，媚姨也是个苦命人，好几年没见到她了，上次见到还是两年前她下山来买年货，也不知现在怎样。

　　我听到此处，心中有些隐隐的伤感。看一眼秦牧，他微皱着眉头，想来跟我一样。

　　虽然并不是"我听闻你始终一个人"的旷世奇恋，可在得知最初爱的那个人过得并不好，心中必然会感伤吧。

　　那座山离这里不远，烟云缭绕，怎么都有种与红尘断绝往来的感觉。

　　我看了一眼秦牧，说："走吧，我们去找她。"

　　都到了这里了，怎么能轻易放弃。

　　根据那个大概的地址，我们总算开车进山，后来的路开不进车，我们只能步行进山。

　　我的脚昨天还好，今天肿得厉害，虽然敷了膏药，走路也是一瘸一拐的。

　　秦牧说他自己进山就可以了，但我执意要跟着来，他只好馋着我。

　　下午的时候并没有什么人，我和秦牧经过一亩良田，看到一个老妪正在摘菜。

　　"阿妈，请问一下，村子里有位叫媚姨的老人家吗？"

　　她敏感地抬起头来："你们找媚姨干吗？"

　　我和秦牧对视了一眼，我想这个时候我来说比较好吧，于是我说："阿妈，我们是受人之托过来请媚姨帮个忙的。有一位老人家，曾是媚姨的旧友。失联多年，他年事已高，想再见媚姨最后一面。"

　　"是吗……"她迟疑了一下，缓缓张口，在我们期待之下说出四个字，"你们走吧。"

　　啊？

　　那个苍老纤瘦的女人，满脸的皱纹，眼神是灰色的，她告诉我们，媚姨前几年已经去世了，她是媚姨的姊妹，她说，就算媚姨活着，也不可能去的。

　　她表情冷漠，手里提着的菜篮里放着新鲜的大白菜，上头沾着露水。我想她已经猜到了这位旧友是谁。否则，断不会这样决然就拒绝了我们。

　　山中空气清新，人烟稀少，一个只有几十号人口的村子，在这里寂寥而简单地生活，仿佛被尘世遗忘。

　　秦牧没再说什么，他拉着我的手说："那谢谢您了，可以告诉我，媚姨葬在哪吗？"

　　"乡下人没那么多的讲究。"她看向秦牧，微微眯着眼，笑了笑，"媚姨早就忘了这些事了，你们过去，她也不知道你们是谁，没有意义的。"她低下头去，一抹阳光照在她的脊背上，我听到她细细呢喃着。

　　"真是老了，太老了，一转眼，这辈子，就真的完了。"

　　"既然这样。"他无奈地摇摇头说，"走吧，姜末。"

"等等。"我掏出包里的纸笔,写下自己的电话,走到那个老人面前,将纸条塞给她。

"如果媚姨反悔的话,还来得及。他得了癌症,怕是熬不了太久。"

"你是他的……"她抬起空洞的眼,望着我,眼中慢慢有了温存。

"我不是。"我笑着说,指着背对我们站立的秦牧,"他是。"

她望着秦牧的背影,脸上慢慢地晕开一个笑容。

"怪不得呢。"

"姜末,谢谢你。"

回来的路上,扶着我的秦牧忽然这样说了一句。

"啊?"

"你很聪明,你也看出来,那个老太太,应该就是媚姨本人吧。"他叹了口气,"但我也看得出她对爷爷还是有怨恨的,她不愿去看他,强求也没有意义。"

这世上有些人,一生只能爱一人,而我们这些,爱过失去过之后,还能再爱一次的,究竟谁比较幸运。

经过五十多年,依旧被爱着是一种好事,而被恨着,起码也是记得。

他蹲下来说:"来,我背你下山。"

我没有再推辞,忽然想起之前,在游乐场的时候,我的脚被新鞋刮破那次。我别别扭扭不肯让他背,最后还是他一把将我拽上他的背。但是这一次,我却笑了笑说:"好啊,那我就不客气了。"

大概就是这样吧,当我开始信任你,不必再跟你较劲,不必再跟你害羞,不必觉得歉疚。

"哎……你又重了啊。"

"昨天火锅吃多了嘛,今天还没例行公事呢。"

"哎,你真恶趣味。"

"你说……她会打电话给我吗?"

前头的他沉默了半响:"也许吧。或者,媚姨真的已经走了,刚才我们见到的,只是她的姊妹而已……"

嗯,我们只能用这个来安慰自己了。

"秦牧……"我搂紧他的脖子,"我有些害怕。"

"害怕什么?"

"害怕……万一我以后嫁给你了,你却惦记着别人。等我死了以后……"

他撇头,给了我一个白眼。

"呸呸呸,正下着山,高危动作,你别乌鸦嘴。"他后脑勺对准我,似乎无意识地说了一句，"不会的，真的不会的。"

有这一句，我已足够安慰。

二 车祸

这个世界上没有重新开始这件事。如果有，那中间错过的岁月算什么，那些横亘在我们之间无法更改的历史算什么，那些错生出来的枝节，那些活生生的人，又算什么。

曾经我也幻想过很多次，当年爱过的人，重新走到我的面前，说，我们在一起吧，我们重新开始吧。

我当时觉得，我会说，好。不管经历多少分别，我们还是走在一起，那未尝不是一件好事。

高速上，秦牧的手机响了，他递给我。

"你帮我看一下。"

于是我一句句地念，那个来自"灵犀"的微信。

"她说，秦牧，我们重新开始吧。"

我侧头看向他，等待他的回答。雨越来越大，他皱了下眉头。

"你想怎么回，就怎么回吧。"

这样的大方让我有些赌气，我说："好，那我就回'你真漂亮'。"

他无奈地叹了口气："好吧，那就告诉她，回不去了。"

一句话，让我心中又悲又喜，喜的是他还是拒绝了那个回头是岸的深爱过的女人，悲的却是，他眉头深锁，而不是释然。

我的心一酸，手里打着字。

回不去了。

我不知道我作为一个局内的旁观者，回这条短信是不是合适，我只觉得手指有些发麻。

你们回不去了，我们刚刚开始。我心里百感交集。

雨刮器疯狂地扫着雨水，一场悲情的狂欢。

车子驶进隧道，赵灵犀又发过来。

她问，你爱上姜未了吗？

我没有将这条微信读出来，一来是因为觉得不好意思，二来，我不希望在这个时候问秦牧这个问题。

无论是出于真心与否，都不该是这个时候。

她追问：回答我。

我侧头看了一眼秦牧，像做坏事一样打下一行字。

"是的。"

我想一会儿秦牧会看到这条记录，我不会删除，我不怕自作多情，我只要快刀斩乱麻。哪怕是我耍的小心机也好，我不管那么多。

那头沉默了一会儿，她又发过来：

但是，我们有这个。

随后是一张图片。

我点击放大。

她的左手手腕上，有一条深深的疤痕。

我的心如擂鼓，那张图片真是撒手锏，我深陷在副驾驶室里，忽然很想哭。

秦牧的右手上，也有这样一条类似的疤。他们一起经历过生死。秦牧愿意，为她而死。

我知道这件事，是周晨告诉我的，那时候赵灵犀经历母亲逝世之后一蹶不振，抑郁绝望而轻生，秦牧一不留神，她就割破了自己的手腕，我身边这个看起来沉稳的男人，那时候只是个少年，他一把夺过了赵灵犀手里的刀，给自己来了一刀。

"好啊！那我们一起死！"

最好的岁月里，他和另外一个人说"我们一起死"。

这不是他的错，我没办法怪他，可是我也没办法说服自己不去介意。

那条疤痕是命运的礼物，无法剔除，是烙在他们身上的刺青，提醒着岁月再怎样更迭，他们都有过这样一段无法忘却的人生！

隧道里幽静地亮着灯，汽车马上就要驶出隧道，踏上新的路程。

我们就这样，和过去渐行渐远，却又在深夜里，和记忆重逢。

"秦牧，你很爱很爱她吧。"我压抑住内心的酸楚，轻轻地问，"不许骗我。"

"很爱很爱过吧。"他漫不经心地答，我没注意到他眉头深皱，全神贯注地望着尽头处狂暴的大雨。

"那么你爱我吗……"我压低声音，没有底气地违背初衷问他要一个答案。

回答我的是一大片倾盆的雨，山洞这边的雨势更加骇人，然而，在高速上的我们却没有回头的路。

敏感的神经高度紧张起来，他哪里还顾得上回答我的问题。

坐在副驾驶上的我只觉得心惊肉跳，开始时雨水就像泼在车窗上一样，再往后，竟如同浪头打来。我们就像驶进了大河。噼里啪啦的雨声几乎要将窗户敲破。

我听不到自己的心跳声，但可以感觉到它已经到了嗓子眼。

我们的车速已经压低，我知道，这种天气行驶在高速上也是一种非常危险的举动。

秦牧紧锁着眉头，双手紧紧地扣住方向盘，眼睛眨都不敢眨一下。

车轮猛地一个打滑，幸得他一把揪过方向盘，死命地咬牙扭正。

我的心几乎跳出了嗓子眼。

"怎么办……"

"我们得找个路口下去。"他分出神来看我一眼，"别怕。姜未，你现在看看，离下一个服务区，大概有多远。"

谢天谢地，导航没有失灵，下一个路口就在几公里之外，一个陌生的小县城。

就这样在路上行驶，几公里的路我们提心吊胆地开了像有好几个小时。

拐弯进入那个岔道的时候，我们以为总算是找到了避难的地方，却怎料车子开始旋转，方向盘失控，车轮就像是踩在了润滑剂之上飞速带动巨大的车身旋转。

然后，猛烈地撞向了护栏。

在那千钧一发的瞬间，安全气囊弹出来的刹那，一只手，迅雷不及掩耳地护住了我的脑袋……

猛烈的撞击让我的五脏六腑都似乎移了位。

空白……空白……

我的脑中一片空白，视野是灰茫茫的一片，耳朵边寂静无声。

雨声重新回到了我的耳朵里，越来越响。

我艰难地，小声地叫他的名字。

"秦牧……秦牧……"

但是，除了那越下越急的雨，没有任何回应。

——

小时候，我曾去算过命。

算命的说我一生不会太过平坦顺利，但我八字可硬了，总是能化险为夷。不是大福之人，却也不是大灾之相。

我一直不太相信命数这回事，但事实上，那个大师还真是歪打正着地猜中了。

就连这么凶残的一次撞车，我竟都没事。

我只昏迷了一天，据说是脑子受到了撞击，不过医生说，只是轻微脑震荡，没有任何影响。还有一些皮外伤，都没伤到骨头。

我醒来的时候，陆羽和老季在我身边。陆羽似乎松了一口气，大喊老季的名字。

"姜未，你可算醒了，医生说你没有生命危险，我就没惊扰你妈，你要是再不醒啊我就要……"

我不顾她说什么，只是瞪大眼睛问。

"秦牧呢……秦牧他怎么样？"

医生说，秦牧身体上的伤还好，只是右手被安全气囊弹到，造成了骨折，不过也不算严重。但最糟糕的是，他的脑部受到了撞击，因为之前就受过震荡，所以，才会昏迷不醒。

陆羽陪着我去了加护病房。

秦牧躺在那，右手打着石膏，沉睡着。

秦牧的妈妈齐璐，正一脸心疼地坐在一旁，看到我来了，站了起来。

"哎，未未，你没事吧？"

因为得知是我把他拖下车子的，她对我倒是挺客气，一面抹着眼泪一面说："医生说应该会醒的……但是我真怕啊。"

我冲她笑，我想当时我的表情把她们都吓坏了。

我像中了魔障一样，木然地笑着说。

"会醒的。他就是累了，睡一下。他会醒的。"

秦丰凯正从外面走进来，一看到我，黑起脸来。

他的眼神充满不满和怨怼，他觉得，如果不是我怂恿，根本没有去替爷爷寻找媚姨这件事，秦牧也不会有任何事。

我想他很爱秦牧，他当时在医院里，看了一眼秦牧，就发了脾气。

"我都说了不让他去找！他非要跟我作对！现在好了！"

齐璐恨恨地看他一眼："够了，人都这样了你还说什么！"

"别太担心了，未未。"陆羽坐在我身边，抓着我的手说。

"我知道。"我点点头，"他会醒的。"

我知道他会醒的。

我一直都知道。

他总觉得自己孤独一人，但事实上，躺在病房里的他，牵挂着多少人的心。

我静静地坐在他的床边。

第四天，赵灵犀来了。

她看到我的时候，讶异了一下，好像我出现在这里很奇怪一样。

她说："那个……姜末你可以回避一下吗？我有些话想要跟秦牧说。"

先不论秦牧听不听得到她的话，我……我为什么要回避？我大概是这么一场车祸把胆给撞肥了，我微笑着说："我是他女朋友，你有什么话，当我的面说就是了。"

她似乎很意外我会说出这样的话，我一直是个很怂很怂的姜末。

曾经是个当她出现，紧张兮兮地说，那我先走了的姜末。

曾经是她举起手腕，说，姜末，我有这个你有吗，而一句话都说不出的姜末。

但是现在，我要守在他身边，我希望他睁开眼睛看到的第一个人是我。

不过赵灵犀毕竟是赵灵犀，她有着太好的心理质素，我是佩服她的。

她笑着说："也对。你是他女朋友。"

她走到秦牧身边去，姿态优雅地坐下来。

我看得出，她很爱秦牧，她的眼神里满是心疼和担忧。

"抱歉，没在第一时间赶过来。抱歉。你要快点醒来。"

那天赵灵犀在病房里坐了一个下午，我们俩始终沉默着，直到她离开的时候，她忽然跟我说：

"姜末，你不该把我当敌人。我和你起码一样，都爱着他。我甚至比你更爱他。"

我苦笑了一下，跟她目光对视："你不是我，凭什么度量我对他的感情，又凭什么说你比我更爱他。"

"我爱他十多年，你呢？"

"你只会用时间长短来衡量吗？"我暗自笑了一下，"你心里应该很清楚，爱跟时间的关系，不一定是成正比的。"

"我明天还会来的。"

"随你便吧。"

赵灵犀果然每天都会来医院，不过她没有再像那天一样，只是客套地，假装没事地探望。她跟我说着不咸不淡的话，就好像，那天的对话从来没有发生。

我抬起头来，冲她笑了笑，我不累。

那段时间来了很多人，陆羽、老季，甚至西宁姐和念念，还有秦牧那群好朋友，甚至连周晨都有来医院看过我们。秦牧的妈妈，也难得抛下事业，成日地往医院跑。

但我顾不上他们。

秦牧一切状态都好，各项复原得也不错，就是医生也不知道怎么解释，他就是这么久，都还没有醒。

大脑，是太过神奇的一样东西，它坚韧宽广，容得下岁月更迭和世界变迁，却也经不起一点点的碰撞。医生没办法解释，只能让我们耐心等待。

我一直在跟秦牧说话，就像跟他聊天一样的语气。

"秦牧，你爸妈其实都很爱你的。你妈看起来那么强势，昨天哭了很久呢。你别让她哭了。"

"秦牧，你知道吗，我今天不在你旁边的几个小时，去学炖粥了，我告诉你吧，其实我厨艺这么烂，是因为我以前有个好朋友，做的菜就跟你做的一样好吃。"

"秦牧，鹤童给我打电话了，说你好久没回他电子邮件，然后Facetime你都不回。你再这样，我可要告诉鹤童你赖床了。"

"秦牧，我告诉你一个好消息，媚姨给我打电话了，她说，她会找个时间来寥城，跟你爷爷见上一面。你得赶紧起来，这种场面，没你在，我会哭惨的。"

"爷爷也挺好的，他就是问我你怎么不去看他。我怕他担心……你总不能让老人家为你担心吧。"

"秦牧，你睡得够多了。再睡下去，身上都要长苔藓了。"

"秦牧……你还没跟我说过你爱我呢。我都不知道你爱不爱我，你该起来了，告诉我一声。"

"秦牧，你记不记得，跨年那天晚上你输我一把棋，你还欠我一个要求呢，我要你快醒来。好啊，你觉得我当时耍赖了是不是，那你醒来跟我再下一把再睡……"

"秦牧，你再不醒，我怎么办啊。我想过了，其实都是我的错，我当时不该乌鸦嘴的，哪怕放在心里想想都不对……我不要你陪我一起死，我要你，陪我一起好好活着。"

"你该醒了。"

三 美梦

秦牧做了一个很长很长的梦,他在一个森林里迷路了,那是一个大雾笼罩的森林。一棵棵树,都长得非常古怪。

他没见到一个人,一直走,一直走。

就这样,他走了很久很久,终于,看到了前面有个身影。

一个女孩儿在哭,那个女孩胖乎乎的,哭得好丑。

他下意识地喊了声:"姜未?"

她抬起头来:"你怎么知道我的名字?"

果然是姜未啊,他笑了笑:"你哭什么?"

"我迷路了,找不到家了。"

"好巧,我也是,你别哭了,站起来啊,我们一块找吧。"

她迅速攥住他的手,他想,姜未怎么这么不矜持啊,女孩子怎么能这样嘛,但她的手很暖,很软,小小的,他不自觉地,就抓紧了。

哦……那是他第一次见到姜未。

第二次,就是她在老季的衣柜里睡着,最后中暑晕倒那一次。那次之后她就不见了。老季告诉他,姜未的爸爸不要她和她妈妈了,他当时觉得,姜未真可怜啊。

后来,他陪赵灵犀去她远房老家办护照的时候,老季在QQ上跟他说,姜未离家出走了,她妈给急坏了。据说,还是跟一个男孩子一起走的。私奔吗?那个小丫头,竟这么离经叛道?

鬼使神差地,那天他替赵灵犀去买水的时候,在一个大甩卖的商铺门口看到了一个熟悉的身影。

他其实对她印象并不算深,而且姜未也瘦了,长高了,但他当时也不知怎的,一眼就认出了她。

但不敢确定,他下意识地喊了一声。

"姜未?"

商铺里人那么多,几个大人一下就挡去了秦牧的身影,但他还是看到,那个女孩儿紧张地回过头来，四处寻找声源。

他于是又叫了一声。

"姜未！"

然后他也弄不懂，他本来想上前苦口婆心劝她回家的，但姜未端起手里的锅就狂奔出去，老板看到，"哎哎哎"地追出去。

她一面跑，一面往后看，一看到有人追，跑得更快，一个趔趄摔在地上，然后又火速爬起来，继续跑。

他只能追上老板，帮她把锅的钱付掉，然后，朝着她跑的方向追过去。

最后他在一个小旅社门口又看到她了。

她抱着那只锅，跟一个很瘦很高的穿白衣服的男孩子说着话，他离得远，看不清那男孩的脸，也听不清他们的对话。

但他忽然想起来，当时那个男孩笑着拍了拍她的肩膀，然后他们拉着手，走进了那家小小的旅社，一抹阳光照在那个小女孩的脸上，她笑得像一朵玫瑰。

他在那一刻忽然觉得很嫉妒，也是那一刻，他决定回去就跟赵灵犀说，他陪她一块去美国的。

他打了个电话，给老季，详细记下了那个地址，后来老季告诉他，姜未被找回来了。

很长一段时间，他都忘记了她。他跟老季也很久没有再联络了。后来不知是旧同学里，谁八卦地提起了她。说那个女孩子也是命很苦，跟外婆相依为命，外婆生病一直瞒着她，高考结束才知道外婆死了，直接哭晕在考场门口。

当时他觉得自己的心揪了一下，但是他已经想不起来这个女孩子的脸了。

只记得那个笑容，很快乐，让人觉得嫉妒的快乐。

那年，爷爷骨折，他回了国，那天晚上他和雷阳他们喝酒，有个女孩儿喝多了过敏，他出门买解酒药。24小时便利店门口，有个穿蓝色衣服的女子在打电话。

一边打，一边哭。

是真的在打电话，而不是在聊电话，她就拼命地打，似乎那头一直都没有接通。

他忽然觉得很有趣，坐在旁边的台阶上，就看她打电话。

她后来不打了，将头埋在膝盖里哭，真的是好可怜的样子。

秦牧拍了拍她的肩膀，递过去一张纸巾。

她大概是哭得太丑，不敢抬头，但看到一张纸巾递过来，她还是非常礼貌地用哭腔说了谢谢。

他并不是一个多管闲事的人，但还是劝了她一句。

"小妹妹，没什么大不了的，天大的事都会过去。"

她又说了一声谢谢。小声的。

他站起来，准备走。

这个时候另外一头跑过来一个女生，长得挺漂亮的，她拉着一个男生的手，朝着这边喊。

"姜未！我们走吧！电影要开场了！"

他的心一惊，看到那个女孩站起来，刚才还哭得厉害呢，她却用欢快的声音说。

"啊！我就来了！你们要喝水吗？"

"好啊！你知道我要什么！"

她又跑回去，笑嘻嘻地说："香蕉牛奶香蕉牛奶香蕉牛奶！我怎么会不知道！"

再后来，就是那次人才市场里，他看到她的简历，姜未跳在桌子上，喊着："我在这里！"

她漂亮了，化了妆，也成熟了不少。

但脸上的笑容没变。

依旧是那种，天大的事，都很快藏起来的那种人。

后来老季问他要不要姜未的联系方式，他说不用了。

他早就留下了她的电话，当时在人才市场的时候，看到她的笑脸，一个字一个字认真地摁进手机，存了一个很有趣的名字。

"元气少女。"

其实，他也说不上什么时候对姜未真正动心的，或许是她第一次吻他的时候，或许更早一些，命运是一件奇妙的事，认识那么多年，遇上那么多次，却从来没有一次正式的自我介绍。

"算了，走累了。"那个胖乎乎的姜未忽然扭过头来，"我们休息吧。"

"啊？"

他们就这样坐下来，秦牧在这个迷梦里，朝着身旁的小家伙，认真地说了一句。

"你好，我叫秦牧。"

她抬起头来。

"我认得你啊。"她说，"秦牧，你该醒了。"

——

我握着的手微微一动，我猛地睁开眼的时候，秦牧也张开了眼睛。

我的心跳到了嗓子眼，生怕这是一场幻觉。

他已经睡了整整半个月了。

尽管我坚信他会醒来，但我也未尝没想过，如果那些糟糕的言情剧情节让我撞上，我爱的人就此沉睡，或者，醒来的时候，已经丧失了关于我的一切记忆。

谢天谢地，他醒了。

谢天谢地，他第一眼，看到的人是我。

谢天谢地，他喊了一声"姜未"。

我忍不住大哭起来，这么多天紧绷的神经终于松懈，委屈、激动和心痛，都徐徐而来。

"你不要哭啊。"他声音虚弱，却还是跟以前那样露出了一个嫌弃的表情，"你怎么这么没用啊……我又没死……过来，过来靠近点，让我摸到你的脸。"

我凑近去，屏住呼吸，抽噎着。

"你知道吗，我做了个好长好长的梦。

"我梦见我迷路了，然后看到了你。

"你跟我说，秦牧，你该醒了。

"然后，我就醒来了。"